MIRA®

Der Preis dieses Bandes versteht sich einschließlich
der gesetzlichen Mehrwertsteuer.

Umwelthinweis:
Dieses Buch wurde auf chlor- und säurefreiem Papier gedruckt.

Dschungel der Gefühle

Drückende Hitze, undurchdringliches Dickicht, unheimliche Geräusche – Tag für Tag kämpft Kerry sich mit einer Kindergruppe durch den Dschungel. Begleitet wird sie von dem Fotografen Lincoln O'Neal: Er glaubt, dass Kerry, sobald sie erstmal der grünen Hölle entkommen sind, ihrem Ruf als Nonne folgen wird. Doch die Gefühle, die Lincoln in ihr auslöst, bringen sie in einen tiefen Konflikt ...

MIRA® TASCHENBUCH
Band 25097
1. Auflage: Juli 2004

MIRA® TASCHENBÜCHER
erscheinen in der Cora Verlag GmbH & Co. KG,
Axel-Springer-Platz 1, 20350 Hamburg
Deutsche Taschenbucherstausgabe

Titel der nordamerikanischen Originalausgabe:
The Devils Own

erschienen bei: Silhouette Books, Toronto
Published by arrangement with
Harlequin Enterprises II B.V., Amsterdam

Konzeption/Reihengestaltung: fredeboldpartner.network, Köln
Umschlaggestaltung: pecher und soiron, Köln
Titelabbildung: by GettyImages, München; zefa
Autorenfoto: © by Harlequin Enterprise S.A., Schweiz
Satz: Berger Grafikpartner, Köln
Druck und Bindearbeiten: Ebner & Spiegel, Ulm
Printed in Germany
ISBN 3-89941-130-7

www.mira-taschenbuch.de

Sandra Brown

Dschungel der Gefühle

Roman

Aus dem Amerikanischen von
Johannes Heitmann

MIRA®

1. KAPITEL

Der Mann war betrunken. Genau so jemanden suchte Kerry.

Dichter Zigarettenqualm hing in der Luft der heruntergekommenen Bar. Kerry musterte den Mann, der auf einem Hocker am Tresen saß und von seinem Drink trank. Das Glas hatte einen Sprung, und die Flüssigkeit darin war dunkel und trübe. Den Mann störte das anscheinend nicht. Er trank einen Schluck nach dem anderen. Mit gespreizten Beinen saß er gebeugt vor seinem Glas, wobei er sich mit den Armen schwer auf den Bartresen stützte.

Die Bar war voll von Soldaten und käuflichen Frauen. Für diesen Zweck gab es im oberen Stockwerk einige Zimmer. An der Decke hingen große Ventilatoren, die sich im Rauch träge drehten. Der Duft von billigem Parfüm vermischte sich mit dem Schweißgeruch der Männer, von denen viele tagelang draußen im Dschungel gewesen waren.

Obwohl viel gelacht wurde, herrschte keine entspannte Stimmung. Keiner der Soldaten lächelte. Sie wirkten vielmehr gefühllos und hart, selbst in ihrer Freizeit.

Zum Großteil waren sie noch sehr jung, und doch erkannte man an ihren versteinerten Gesichtern, dass jeder

Tag für sie den Tod bringen konnte. Die meisten von ihnen trugen die Uniform der Militärregierung, die das Land beherrschte. Sowohl die Einheimischen als auch die Söldner aus dem Ausland, alle hatten kalte ausdruckslose Augen, mit denen sie sich ständig voller Misstrauen in der Bar umsahen.

Der Mann, den Kerry Bishop beobachtete, machte da keine Ausnahme. Er konnte vom Äußeren her Amerikaner sein. Er hatte sehr muskulöse Oberarme, trug die Ärmel seines Hemds hoch aufgerollt, und sein langes dunkles Haar hing bis über den Kragen.

Er hatte sich anscheinend seit mehreren Tagen nicht mehr rasiert. Das konnte für Kerrys Plan sowohl von Vorteil als auch von Nachteil sein. Einerseits verdeckten die Bartstoppeln sein Gesicht, doch andererseits würde kaum ein Offizier der hiesigen Armee sich mehrere Tage hintereinander nicht rasieren. Der Präsident des Landes hielt viel auf eine äußerlich korrekte Erscheinung seiner Offiziere.

Egal, Kerry musste es einfach riskieren. Von allen hier war dieser Mann immer noch die beste Wahl. Er war nicht nur am betrunkensten, sondern wirkte auch am skrupellosesten. Wenn er erst wieder nüchtern war, würde es leicht für sie sein, ihn für ihren Plan zu kaufen.

Zuerst aber musste sie ihn hier herauslocken. Draußen

vor der Tür stand ein Militärauto, zu dem Kerry die Schlüssel in der Rocktasche hatte. Jeden Augenblick konnte der Fahrer, der so unachtsam gewesen war, die Schlüssel im Schloss stecken zu lassen, hereinkommen, um nach ihnen zu suchen.

Langsam ging Kerry durch die Bar auf den Mann am Tresen zu. Sie ging zwischen tanzenden Pärchen hindurch, ohne auf eindeutige Zurufe zu achten oder auf Pärchen, denen in ihrer Lust der Weg hinauf in die Zimmer zu weit war.

Nach einem Jahr hier in Montenegro konnte sie nichts mehr verblüffen. Das Land steckte mitten in einem blutigen Bürgerkrieg, und in einem solchen Krieg benahmen sich viele Menschen wie Tiere. Trotzdem wurde Kerry rot, als sie sah, was einige Pärchen hier in aller Öffentlichkeit machten.

Sie versuchte sich nur auf ihr Vorhaben zu konzentrieren und ging weiter auf den Mann am Tresen zu. Je näher sie ihm kam, desto sicherer wurde sie, dass sie die richtige Wahl getroffen hatte.

Von nahem sah er noch Furcht erregender aus. Er schüttete den Drink hemmungslos in sich hinein. Offensichtlich wollte er sich betäuben oder irgendwelchen Ärger vergessen. Vielleicht hatte ihn jemand beim Pokern betrogen.

Das konnte Kerry nur hoffen. Wenn er kein Geld mehr hatte, würde er eher auf ihr Angebot eingehen.

Im Bund seiner Hose steckte eine Pistole, und um einen Oberschenkel hatte er sich eine Machete geschnallt. Unten an seinem Barhocker standen drei Reisetaschen, die voll gepackt waren. Beim Gedanken daran, was er mit seinen Waffen alles anrichten konnte, erschauderte Kerry. Sicher hatte es seinen guten Grund, dass er hier allein trank und nicht belästigt wurde. In einer Bar wie dieser standen Streitereien normalerweise an der Tagesordnung, doch hier am Ende des Tresens befand sich außer diesem Mann niemand.

Leider war sie hier auch am weitesten vom Ausgang entfernt. Kerry wurde sich bewusst, dass sie ihn nicht unauffällig durch eine Hintertür hinausschleifen konnte. Sie würde mit ihm quer durch die Bar gehen müssen. Das bedeutete, dass sie überzeugend sein musste.

Entschlossen atmete Kerry tief durch und setzte sich auf den Hocker neben ihm. Die Gesichtszüge des Mannes waren hart und ohne jeden Anschein von Gefühlen. Kerry versuchte nicht daran zu denken, als sie ihn ansprach.

„Einen Drink, señor?“ Ihr Herz schlug rasend, und ihr Mund war wie ausgedörrt. Doch sie zwang sich zu einem verführerischen Lächeln und legte entschlossen ihre Hand auf seine.

Hatte er sie nicht gehört? Er saß vollkommen reglos da und sah in sein leeres Glas. Gerade als sie ihre Frage wiederholen wollte, drehte er den Kopf und blickte auf ihre Hand.

Kerry fiel auf, dass seine Hand viel größer als ihre war. Mit den Fingerspitzen berührte sie gerade seine Fingerknöchel. Am Handgelenk trug er eine Armbanduhr mit mehreren Anzeigen. Ringe trug er keine.

Ihr kam es wie eine Ewigkeit vor, ehe er langsam an ihrem Arm entlang zu ihrer Schulter aufsah und schließlich in ihr Gesicht. Zwischen den Lippen hatte er eine Zigarette, und jetzt blickte er Kerry durch bläuliche Rauchschwaden an.

Das Lächeln hatte sie lange geübt, damit sie für eine von den anderen Frauen hier gehalten wurde. Die Augen waren dabei halb geschlossen, und die Lippen mussten befeuchtet und leicht geöffnet sein. Alles hing davon ab, dass sie ihn mit diesem „Komm-mit-mir"-Lächeln überzeugte.

Doch sie kam nicht zu diesem Lächeln. Als sie zum ersten Mal sein Gesicht richtig sah, hatte sie keine Kontrolle mehr über ihre Gesichtszüge. Ihr leicht geöffneter Mund und das Zittern ihrer Lider waren völlig unbeabsichtigt. Kerry atmete hastig ein.

Sie war total überrascht. Auf ein hässliches Gesicht

war sie gefasst gewesen, doch der Mann sah gut aus. Eine einzige kleine Narbe zog sich über seine linke Augenbraue, und dadurch wirkte er eher interessant als entstellt. In seinem Gesicht lag nicht die Gewalttätigkeit, die Kerry erwartet hatte, sondern lediglich etwas Brütendes.

In seinem Blick lag nicht die Kälte der Männer, die dafür bezahlt wurden, dass sie töteten. Die heißen Gefühle, die Kerry darin erkannte, beunruhigten sie noch mehr als die Gleichgültigkeit, mit der er sie jetzt ansah. Der Mann roch auch nicht nach Schweiß. Auf seiner sonnengebräunten Haut lag ein feuchter Schimmer, doch er duftete nach Seife. Anscheinend hatte er sich erst vor kurzem gewaschen.

Kerry unterdrückte den Schock und das beklommene Gefühl, die sein unerwartetes Aussehen merkwürdigerweise in ihr auslösten, und hielt seinem misstrauischen Blick stand. Sie zwang sich zu ihrem Lächeln, das sie so lange Zeit geübt hatte, und wiederholte ihre Frage, während sie seine Hand leicht drückte.

„Verschwinde."

Unwillkürlich zuckte Kerry zusammen. Der Mann hatte sich wieder von ihr abgewendet und zog seine Hand unter ihrer weg, um sich die Zigarette aus dem Mund zu nehmen und sie dann im überquellenden Aschenbecher auszudrücken.

Damit hatte sie nicht gerechnet. War sie so unattraktiv? Angeblich waren Söldner doch so hungrig nach Sex. Jeder Vater versteckte seine Tochter vor ihnen, aus Angst vor dem Ruf, den sie hatten.

Jetzt bot Kerry sich einem von ihnen an, und er sagte lediglich „Verschwinde" und wandte sich ab. Anscheinend sah sie schlimmer aus, als sie gedacht hatte. Das Jahr im Dschungel musste sie mehr verändert haben, als sie bemerkt hatte.

Natürlich hatte sie keine Gelegenheit gehabt, ihr Haar zu pflegen. Feuchtigkeitscremes und Lidschatten gehörten einer fernen Vergangenheit an. Aber wie attraktiv musste eine Frau denn sein, um einen Mann von seinem Schlag zu reizen?

Kerry überdachte kurz ihre Möglichkeiten. Ihr Plan war ohnehin schon voller Risiken. Sie brauchte jemanden, der dabei mitmachte. Wenn nicht, dann konnte sie heute Nacht nicht das erreichen, was sie sich vorgenommen hatte.

Sie blickte sich über die Schulter hinweg um und fragte sich, ob sie sich einen anderen Mann aussuchen sollte. Nein. Ihre Zeit war knapp, und sie musste schnell handeln. Wer auch immer den Wagen dort draußen unabgeschlossen abgestellt hatte, er konnte jeden Moment zurückkommen. Womöglich ließ er alle Anwesenden durchsuchen, bis er seinen Schlüssel fand. Vielleicht hatte er auch einen Zweitschlüssel. Auf jeden Fall wollte Kerry dann schon weit weg sein. Der Pritschenwagen war für sie genauso wichtig wie der Mann. Sie musste den Wagen stehlen, und die Gelegenheit war einmalig.

Außerdem war dieser Mann die beste Wahl. Er erfüllte alle Voraussetzungen, die sie sich überlegt hatte.

„Bitte, señor, einen Drink." Ohne zu zögern legte Kerry die Hand auf seinen Schenkel direkt neben die Machete. Der Mann murmelte etwas Unverständliches. „Qué?" flüsterte sie auf Spanisch und nahm es als Anlass, ein Stück näher zu ihm zu rücken.

„Keine Zeit."

„Por favor."

Er sah sie wieder an. Kerry bewegte den Kopf leicht, so dass das Tuch ihr vom Kopf und von den Schultern rutschte. Das hatte sie sich von vornherein als letztes Mittel überlegt. Als sie Joe vor ein paar Tagen gebeten hatte, ihr ein Kleid zu stehlen, wie es die Frauen in der Taverne trugen, hatte sie nicht geahnt, dass er so genau wusste, wie diese Frauen gekleidet waren.

Das Kleid, das sie jetzt trug, stammte von einer Wäscheleine. Der Stoff war dünn vom jahrelangen Tragen und dem Waschen zwischen großen flachen Steinen. Das rote Blumenmuster war auffällig und geschmacklos. Außerdem war die Frau, der das Kleid gehörte, anscheinend etwas größer als Kerry gewesen. Die Schulterträger verrutschten ständig, und am Oberkörper lag es auch nicht richtig an.

Kerry wollte das Kleid an die Brust drücken, damit es nicht klaffte, doch sie zwang sich, es nicht zu tun. Starr vor Scham ließ sie den Mann ungehindert ihren Körper von den Schultern bis zu den Sandalen mustern. Dabei ließ er sich Zeit. Während Kerry gegen das Gefühl der Demütigung ankämpfte, betrachtete der Mann ihre halb entblößten Brüste, ihren Schoß, ihre langen bloßen Beine und ihre Füße.

„Einen Drink“, sagte er schließlich.

Fast hätte Kerry erleichtert aufgeseufzt. Sie lächelte verführerisch, als sie dem Barkeeper die Bestellung zurief. Kerry blickte den Söldner neben sich ununterbrochen an, während der Barkeeper herüberkam, ihnen zwei Gläser und eine Flasche des hiesigen hochprozentigen Schnapses brachte und ihnen einschenkte. Ohne den Blick von Kerry zu wenden, zog der Söldner zwei Geldscheine aus seiner Hosentasche und legte sie auf den Tresen. Mit dem Geld in der Hand ging der Barkeeper wieder weg.

Der Mann hob sein Glas, nickte Kerry spöttisch zu und trank es in einem Zug leer.

Kerry nahm ihr Glas. Wenn sie Glück hatte, war es

vorher ausgespült worden. Den Ekel unterdrückend, hob sie es an die Lippen und nahm einen Schluck. Der Schnaps schmeckte wie ein starkes Desinfektionsmittel. Es kostete sie enorme Selbstbeherrschung, das Zeug nicht sofort wieder auszuspucken, sondern zu schlucken. Augenblicklich protestierte ihr Magen, und Tränen traten ihr in die Augen.

Sofort sah der Mann sie misstrauisch an, wobei sich seine Lachfältchen vertieften. „Du trinkst sonst nicht. Weswegen bist du hergekommen?“

Kerry tat, als würde sie kein Englisch verstehen. Lächelnd legte sie wieder die Hand auf seine und neigte den Kopf zur Seite, so dass ihr das lange Haar über die nackte Schulter fiel. „Ich liebe dich“, sagte sie mit starkem spanischem Akzent.

Der Mann stieß nur einen grunzenden Laut aus und schloss die Augen. Verzweifelt fragte Kerry sich, ob er kurz davor war, einzuschlafen.

„Wir gehen?“ sagte sie rasch.

„Gehen? Mit dir? Ich habe dir gesagt, dass ich keine Zeit habe.“

Sie leckte sich über die Lippen. Was sollte sie bloß tun? „Por favor.“

Mit Mühe konzentrierte der Mann sich auf Kerrys Gesicht und starrte auf ihren Mund, als sie sich mit der

Zunge die Lippen befeuchtete. Sein Blick schweifte zu ihren Brüsten. Vor Aufregung, ob sie ihren Plan durchführen konnte, atmete Kerry hastig, so dass ihre Brüste sich rasch hoben und senkten.

Sie wusste nicht, ob sie zufrieden sein oder sich fürchten sollte, als sie den lustvollen Ausdruck im Blick des Mannes erkannte. Er fuhr sich mit einer Hand an seinem Schenkel entlang und dachte offensichtlich darüber nach, ob er Kerry berühren sollte. An all diesen unbewussten Bewegungen erkannte sie sein erwachendes Verlangen. Das hatte sie bezweckt, und dennoch erschreckte sie diese Erkenntnis. Sie spielte mit etwas, worüber sie leicht die Kontrolle verlieren konnte.

Noch bevor sie diesen Gedanken beendet hatte, streckte der Mann die Hand unvermittelt aus und legte sie ihr um den Nacken. Kerry konnte so schnell nicht reagieren, als er sie vom Barhocker herunter zu sich herüber zog.

Die Beine hatte er gespreizt, und Kerry wurde dicht an ihn gepresst. Ihre Brüste wurden gegen seine Brust gedrückt, die muskulös und fest war. Irgendetwas Hartes drückte sich Kerry in die Magengegend, und sie hoffte, dass es der Griff sciner Pistole sei.

Noch bevor Kerry etwas sagen konnte, küsste der Mann sie auf den Mund. Gierig presste er ihr die Lippen auf den Mund. Seine Bartstoppeln kratzten, doch es war nicht unangenehm.

Alles in ihr sträubte sich gegen den Kuss, doch dann gewann ihr Verstand die Oberhand. Sie spielte hier eine Hure, die einen Kunden suchte, also durfte sie sich nicht gegen einen Kuss wehren.

Sie schmiegte sich an den Mann.

Als er mit der Zunge in ihren Mund eindrang, hätte sie beinahe ihren gesamten Plan fallen gelassen. Tief drang er in ihre Mundhöhle ein und ließ seine Zungenspitze wild und erotisch kreisen. Unbewusst krallte Kerry sich in dem Hemd des Mannes fest. Ohne den Kuss zu unterbrechen, schlang der Mann die Arme um ihre Taille und zog Kerry an sich, bis sie kaum noch atmen konnte.

Schließlich löste er den Mund von ihren Lippen und presste ihn an ihre Kehle. Kerry legte den Kopf in den Nacken und sah zur Decke. Der Anblick des sich langsam drehenden Ventilators machte sie nur noch benommener. Ihr kam es vor, als drehe sie sich selbst immer schneller im Kreis. Doch sie hatte nicht die Kraft, sich von dem Mann zu lösen.

Der Söldner ließ die Hände von ihrer Taille tiefer gleiten. Mit einer Hand strich er ihr über den Po. Mit der anderen berührte er sie an der Außenseite ihrer Brust. Kerry ließ es geschehen, ihr Atem ging schnell und flach.

Mit den Lippen sog er sanft an der empfindlichen Haut ihres Halses direkt unter dem Ohr. „Okay, señorita“, murmelte er. „Du hast einen Kunden. Wohin gehen wir? Nach oben?“

Er stand auf und schwankte leicht vor und zurück. Da auch Kerry im Moment kaum das Gleichgewicht fand, standen sie einen Augenblick eng aneinander geschmiegt, bevor sie die Beherrschung wiedergewonnen hatte.

„Mí casa.“

„Zu dir nach Hause?“ fragte er undeutlich nach.

„Sí, sí. Ja.“ Sie nickte mehrmals. Damit er es sich nicht anders überlegen konnte, bückte sie sich und griff nach einer seiner Reisetaschen. Sie war unglaublich schwer. Kerry konnte die Tasche kaum heben. Endlich hatte sie sich den Lederriemen über die Schulter gelegt.

„Lass nur. Ich kann ...“

„Nein!“ widersprach sie und bückte sich nach der zweiten Tasche. Hastig warnte sie ihn auf Spanisch vor Dieben und wie gefährlich es sei, wenn Waffen in die Hände von Fremden gelangten.

„Hör auf damit. Ich verstehe kein Wort“, stieß er aus. „Ach, vergiss es. Ich habe keine Zeit.“

„Geht gut. Schnell zurück.“

Als sie sich vorbeugte, um ihm beim Hochheben der dritten Tasche zu helfen, sah sie, dass er in ihren Ausschnitt starrte. Obwohl sie knallrot anlief, lächelte sie strahlend und hakte sich bei ihm ein. Dabei schmiegte sie ihre Brust an seinen Oberarm. Das hatte sie sich von den anderen Frauen abgeguckt. Schweigend ging der Mann neben ihr her.

Mit Mühe kämpften sie sich einen Weg durch die Bar, die noch voller geworden war. Betrunken torkelte der Mann neben Kerry entlang. Fast brach sie unter der Last der Taschen zusammen. Wortlos nahm der Mann ihr eine der Taschen ab. Ihm schien das Gewicht nichts auszumachen.

Als sie den Ausgang fast erreicht hatten, hielt ein Soldat Kerry am Arm fest und machte ihr ein eindeutiges Angebot auf Spanisch. Heftig schüttelte sie den Kopf und legte eine Hand auf die Brust des Söldners neben ihr. Der Soldat wollte gerade einen Streit anfangen, doch dann sah er den wütenden Blick des Söldners und änderte augenblicklich die Meinung.

Innerlich beglückwünschte Kerry sich zu ihrer Wahl. Ihr Söldner wirkte selbst auf die abgebrühten gewalttätigen Männer hier abschreckend. Niemand belästigte sie mehr auf dem Weg nach draußen.

Vor der Tür atmete Kerry tief ein. Die Luft hier war feucht und schwer, doch im Vergleich zu der Bar war es eine Erleichterung, hier zu atmen.

Kerry war dankbar dafür. So konnte sie wenigstens wieder klar denken. Am liebsten wäre sie stehen geblieben und hätte sich ausgeruht. Aber ihr Plan für heute war noch längst nicht zu Ende. Im Vergleich zu dem, was vor ihr lag, war das Bisherige ein Kinderspiel gewesen.

Den Söldner zog sie förmlich zum Auto, das glücklicherweise immer noch im Schatten eines Mandelbaums stand. Sie lehnte den schweren Mann gegen die Wand der Ladefläche, während sie den Wagen aufschloss. Früher hatte der Wagen anscheinend einem Obsthändler gehört, doch jetzt war das Wappen der Militärregierung auf die Tür gemalt.

Kerry schob den fast bewusstlosen Mann hinein und schloss schnell die Tür, bevor er wieder herausfallen konnte. Dann blickte sie sich hastig um und hob die Taschen mit seinen Waffen und der Munition auf die Ladefläche. Jeden Moment rechnete sie damit, dass jemand versuchen würde, sie aufzuhalten, oder sogar auf sie schoss. Gewöhnlich wurde in Montenegro erst geschossen und später gefragt.

Sie warf ein Tarnnetz über die Taschen und stieg auf der Fahrerseite ein. Entweder hatte der Söldner nicht bemerkt, dass sie in einem Wagen der Regierung saßen, oder es machte ihm nichts aus. Sobald sie die Tür neben sich geschlossen hatten, beugte er sich zu ihr.

Er küsste sie wieder. Offensichtlich hatte seine Begierde sich nicht gelegt, sondern sich vielmehr noch gesteigert. Die Abendluft hatte ihn anscheinend wieder nüchterner werden lassen. Diesmal war es nicht der Kuss eines Betrunkenen, sondern eines Mannes, der genau wusste, was er tat, und wie er es am besten machte.

Mit der Zunge fuhr er verlangend ihre Lippen entlang, bis Kerry ihm nachgab und den Mund öffnete. Dann berührte er ihre Zungenspitze. Dabei strich er unablässig über ihren Körper. Kerry konnte vor Empörung kein Wort herausbringen.

„Por favor, señor", sagte sie schließlich leise und schob ihn von sich.

„Was is'n los?" lallte er.

„Mein Haus. Wir fahren."

Sie griff nach dem Schlüssel, steckte ihn in das Zündschloss und ließ den Wagen an. Dabei versuchte sie, nicht auf die Liebkosungen seiner Lippen an ihrem Hals zu achten. Sie spürte seine Zähne an ihrem Ohr, und trotz der Hitze bekam sie eine Gänsehaut auf den Armen.

Sie legte den Rückwärtsgang ein und fuhr von der Bar weg. Aus dem Gebäude drang lautes Lachen und dröhnende Musik. Innerlich stellte Kerry sich auf drohende Rufe und Maschinengewehrsalven ein, doch sie erreichten unbemerkt die Straße.

Zunächst wollte sie ohne Licht fahren, aber dann entschied sie sich anders. Ein Militärfahrzeug ohne Licht würde Verdacht erregen, außerdem waren die Straßen hier voller Schlaglöcher und mit Steinen und Metallteilen übersät. Also schaltete sie die Scheinwerfer ein. Das Licht fiel auf verwüstete Bürogebäude und zerstörte Häuser. Selbst im dämmrigen Abendlicht war der Anblick der Hauptstadt des Landes bedrückend.

Stundenlang hatte Kerry darüber gegrübelt, wie sie aus der Stadt hinausgelangen sollte. An der Stadtgrenze waren auf jeder Straße Militärposten, die alle herausfahrenden Autos eingehend kontrollierten. Kerry hatte sich im Vorfeld mehrere Kontrollstationen angesehen, bis sie ihre Wahl getroffen hatte. Auf den weniger befahrenen Straßen waren die Wachen möglicherweise gründlicher. Ganz bestimmt würden sie ein Militärfahrzeug, das von einer Frau gefahren wurde, anhalten und durchsuchen. Kerry hatte deshalb einen belebteren Posten ausgesucht, an dem sie hoffentlich nur flüchtig angehalten wurde.

In Gedanken ging sie ihren Plan und das, was sie sagen wollte, noch einmal durch.

Allerdings fiel es ihr schwer, sich auf irgendetwas zu konzentrieren. Der Betrunkene neben ihr konnte die Hände nicht von ihr lassen. Hin und wieder sagte er etwas darüber, dass er keine Zeit habe, doch die meiste Zeit über küsste er sie auf den Hals und die Brust.

Einmal kam sie fast von der Straße ab, als er ihr mit der Hand unter den Rock fuhr. Sie konnte unmöglich Gas geben und schalten, wenn sie die ganze Zeit über die Knie zusammenpressen musste. Es blieb ihr nichts anderes übrig als zuzulassen, dass er mit der Hand ihren Oberschenkel entlangfuhr und ihre Knie streichelte.

Fast hatte sie sich damit abgefunden, als er an ihrem Bein hinaufstrich. Ihr Magen fühlte sich bleischwer an, und sie schloss für den Bruchteil einer Sekunde die Augen. Dann versuchte sie ihr Bein aus seinem Griff zu winden.

„Por favor, señor", sagte sie bittend. Der Mann murmelte etwas Unverständliches. Kerry wusste, dass es bis zur Kontrollstation nicht mehr weit war, fuhr an den Straßenrand und stellte den Motor ab.

„Bitte, señor, ziehen Sie das an." Sie griff nach der Jacke und der Mütze, die sie in dem Wagen gefunden hatte.

Dem Mann schien ihr akzentfreies Englisch nicht aufzufallen. Er blickte sie nur verständnislos an. „Wie?"

Kerry zog ihm die Militärjacke über die Schultern. Die Jacke war zu schmal, aber das spielte keine Rolle. Wichtig waren lediglich die Rangabzeichen eines Offiziers auf den Schulterklappen. Sie vergewisserte sich, dass die Abzeichen deutlich zu erkennen waren, und setzte dem Mann die Mütze auf den Kopf, während er sich genauso ernsthaft bemühte, ihr die Träger des Kleides von den Schultern zu streifen.

„Meine Güte“, flüsterte sie voller Abscheu. „Der benimmt sich ja wie ein Tier.“ Dann erinnerte sie sich an ihre Rolle und lächelte ihn verführerisch an, während sie ihm über die Wange strich. Auf Spanisch sagte sie ihm, was sie von ihm hielt, achtete jedoch darauf, dass es wie ein zärtliches Kompliment klang.

Sie ließ den Wagen wieder an und fuhr die kurze Strecke bis zum Kontrollpunkt.

Vor Kerrys Wagen standen zwei Autos. Der Fahrer des ersten hatte eine Auseinandersetzung mit dem Wachposten. Das konnte Kerry nur recht sein. Für den Posten bedeutete ein Militärfahrzeug weniger Ärger.

„Was passiert hier?“ fragte der Mann neben ihr benommen. Er hob den Kopf und versuchte durch die schmutzige Windschutzscheibe etwas zu erkennen. Kerry zog seinen Kopf wieder zu sich herunter und sagte ihm, er solle ruhig ihr alles überlassen. Sie seien bald da. Als sie bis zur Schranke vorfuhr, ließ er den Kopf wieder gegen ihre Schulter sinken. Die Wache konnte kaum älter als sechzehn sein. Der Junge kam mit einer Taschenlampe auf sie zu und leuchtete direkt in ihr Gesicht. Kerry zwang sich zu einem Lächeln. „Buenas noches." Sie sprach mit betont heiserer, erotischer Stimme.

„Guten Abend", erwiderte der Posten auf Spanisch. Er wirkte misstrauisch. „Was ist mit dem Captain los?"

Kerry lachte leise auf. „Er ist sturzbetrunken, der Arme. Ein tapferer Mann, aber der Alkohol hat ihn besiegt."

„Wo fährst du mit ihm hin?"

„Aus Mitleid nehme ich ihn mit zu mir." Sie zwinkerte viel sagend. „Er hat mich gebeten, ihm heute Nacht beizustehen."

Der junge Mann grinste sie an und betrachtete dann den reglosen Körper neben ihr. „Warum gibst du dich mit ihm ab? Wie wär's mit einem richtigen Mann?" Er gab Kerry eine ziemlich genaue Beschreibung seiner eigenen körperlichen Vorzüge, die ebenso übertrieben wie widerlich war.

Trotzdem lächelte Kerry ihn an und senkte die Wimpern. „Tut mir Leid, der Captain hat für heute Nacht gezahlt. Vielleicht ein andermal."

„Vielleicht", stimmte er angeberisch zu. „Wenn ich dich mir leisten kann."

Spielerisch berührte sie die Hand des Wachmannes, lächelte noch einmal, hob bedauernd die Schultern und legte dann den Gang ein. Der junge Mann gab seinem

Partner an der Schranke ein Zeichen, und Kerry fuhr weiter.

Eine ganze Zeit lang blickte Kerry genauso viel in den Rückspiegel wie nach vorn auf die Straße. Als ihr klar wurde, dass ihnen niemand folgte, lockerte sie den verkrampften Griff um das Lenkrad und sank erleichtert in den Sitz zurück.

Sie hatte es geschafft!

Der Söldner neben ihr hatte während der Unterredung mit dem Straßenposten glücklicherweise keinen Laut von sich gegeben. Jetzt waren sie aus der Stadt heraus und wurden nicht einmal verfolgt. In großem Bogen fuhr sie um die Stadt herum und bog in eine Abfahrt, die direkt in den Dschungel führte. Bald schon berührten sich die Bäume, die seitlich standen, über der Straße, so dass sie durch einen grünen Tunnel fuhren.

Die Straße wurde schmaler und holpriger, und der Kopf des Söldners, der an ihrer rechten Brust lehnte, wurde immer schwerer. Ein paar Mal hatte Kerry versucht, ihn zur Seite zu schieben, doch der Mann war zu schwer für sie. Schließlich gab sie es auf. Immerhin war es besser, wenn er schlief, als wenn sie sich ständig gegen seine Zudringlichkeiten wehren musste.

Kurz dachte sie daran, ob sie noch vor dem Ziel, das sie heute erreichen wollte, anhalten sollte, doch je weiter sie den Söldner von der Stadt wegfuhr, desto besser würde ihre Position morgen bei der Auseinandersetzung mit ihm. So fuhr sie immer weiter und ertrug es, dass der Kopf des Mannes bei jedem Schlagloch in der Straße gegen sie stieß.

Allmählich wurde sie müde. Das endlose undurchdringliche Grün zu beiden Seiten der Straße war einschläfernd. Schließlich war Kerry so benommen, dass sie beinahe ihre Abzweigung verpasst hätte. Im letzten Moment riss sie das Lenkrad nach links herum, als sie die schmale Lücke zwischen den Bäumen entdeckte. Der Wagen bog in den Seitenweg ein, und Kerry stellte den Motor ab.

Die Vögel in den Bäumen fingen aufgeregt zu zwitschern an. Erst nach einiger Zeit schwiegen sie wieder. Jetzt war es vollkommen still.

Erschöpft seufzte Kerry auf und schob den Mann mit beiden Händen von sich. Sie streckte sich und kreiste mit den Schultern. Ihre Muskeln waren völlig verspannt, doch innerlich war sie überglücklich. Sie hatte es geschafft. Sie hatte den Mann hergebracht. Jetzt musste sie nur noch den morgigen Tag abwarten.

Der Söldner hatte da allerdings andere Vorstellungen.

Bevor sie sich darauf einstellen konnte, zog der Mann Kerry in die Arme. Sein Schlaf war offenbar erholsam gewesen. Die Küsse jedenfalls, mit denen er Kerry bedrängte, waren leidenschaftlicher denn je. Während er mit der Zunge über ihre Lippen fuhr, zog er das Oberteil ihres Kleides herunter und umfasste eine Brust.

„Nein!" Kerry sammelte ihre ganze Kraft und schob den Mann von sich. Er fiel nach hinten über und schlug mit dem Kopf an das Armaturenbrett. Dann fiel er zur Seite und sank zusammen. Mit den Schultern klemmte er jetzt zwischen dem Sitz und dem Ablagefach.

Er bewegte sich nicht und gab keinen Laut von sich.

Entsetzt starrte Kerry ihn an und hielt die Luft an. Nicht die leiseste Bewegung. „Oh nein, ich habe ihn umgebracht!"

Sie öffnete die Fahrertür. Sofort ging die Innenbeleuchtung an. Sobald Kerry sich an das helle Licht gewöhnt hatte, stieß sie den Mann vorsichtig an. Er stöhnte leise.

Schlagartig wandelte sich ihre Angst in Abscheu. Er war nicht tot, sondern lediglich vollkommen betrunken.

Sie versuchte ihn am Hemdkragen hochzuziehen, aber sie schaffte es nicht. Kerry kniete sich hin und zog an seinen Schultern, bis er wieder nach hinten sank und jetzt in der Ecke aus Beifahrertür und Sitz lehnte.

Sein Kopf hing vornüber, eine Wange lag an seiner Schulter. Am nächsten Morgen würde der Mann sicher einen steifen Nacken haben. Das konnte Kerry nur recht sein. Wenn man sich so hemmungslos betrank, musste man die Folgen davon tragen.

In seiner momentanen Lage wirkte er allerdings nicht mehr so bedrohlich. Seine Wimpern waren lang und geschwungen. Das passte überhaupt nicht zu den harten männlichen Gesichtszügen. Im Licht der Wagenbeleuchtung erkannte Kerry, dass er zwar dunkelbraunes Haar hatte, aber es war durchsetzt mit rötlichen Strähnen. Außerdem bemerkte sie jetzt trotz seiner tief gebräunten Haut, dass seine Wangen mit Sommersprossen übersät waren.

Durch den offenen Mund atmete er tief aus und ein. Bei dieser sinnlichen vollen Unterlippe war es kein Wunder, dass er so gut küsste. Kerry riss sich schnellstens von diesem Gedanken los.

Bevor sie sich zu irgendwelchen Gefühlen zu ihm hinreißen ließ, sollte sie sicher lieber überlegen, wie er sich morgen früh ihr gegenüber verhalten würde. Wahrscheinlich würde er nicht sehr begeistert davon sein, bei ihrem Plan mitzumachen. Möglicherweise würde er wütend werden, noch bevor Kerry die Gelegenheit hatte, etwas zu erklären. Söldner waren dafür bekannt, dass sie schnell die Beherrschung verloren.

Kerry betrachtete die Machete. Entschlossen öffnete sie den Verschluss und nahm die Waffe an sich. Sie war unglaublich schwer. Unbeholfen hielt sie die Waffe in der Hand und warf sie schließlich von sich, nachdem sie sich beinahe geschnitten hätte.

Aber was sollte sie mit der Pistole machen?

Reglos blickte sie auf die Waffe. Sie war ratlos. Einerseits war es das Beste, den Mann vollkommen zu entwaffnen, andererseits steckte die Pistole vorne in seinem Hosenbund.

Kerry riss sich zusammen. Nach allem, was sie heute Abend schon erlebt hatte, war jetzt nicht der richtige Moment dafür, schamhaft zu werden.

Sie beugte sich vor und streckte die Hand aus, doch dann zögerte sie. Sie ballte die Hände zu Fäusten, als habe sie eine unglaublich schwierige Aufgabe zu lösen.

Schließlich streckte sie die Hand erneut aus und zog entschlossen am Griff der Pistole. Die Waffe bewegte sich keinen Zentimeter. Noch einmal versuchte sie es, diesmal zog sie stärker. Wieder nichts.

Kerry zögerte und überlegte, was sie tun könnte. Ihr blieb keine andere Wahl, sie musste dem Mann die Pistole abnehmen, ohne ihn dabei zu wecken.

Einen Moment starrte sie seine Gürtelschnalle an. Dann atmete sie tief durch und unterdrückte das Zittern ihrer Hände, während sie die Schnalle vorsichtig öffnete.

Der Söldner atmete tief aus. Augenblicklich erstarrte

Kerry. Schließlich versuchte sie noch einmal, ihm langsam und beharrlich die Pistole aus der Hose zu ziehen, aber es ging immer noch nicht.

Gerade als sie den Hosenknopf berührte, atmete der Mann seufzend aus und stellte einen Fuß auf den Sitz. Dadurch wurde der Griff der Waffe noch fester zwischen seinem Magen und dem Hosenbund eingeklemmt.

Kerry bekam feuchte Hände. Sie wagte kaum sich vorzustellen, was geschehen mochte, wenn der Mann jetzt aufwachte und bemerkte, dass sie dabei war, ihm die Hose zu öffnen. Entweder erkannte er, dass sie versuchte, ihm die Waffe abzunehmen, oder er nahm an, sie wolle ihr Versprechen erfüllen. Seine Reaktion wäre sicher in beiden Fällen nicht sehr erfreulich.

Ein letztes Mal versuchte Kerry den Knopf zu öffnen, und diesmal ließ sie sich nicht von seinem tiefen Atmen ablenken. Sie kam sich ungeschickt vor, aber schließlich schaffte sie es. Wieder zog sie an der Waffe, wieder rührte sie sich nicht.

Kerry unterdrückte einen Fluch. Allmählich wurde sie ungeduldig. Sie griff mit zwei Fingern nach dem Haken des Reißverschlusses und zog so lange, bis er sich endlich bewegte. Kerry hatte geplant, die Hose nur so weit zu öffnen, dass sie an die Pistole herankam, doch jetzt öffnete sich der Reißverschluss vollkommen. Unwillkürlich zuckte Kerry zurück, dann zog sie die Pistole aus der Hose.

Der Mann atmete tief durch und bewegte sich wieder, aber er wachte nicht auf. Kerry presste die Pistole an die Brust, als sei es ein kostbarer Schatz. Vor Aufregung schwitzte sie am ganzen Körper.

Als sie endlich überzeugt war, dass der Mann fest schlief und sie die Waffe nicht zu ihrer eigenen Verteidigung brauchte, ließ sie die Pistole fallen. Hastig schloss sie die Autotür und setzte sich erschöpft und nachdenklich auf den Boden.

Vielleicht hatte sie doch keine so gute Wahl getroffen. Immerhin war es ein Leichtes gewesen, den Söldner zu entwaffnen. Allerdings war er betrunken, und Kerry brauchte sich keine Sorgen zu machen, dass er in den nächsten Tagen mit Alkohol in Berührung kam. Vorausgesetzt, alles lief, wie Kerry es sich vorstellte. In der Bar jedenfalls hatte er auf die anderen Soldaten abschreckend genug gewirkt. Auch körperlich schien er in bester Verfassung zu sein. Kerry war ihm heute Nacht nahe genug gekommen, um das beurteilen zu können. Seine festen kräftigen Muskeln verrieten Stärke und Ausdauer. Wenn dieser Mann sich einmal etwas in den Kopf gesetzt hatte, würde er alles daran setzen, sein Ziel zu erreichen. Hätte er sich den Kopf vorhin nicht gestoßen, würde Kerry jetzt immer noch seine Annäherungsversuche abwehren müssen.

Kerry wollte nicht weiter über ihn nachdenken. Sie war überzeugt, eine gute Wahl getroffen zu haben. Mit diesem Gedanken setzte sie sich auf den Fahrersitz, lehnte den Kopf gegen die Tür und schlief ein.

Ihr kam es vor, als habe sie die Augen kaum geschlossen, da wachte sie von einer Reihe von Kraftausdrücken auf, die sie bislang nur von Wänden öffentlicher Toiletten kannte.

2. *KAPITEL*

Rings umher erwachte der Dschungel. Überall raschelte das Laub und das Gestrüpp, und die Luft war erfüllt vom Zwitschern der Vögel und den schrillen Schreien von kleinen Affen.

Doch das Spektakel war nichts im Vergleich zu den Flüchen im Inneren der Fahrerkabine.

Kerry presste sich an die Fahrertür, während sie beobachtete, wie der Söldner allmählich aufwachte. Was immer er auch an Humor besessen haben mochte, es war vollständig verschwunden. Er wirkte vielmehr wie eine Schreckgestalt aus einem Märchenbuch. Die Haare standen wirr nach allen Seiten, sein Gesichtsausdruck war Furcht erregend und noch dazu die Flüche. Aufstöhnend beugte er sich vor, stützte die Ellenbogen auf die Knie und verbarg das Gesicht in den Händen.

Nach einiger Zeit drehte er den Kopf zur Seite. Selbst diese leichte Bewegung schien ihm Schmerzen zu bereiten. Aus blutunterlaufenen Augen blickte er Kerry an. Ohne ein Wort zu sagen, tastete er nach dem Türgriff, öffnete die Tür und rollte buchstäblich aus dem Wagen.

Als er mit den Füßen den Boden berührte, stieß er erneut eine Reihe von Flüchen aus, deren fantasievolle Vielfalt Kerry nicht leugnen konnte. Der Lärm des Dschungels schien ihm Kopfschmerzen zu bereiten, jedenfalls hielt er sich den Kopf mit beiden Händen und stöhnte leise.

Kerry öffnete die Fahrertür. Vorsichtig suchte sie den Boden nach Schlangen ab, bevor sie ausstieg. Sie überlegte, ob sie eine seiner Waffen nehmen sollte, doch dann entschied sie, dass der Mann in seinem Zustand für niemanden eine Gefahr darstellte.

Langsam ging sie vorn um das Auto herum und beugte sich vor, um den Mann sehen zu können. Er stand breitbeinig und lehnte sich mit dem Rücken gegen den Wagen. Den Kopf hielt er immer noch vornüber gebeugt mit den Händen.

Das leise Geräusch ihrer Schritte musste in seinen Ohren wie Donnerschläge klingen, sein Kopf fuhr herum.

Seine Augen waren hellbraun, und unter seinem Blick erstarrte Kerry.

„Wo bin ich?“ Die Worte waren kaum zu verstehen. Seine Stimme war rau und heiser vom Rauchen und Trinken.

„In Montenegro“, antwortete sie verängstigt.

„Welchen Tag haben wir?“

„Dienstag.“

„Was ist mit meinem Flugzeug?“

Es schien ihm schwer zu fallen, seinen Blick auf Kerry

zu konzentrieren. Die Sonne schien jetzt heller, und er blinzelte und kniff die Augen vor dem grellen Licht zusammen. Als ein Vogel laut kreischend vorüberflog, zuckte er zusammen und stöhnte auf.

„Flugzeug?"

„Ja, richtig. Mein Flugzeug."

Als Kerry ihn nur verständnislos ansah, fing er an, die Taschen seines Hemds zu durchsuchen, was ihm sichtlich Mühe bereitete. Schließlich zog er aus einer Brusttasche ein Flugticket und ein Ausreisevisum hervor. Die selbst ernannte Regierung von Montenegro war im Erteilen von Ausreisegenehmigungen nicht sehr großzügig. Da sie so selten ausgegeben wurden, waren sie wertvoller als Gold. Es kostete ein Vermögen, an ein gefälschtes Visum zu gelangen.

Der Mann hielt Visum und Ticket in Kerrys Richtung. „Gestern Abend um zehn ging mein Flug."

Kerry schluckte. Gleich würde er sich bestimmt aufregen. Innerlich bereitete sie sich auf diesen Wutanfall vor. Doch äußerlich wirkte sie vollkommen gelassen. „Das tut mir Leid. Sie haben ihn verpasst."

Langsam wandte er sich zu ihr und stützte sich mit der Schulter gegen den Wagen. Sein Blick war voller Feindseligkeit, und Kerry schrak zusammen.

Als er sprach, war seine Stimme leise und bedrohlich.

„Haben Sie etwas damit zu tun, dass ich ihn verpasst habe?"

Vorsichtig ging sie einen Schritt zurück. „Sie sind freiwillig mit mir mitgekommen."

Drohend kam er einen Schritt auf sie zu. „Sie haben ohnehin nicht mehr lange zu leben, Lady. Aber bevor ich Sie umbringe, wüsste ich gern, nur aus purer Neugier, weswegen Sie mich entführt haben."

Anklagend wies sie mit einem Finger auf ihn. „Sie waren betrunken."

„Das werde ich mein Leben lang bereuen."

„Woher sollte ich wissen, dass Sie zum Flugplatz müssen?"

„Habe ich das nicht erwähnt?"

„Nein."

„Ich muss es gesagt haben", beharrte er und schüttelte den Kopf.

„Haben Sie nicht."

Verächtlich sah er sie an. „Du bist nicht nur käuflich, sondern auch verlogen."

„Weder, noch." Kerry wurde rot vor Zorn.

Von Kopf bis Fuß betrachtete der Mann sie eingehend. Doch im Gegensatz zu gestern in der Bar war sein Blick diesmal voller Verachtung. Bei diesem geringschätzigen Blick fühlte Kerry sich genau als das, wofür er sie hielt.

Bei Tageslicht wirkte ihr Kleid nur noch abgetragen und billig.

„Was für ein Spiel treibst du eigentlich?“ erkundigte der Mann sich spöttisch.

„Überhaupt keins“, erwiderte Kerry.

„Lief das Geschäft in den Staaten so schlecht, dass du hierher kommen musstest, um Geld zu machen?“

Wenn Kerry sich nicht so sehr vor ihm gefürchtet hätte, wäre sie jetzt zu ihm gegangen und hätte ihn geohrfeigt. So stand sie nur reglos mit zu Fäusten geballten Händen vor ihm.

„Ich bin keine Hure“, stieß sie wutbebend aus. „Ich habe mich lediglich so verkleidet, um in die Bar zu kommen und Sie herauszuschleppen.“

„Das hört sich doch ganz wie die Arbeit einer Dirne an.“

„Halten Sie den Mund!“ schrie sie. Sein Verhalten und seine Worte kränkten sie mehr, als sie es für möglich gehalten hätte. „Ich brauche Ihre Hilfe.“

Der Mann blickte an seinen ausgewaschenen Jeans hinunter. Der Reißverschluss war immer noch offen. „Offensichtlich haben Sie sich bereits selbst zu helfen gewusst.“

Kerry platzte beinahe vor Zorn. Gleichzeitig schämte sie sich zutiefst und brachte es nicht fertig, ihm in die Augen zu sehen.

Höhnisch lachte er auf. „Ich kann mich an nichts erinnern. Wie war es denn?“

„Sie sind ekelhaft“, sagte sie schroff.

„So wild war ich?“ Er rieb sich das Kinn. „Ich wünschte, ich könnte mich erinnern.“

„Nichts ist geschehen, Sie Narr.“

„Nein?“

„Sicher nicht.“

„Sie wollten mich einfach nur ansehen?“ Er betrachtete seinen offenen Reißverschluss.

„Hören Sie endlich auf!“

„Weshalb ist meine Hose dann offen?“

„Ich musste sie aufmachen, um Ihre Pistole herauszuziehen“, fuhr sie ihn an. „Ich wollte mich nicht von Ihnen umbringen lassen.“

Einen Augenblick dachte er schweigend nach. „Die Möglichkeit habe ich immer noch. Daran können Sie mich auch nicht hindern, wenn Sie mir meine Pistole und meine Machete wegnehmen. Ich könnte Sie leicht mit den bloßen Händen umbringen. Trotzdem wüsste ich gern, weshalb Sie mich daran gehindert haben, das Flugzeug zu bekommen. Arbeiten Sie für die Regierung?“

Fassungslos sah sie ihn an. Wie konnte er so etwas von ihr denken? „Sind Sie verrückt?“

Der Mann lachte bitter. „Gut möglich. Es sähe El Presidente ähnlich, eine amerikanische Hure für sich arbeiten zu lassen. Der Mann ist ein mieser Feigling."

„Mit dem Feigling haben Sie Recht. Aber ich arbeite nicht für ihn."

„Also für die Rebellen. Was ist Ihre Aufgabe? Stehlen Sie Visa und Flugtickets?"

„Ich arbeite für niemanden in Montenegro."

„Für wen dann? Ich glaube kaum, dass der amerikanische Geheimdienst auf jemanden wie Sie zurückgreifen muss."

„Ich arbeite allein. Und keine Sorge, ich kann Sie gut bezahlen."

„Bezahlen? Wofür?"

„Ich möchte Sie anheuern. Nennen Sie mir Ihren Preis."

„So viel Geld können Sie gar nicht haben, Lady."

„Ich zahle jede Summe."

„Hören Sie zu. Keinen Job mehr in Montenegro. Ich will weg von hier." Drohend kam er auf Kerry zu. „Sie haben das wirklich toll hingekriegt. Es war der letzte Flug aus dem Land. Ab jetzt gibt es keine Auslandsflüge mehr. Haben Sie eine Ahnung, was ich anstellen musste, um dieses Visum zu bekommen?"

Kerry war sicher, dass sie es nicht wissen wollte. Sie

fing hastig an zu reden, als er immer näher kam. „Die Verzögerung wird sich für Sie lohnen. Das schwöre ich. Und wenn Sie mir helfen, kann ich Sie aus dem Land herausbringen."

„Wie? Und wann?"

„Am Freitag. Ich brauche nur drei Tage lang Ihre Hilfe. Dann, das verspreche ich Ihnen, kommen Sie mit Taschen voller Geld nach Hause."

Endlich hörte er ihr aufmerksam zu. Nachdenklich sah er sie an. „Wieso ich? Abgesehen davon, dass ich betrunken war und Sie mich leicht entführen konnten."

„Ich brauche jemanden mit Ihrer Erfahrung."

„Hier laufen wirklich genug Leute herum. Sie hätten jeden in dieser stinkenden Bar nehmen können."

„Aber Sie wirkten irgendwie ... am besten geeignet."

„Geeignet wofür?"

Kerry wich dieser direkten Frage aus. Zunächst musste sie ihn dazu bringen, noch ein paar Tage hier im Land zu bleiben. „Es ist ein harter Job. Ich brauche jemanden, der kampferprobt ist." Sie versuchte ihn bei seiner Eitelkeit zu packen. „Und er darf nicht zögern, wenn es brenzlig wird."

„Kampferprobt?" Verständnislos schüttelte er den Kopf. „Moment mal. Denken Sie, ich sei ein Söldner?"

Er brauchte keine Antwort. Ihr Gesichtsausdruck

sprach Bände. Verwundert blickte Kerry ihm ins Gesicht, als er jetzt lächelte. Er lachte tief und laut. Dann fluchte er erneut, doch diesmal klang es nicht so gemein wie vorhin. Aufseufzend lehnte er sich wieder an den Transporter und legte den Kopf in den Nacken.

„Was ist los?“ fragte Kerry, obwohl sie es lieber nicht wissen wollte. Sein Gelächter hatte eher spöttisch als belustigt geklungen.

„Sie haben sich den Falschen gegriffen. Ich bin kein Söldner.“

Ungläubig musterte Kerry ihn. „Das ist nicht wahr!“ Wie konnte er nur versuchen, sie so hinterlistig auszutricksen! „Sie haben den Präsidenten einen Feigling genannt. Und jetzt versuchen Sie selbst, sich vor einer schwierigen Aufgabe zu drücken.“

„Sie haben völlig Recht. Ich bin auch ein Feigling“, fuhr er sie an. „Ich will lediglich meine Haut retten. Dass ich ein Held sei, habe ich nie behauptet. Aber es stimmt, dass ich kein Söldner bin.“

Bei diesem Wutausbruch schrak Kerry zusammen. „Und was ist mit Ihrer Pistole und der Machete?“

„Zu meinem eigenen Schutz. Wer geht schon unbewaffnet in den Dschungel?“ Wieder kam er einen Schritt auf sie zu. „Und hier herrscht obendrein Bürgerkrieg. Oder haben Sie das noch nicht bemerkt, Lady? Es interessiert mich nicht, was für ein Spiel Sie treiben. Ich jedenfalls werde jetzt zurück in die Stadt gehen und El Presidente um Gnade anflehen. Vielleicht lässt er mich ja noch aus dem Land."

Erneut sah er Kerry an und musterte ihr langes wirres Haar und ihr billiges buntes Kleid. „Ich werde ihm die Geschichte erzählen. Die schöne Frau, der ich nicht widerstehen konnte. Das wird ihm gefallen."

Er ging um sie herum und stellte sich vor den Kühler des Wagens. Verzweifelt hielt sie ihn am Ärmel fest. „Glauben Sie mir, das ist kein Spiel. Sie können nicht gehen!"

„Wollen wir wetten?" Er machte seinen Arm frei und ging zur Fahrerseite.

„Was ist mit den Waffen?" fragte Kerry und zeigte auf die Taschen im Pick-up.

Der Mann bückte sich und schnallte sich die Machete wieder um. „Sie wollen meine Waffen sehen? Na gut."

Er zog eine der schweren Taschen unter dem Tarnnetz hervor. „Bleiben Sie zurück", warnte er sie. „Ich möchte nicht, dass Ihnen etwas passiert, wenn es eine Explosion gibt."

Mit einem kräftigen Zug machte er eine der Taschen auf. Verblüfft starrte Kerry auf den Inhalt.

„Das ist eine Kamera."

Der Mann spielte den Erstaunten. „Nein, wirklich?“ Rasch machte er die Tasche wieder zu. „Eine Spiegelreflexkamera, um genau zu sein.“

„Heißt das, die Taschen sind alle voller Kameras?“

„Blenden, Filme und so weiter. Ich bin Fotojournalist. Ich würde Ihnen ja gern meine Karte geben, aber ich habe mit einigen Rebellen die Karten vor einer Woche gebraucht, um Feuer zu machen.“

Von seinen spöttischen Bemerkungen bekam Kerry nichts mit. Sie sah nur auf die Reisetaschen. Darin hatte sie Waffen vermutet und gehofft, dass sie dadurch sicher aus dem Land herauskamen. Eine Zeit lang stand sie nur da und überlegte, welche Möglichkeiten ihr jetzt noch blieben.

Auf einmal wurde Kerry klar, dass der Mann gerade im Begriff war, im Dickicht zu verschwinden. Sie fuhr herum. „Wo gehen Sie hin?“

„Ich muss mich mal erleichtern.“

„Oh. Also gut, ich habe einen Fehler gemacht, aber ich möchte Ihnen immer noch ein Angebot machen.“

„Vergessen Sie’s. Ich habe meine eigenen Pläne, und zwar werde ich mit El Presidente einen Handel eingehen.“ Er schlug sich mit den Fäusten auf die Schenkel. „Wie konnte ich nur so dumm sein und das Flugzeug verpassen! Was haben Sie bloß angestellt, dass ich mit Ihnen aus der Bar gegangen bin? Haben Sie mir ein Schlafmittel verpasst?“

Auf diese Anschuldigung wollte sie gar nicht eingehen. „Sie waren schon betrunken, als ich Sie traf. Wieso haben Sie so viel getrunken, wenn Sie Ihr Flugzeug auf keinen Fall verpassen durften?“

„Ich habe gefeiert.“ An seinem verbitterten Gesichtsausdruck erkannte Kerry, dass sie einen wunden Punkt getroffen hatte. Er war auf sich selbst genauso wütend wie auf sie. „Ich konnte es nicht erwarten, aus diesem Land herauszukommen. Tagelang bin ich umhergezogen, um einen Platz in diesem Flugzeug zu ergattern. Soll ich Ihnen sagen, was ich tun musste, um mein Visum zu bekommen?“

„Nein.“

„Ich musste El Presidente mit seiner Freundin fotografieren.“

„Wobei?“ fragte Kerry abfällig.

Gekränkt sah er sie an. „Ein Porträt, das ich wahrscheinlich an die ‚New York Times‘ verkaufen werde, falls ich jemals wieder in die Vereinigten Staaten zurückkomme. Ihnen habe ich ja zu verdanken, dass ich mir darauf jetzt kaum noch Hoffnungen zu machen brauche.“

„Wenn Sie mir nur zuhören würden, könnte ich Ihnen

erklären, weshalb ich so dringend einen Söldner brauche, dass ich zu solchen Mitteln greifen musste."

„Ich bin kein Söldner."

„Sie sehen wie einer aus. Was glauben Sie denn, weshalb ich Sie sonst ausgesucht habe?"

„Keine Ahnung."

„Ich habe Sie aus all den Männern ausgesucht, weil Sie am rücksichtslosesten und gefährlichsten ausgesehen haben."

„Ich Glücklicher. Wenn Sie jetzt bitte entschuldigen würden ..."

„Sie tragen zwar eine Kamera statt eines Gewehrs, aber Sie sehen trotzdem wie einer von den Söldnern aus." Der Mann konnte ihr immer noch von Nutzen sein. Wenn sie ihn für einen Söldner gehalten hatte, dann würden das auch andere tun. „Sie verkaufen Ihre Dienste an den Meistbietenden. Es kann sich wirklich für Sie lohnen, Mister ..."

„O'Neal", antwortete er knapp. „Lincoln O'Neal."

Lincoln O'Neal! Kerry erkannte den Namen sofort, doch sie wollte sich nicht anmerken lassen, wie sehr sie beeindruckt war. Er war einer der bekanntesten und besten Fotojournalisten in der ganzen Welt. Während des Rückzugs aus Vietnam hatte er sich einen Namen gemacht, und seitdem waren seine Fotos aus jedem Krieg und jedem Krisengebiet rund um die Welt gegangen. Zweimal hatte er den Pulitzer-Preis gewonnen. Seine Arbeiten waren oft grausam und ohne jede Beschönigung.

„Mein Name ist Kerry Bishop."

„Es ist mir egal, wie Sie heißen, Lady. Wenn Sie mich jetzt bitte einen Augenblick in Ruhe lassen würden. Oder wollen Sie mir dabei zusehen?"

Seine abweisende Art wirkte nicht mehr abschreckend auf Kerry, sondern ließ sie in ihrem Entschluss nur noch fester werden. Er wandte sich ab und ging tiefer in den Dschungel hinein. Trotz ihrer leichten Sandalen ging Kerry hinter ihm her.

Wieder hielt sie ihn am Ärmel fest, und diesmal ließ sie nicht los. „Da sind neun Waisenkinder, die auf mich warten, damit ich sie aus diesem Land herausbringe", sagte sie hastig. „Ich arbeite für eine Hilfsorganisation in den Vereinigten Staaten. Drei Tage bleiben mir noch, um die Kinder zur Grenze zu bringen. Am Freitag wird dort ein Privatflugzeug landen und uns mitnehmen. Wenn wir nicht rechtzeitig am Treffpunkt sind, fliegt es ohne uns. Ich brauche Hilfe, um sicher die hundert Kilometer durch den Dschungel bis zur Grenze zu schaffen."

„Viel Glück dabei."

Fassungslos schrie sie auf, als er sich wieder abwandte.

Energisch krallte sie sich noch fester an seinen Ärmel. „Haben Sie nicht gehört, was ich gesagt habe?"

„Jedes einzelne Wort."

„Und das ist Ihnen egal?"

„Ich habe damit nichts zu tun."

„Sie sind doch ein Mensch! Das fällt zwar schwer zu glauben, aber Sie sind es dennoch. Hier geht es um Kinder!"

Sein Gesicht wurde ausdruckslos. Kein Wunder, dass sie ihn für einen Söldner gehalten hatte. So eine Gefühllosigkeit hatte sie noch nicht erlebt.

„Lady, ich habe Hunderte von Kindern sterben sehen. Einige sind direkt vor mir verhungert, ohne dass ich ihnen helfen konnte. Auch mich macht so etwas betroffen. Durch meine Arbeit versuche ich, etwas dagegen zu unternehmen. Aber um in solchen Situationen arbeiten zu können, muss man innerlich hart werden. Also erwarten Sie jetzt keinen Tränenausbruch von mir."

Kerry ließ ihn los und ging zurück, als sei seine Herzlosigkeit ansteckend. „Sie sind entsetzlich."

„Na prima. Endlich sind wir uns mal einig. Ich fühle mich charakterlich nicht geeignet, auf neun Kinder aufzupassen."

Entschlossen richtete sie sich auf. So widerlich er auch war, sie hatte keine andere Wahl. Ihr blieb nicht die Zeit, zurück in die Stadt zu fahren und sich nach einem Ersatz umzusehen. „Sehen Sie es doch als einen Job wie jeden anderen an. Ich zahle Ihnen, was ich auch einem Söldner gezahlt hätte."

Unnachgiebig schüttelte er den Kopf. „Es wäre in keinem Fall so viel, wie ich zu Hause für die Fotos auf meinen Filmen bekommen würde."

„Drei Tage mehr können Ihnen doch egal sein. Für Ihre Fotos bekommen Sie am Freitag noch genauso viel wie heute."

„Aber ich werde in der Zwischenzeit nicht mein Leben aufs Spiel setzen. Das ist mir nämlich fast ebenso viel wert wie meine Filme. In diesem stinkenden Dschungel habe ich es oft genug riskiert. Ich habe einen sechsten Sinn dafür, wann es Zeit ist, sich aus dem Staub zu machen." Eindringlich sah er sie an. „Also, ich weiß nicht, wer Sie sind und was Sie an einem Ort wie diesem hier tun, auf jeden Fall geht es mich nichts an. Verstanden? Ich hoffe, dass Sie die Kinder hier herausbringen, aber ohne mich." Abrupt drehte er sich um und war nach wenigen Schritten im Dickicht verschwunden.

Niedergeschlagen ließ Kerry die Schultern sinken.

Langsam ging sie zum Transporter zurück. Beim Anblick der Pistole auf dem Boden erschauderte sie. Dieser Mann war kälter und gefühlloser als jeder Söldner. Mitgefühl schien für ihn ein Fremdwort zu sein. Wie konnte es ihm egal sein, was aus den Kindern wurde?

Sie blickte auf die Waffe. Ob sie ihn mit Waffengewalt dazu zwingen konnte, ihr zu helfen? Das war lächerlich. Sofort ließ sie den Gedanken wieder fallen. Kerry versuchte sich vorzustellen, wie sie die kleine Lisa auf einem Arm hielt und mit der freien Hand die Waffe auf den Mann richtete.

Wahrscheinlich würde er sie ohnehin alle mitten im Schlaf umbringen, bevor sie ihr Ziel erreichten.

Verärgert drehte sie sich um. Dabei fiel ihr Blick auf die Taschen, die hinten auf der Ladefläche lagen. Alles Kameras, dachte sie verächtlich. Wie hatte sie es bloß für Waffen und Munition halten können? Für ihn mochten sie wertvoll sein, für Kerrys Plan jedenfalls waren sie völlig nutzlos.

Wie tief musste ein Mann sinken, bevor ihm ein paar Filmrollen wichtiger waren als das Leben von neun Kindern ohne Eltern? Wie herzlos, wie kalt musste er sein? Wie konnte es jemandem wichtiger sein, Fotos von Menschen zu machen, sie zu beobachten, anstatt jemals auch nur ein wenig Mitgefühl für sie zu empfinden? Was waren schon Fotos?

Kerry stutzte. Schlagartig war ihr eine Idee gekommen. Bevor sie über die Folgen von dem, was sie vorhatte, nachdenken konnte, beugte sie sich über die erste Tasche und öffnete sie.

Lincoln fühlte sich schrecklich.

Bei jedem Kreischen eines Vogels hatte er das Gefühl, als würde der Schmerz seinen Kopf durchbohren. Ihm war übel, und er hatte Zahnschmerzen. Außerdem hatte er einen steifen Nacken. Durch vorsichtiges Betasten stellte er fest, dass er obendrein auch noch eine große Beule am Kopf hatte.

Am meisten Schmerzen jedoch bereitete ihm diese Frau. Kerry Bishop. Im Moment überlegte er, was er ihr antun sollte. Sie war dafür verantwortlich, dass er sein Flugzeug verpasst hatte.

Beim Gedanken daran überkam ihn heiße Wut. Wie hatte er so dumm sein und sich hemmungslos betrinken können! Doch es war einfacher, den Zorn auf diese Frau zu lenken.

Wie kam eine Frau wie sie eigentlich nach Montenegro? Und wie stellte sie es sich vor, neun Kinder unbemerkt hundert Kilometer durch den Dschungel zu bringen und in ein Flugzeug zu verfrachten?

Das klang alles wie ein schlechter Film. So etwas konnte einfach nicht gut gehen. Es war unmöglich.

Und diese Frau glaubte, dass er seinen Hals riskieren

würde, um ihr zu helfen. Das war lächerlich. Lincoln O'Neal als der große Wohltäter!

Jeder, der ihn kannte, hätte gesagt, dass Lincoln immer der Beste sein wollte. Er war beliebt und wurde bewundert, war großzügig und gesellig. Aber wenn es einmal brenzlig wurde, dann war es besser, nicht auf ihn angewiesen zu sein. Denn dann machte Lincoln sich auf jeden Fall aus dem Staub und war nur sich selbst der Nächste.

An diese Grundsätze erinnerte Lincoln sich, als er zu dem Transporter zurückging. Erleichtert stellte er fest, dass die Frau sich offensichtlich beruhigt hatte. Sie lehnte an dem Wagen und kämmte sich die Haare. Das dichte, lange dunkle Haar hing ihr über die Schulter, und sie flocht es zu einem dicken Zopf.

Dieses Haar musste einer der Gründe gewesen sein, weshalb er gestern mit ihr gegangen war. Was sollte er mit einer Frau? Nach sechs Wochen hier in Montenegro sehnte er sich nach Sex. Aber er war zu wählerisch, um seine Triebe bei einer der Frauen aus den Bars zu befriedigen, die sich für Geld jedem hingaben. So weit war er noch nie gegangen.

Und gerade in der letzten Nacht hatte er allein sein wollen. Sein einziger Gedanke war das Flugzeug gewesen. Er hatte sich mit ein paar Drinks betäuben und so schnell wie möglich aus diesem Land herauskommen wollen.

Doch selbst der Alkohol hatte die Erinnerungen an die Gräueltaten, die er in den vergangenen sechs Wochen hier gesehen hatte, nicht verdrängen können. Und so hatte er immer weiter getrunken. Anscheinend hatte er, wenn auch nicht die Erinnerungen, so doch zumindest sein Urteilsvermögen verloren.

Als diese Frau mit dem dunklen Haar, das trotz der verrauchten Luft in der Bar schimmerte, auf ihn zugekommen war, war er nur seinen körperlichen Trieben gefolgt. Der Kuss hatte den Ausschlag gegeben. Bei der Berührung ihrer Lippen war sein letztes bisschen Vernunft verschwunden.

Jetzt erkannte er, dass er gestern seine Urteilskraft nicht vollkommen verloren hatte. Die Frau war tatsächlich schön. Sie war sehr schlank, auf jeden Fall viel zu schlank für dieses lächerliche Kleid. Offenbar funktionierte sein Urteilsvermögen bezüglich Frauen auch, wenn er betrunken war.

Aber wie er sie für käuflich hatte halten können, war ihm jetzt unbegreiflich. Vielleicht sah er wie ein Söldner aus, aber diese Frau hatte nichts von einer Hure. Ihr dunkles Haar ließ sie zwar wie eine Einheimische aussehen, doch ihre Augen waren dunkelblau, und ihre Haut war viel zu hell. Selbst für eine dunkelhaarige Amerikanerin hatte sie sehr helle Haut.

Vor allem jedoch hatte sie nicht diesen verbitterten müden Gesichtsausdruck der Frauen, die sich für Geld hingaben, um etwas zu essen zu kaufen.

Jetzt im hellen Tageslicht wirkte sie frisch und unverkennbar amerikanisch. Sie passte viel eher in ein schönes Haus irgendwo in den Staaten, und Lincoln konnte sie sich richtig vorstellen, wie sie einen Kindergeburtstag vorbereitete. Doch sie stand hier auf der Lichtung im Dschungel. Wie war sie bloß aus der Stadt herausgekommen? Ohne es zu wollen, wurde Lincoln neugierig.

„Wie sind Sie an den Transporter gekommen?"

Sie schien durch seine Frage nicht überrascht zu sein und antwortete prompt. „Ich habe ihn gestohlen. Er stand vor der Bar, und der Schlüssel steckte im Zündschloss. Auf dem Sitz lagen eine Offiziersjacke und eine Mütze. Damit habe ich Sie verkleidet, als ich aus der Stadt fuhr."

„Wirklich schlau."

„Danke."

„Und an der Stadtgrenze haben Sie erzählt, dass ich Ihr Kunde für die Nacht sei."

„Richtig."

Er nickte anerkennend. „Ich habe eine Beule am Kopf", sagte er dann.

„Oh, das tut mir Leid. Sie ... also, ich habe versucht ..." Kerry verstummte, und Lincoln vermutete, dass sie ihm etwas verschweigen wollte.

„Sprechen Sie weiter."

„Sie haben sich den Kopf am Armaturenbrett gestoßen."

Einen Augenblick sah Lincoln sie prüfend an, doch dann entschied er, dass es sinnlos war, sie weiter auszufragen. Er sah diese Frau heute ohnehin zum letzten Mal. Mittlerweile war er sicher, dass er vergangene Nacht nicht mit ihr geschlafen hatte. Auch wenn er noch so betrunken gewesen war, Sex mit dieser Frau, deren aufreizende Schenkel sich unter dem Kleid abzeichneten, hätte er nicht vergessen.

Doch bevor er sich in Fantasien verlor, sollte er sich lieber überlegen, was er tat, sobald er zurück in der Stadt war. Hoffentlich traf er El Presidente in guter Stimmung an. „Na, ein Glück, dass wir den Transporter haben. Dadurch kommen wir leichter zurück in die Stadt. Kommen Sie wieder mit, oder wollen wir uns hier verabschieden?"

„Das wird nicht nötig sein", entgegnete sie mit einem Lächeln.

„Wie bitte?"

„Wir fahren nicht zurück."

Allmählich wurde Lincoln ungeduldig. „Hören Sie,

ich habe Ihnen meine Antwort bereits gegeben. Lassen Sie die Spielchen, ja? Geben Sie mir die Wagenschlüssel, und ich mache mich davon."

„Ich glaube nicht, dass Sie irgendwohin gehen, Mr. O'Neal."

„Doch, und zwar in die Stadt. Jetzt." Er streckte die Hand aus. „Die Schlüssel."

„Ihre Filme."

„Was?"

Sie wies mit dem Kopf nach hinten, und Lincoln blickte in die Richtung. Jetzt erst sah er den wirren Haufen aus braunen Filmrollen, die jetzt wertlos in der prallen Sonne lagen.

Zunächst stöhnte Lincoln lediglich leise auf, doch dann schrie er seine Wut aus sich heraus. Er fuhr herum, ergriff die Frau und drückte sie nach hinten auf die Kühlerhaube. Mit einer Hand fasste er nach ihrer Kehle.

„Ich könnte Sie umbringen."

„Tun Sie es doch", erwiderte Kerry mutig. „Was macht schon ein Leben aus? Sie setzen auch das der neun Kinder gern aufs Spiel, wenn es um Ihre selbstsüchtigen Interessen geht."

„Selbstsüchtige Interessen? Fotografieren ist mein Beruf. Die Filme waren Tausende von Dollars wert, Lady."

„Ich zahle Ihnen, was immer Sie verlangen."

„Vergessen Sie's."

„Sagen Sie einen Preis."

„Ich will diesen Job nicht!"

„Weil Sie dabei ausnahmsweise mal auf jemand anderen als sich selbst aufpassen müssen."

„Stimmt genau."

„Also gut, dann verrate ich Ihnen, wie Sie aus der Situation noch einen Vorteil ziehen können. Lassen Sie mich los. Sie tun mir weh."

Kerry wand sich unter ihm. Doch sie hielt augenblicklich still, als sie spürte, dass sie dadurch sein körperliches Verlangen weckte. Seine Hüften hatte er gegen sie gepresst, und sie fühlte die Wirkung ihrer Nähe auf ihn deutlich.

Statt sie loszulassen, hielt Lincoln sie nur noch stärker fest. „Ich könnte auf Ihr Angebot von gestern zurückkommen", sagte er spöttisch.

„Das wagen Sie nicht."

Sein Lächeln wirkte keineswegs beruhigend. „Da wäre ich mir an Ihrer Stelle nicht so sicher."

„Sie wissen genau, weshalb ich Sie aus der Bar geholt habe."

„Das Einzige, was ich genau weiß, ist, dass ich Sie geküsst habe und heute früh mit offenem Reißverschluss aufgewacht bin."

„Es ist aber nichts geschehen“, erwiderte sie. In ihrer Stimme schwang jetzt Angst mit.

„Noch nicht.“ Es klang drohend und gleichzeitig wie ein Versprechen, doch dabei ließ er sie allmählich los und half ihr auf. „Aber zuerst zum Geschäft. Von welchem Vorteil haben Sie gesprochen?“

Kerry rieb sich die Kehle und blickte ihn zornig an. „Ich spreche von der Story. Sie wären bei der Rettung von neun Waisenkindern dabei.“

„Die illegal in die Staaten geflogen werden.“

Sie schüttelte den Kopf. „Wir haben die Erlaubnis der Einwanderungsbehörde. Es sind bereits Elternpaare für die Adoption ausgewählt worden.“ Kerry bemerkte, dass er etwas nachdenklicher wurde, und hakte sofort nach. „Sie wären hautnah dabei, Mr. O’Neal, und könnten alles auf Fotos festhalten. Diese Geschichte wäre viel eindrucksvoller als das, was Sie auf Ihren Filmen haben.“

„Was ich hatte.“

„Nun ja“, stimmte sie schuldbewusst zu.

Forschend blickten sie einander an.

„Wo sind die Kinder?“ fragte Lincoln schließlich.

„Fünf Kilometer nördlich von hier. Dort habe ich sie gestern Nachmittag in einem Versteck zurückgelassen.“

„Was haben Sie bisher mit ihnen gemacht?“

„Ich unterrichte sie. Seit zehn Monaten bin ich jetzt

hier. Ihre Eltern sind entweder tot oder werden vermisst. Das Dorf, aus dem die Kinder stammen, ist vor einem Monat abgebrannt. Seither haben wir in mehreren Unterschlüpfen gelebt, während die Vorbereitungen liefen, um sie aus Montenegro in die Vereinigten Staaten zu bringen."

„Und wer hat diese Vorbereitungen getroffen?"

„Die Hendren-Stiftung, benannt nach dem Missionar Hal Hendren, der hier vor zwei Jahren ermordet wurde. Seine Angehörigen haben die Stiftung nach seinem Tod gegründet."

„Und Sie glauben, dass dieses Flugzeug wie vereinbart zu dem Treffpunkt kommt?"

„Ganz bestimmt."

„Woher wissen Sie das?"

„Durch einen Boten."

Lincoln lachte laut auf. „Das ist wirklich lustig. Und Sie trauen diesem Boten?"

„Seine beiden Schwestern sind unter den Waisenkindern. Er will, dass sie von hier fortkommen. Ihr Vater wurde als Spion der Rebellen hingerichtet, und ihre Mutter ... Nun, sie starb auch."

Er lehnte sich an den Wagen und sah auf die zerknüllten Filmrollen. Das würde er dieser Frau nie verzeihen, doch die Tatsache blieb, dass die Filme ruiniert waren.

Ihm blieben zwei Möglichkeiten. Er konnte zurück in

die Stadt fahren und diesen tyrannischen Präsidenten um Gnade anflehen. Selbst wenn er Erfolg hatte, würde er mit leeren Händen nach Hause kommen. Die andere Möglichkeit war jedoch genauso unerfreulich.

„Warum mussten Sie mich entführen?"

„Wären Sie denn mitgekommen, wenn ich lieb ‚bitte' gesagt hätte?" Als Antwort murmelte er lediglich etwas Unverständliches. „Sicher nicht. Ich nahm an, dass sich kein Söldner freiwillig um eine Gruppe von Kindern kümmert."

„Da haben Sie Recht. Jeder andere hätte sicher den Vorschuss einkassiert, wäre Ihnen zu dem Versteck gefolgt, hätte die Kinder beseitigt, wäre über Sie hergefallen, bevor er auch Sie umgebracht hätte, und abends wäre er mit sich und dem Tag zufrieden gewesen."

Kerry wurde blass und schlang die Arme um sich. „An so etwas habe ich nicht gedacht."

„Sie haben an vieles nicht gedacht. Wie zum Beispiel Nahrung und frisches Wasser."

„Ich dachte, Sie ... oder wer auch immer ... würde sich um die Einzelheiten kümmern."

„Das sind doch die wichtigsten Probleme", erwiderte er verärgert.

Es ärgerte sie, dass er zu ihr wie zu einem einfältigen Kind sprach. „Ich bin weder schwach noch dumm, Mr.

O'Neal. Ich kann sehr viel ertragen, wenn es sein muss, um diese Kinder aus dem Land zu schaffen."

„Vielleicht verlieren wir sie alle, bevor wir am Treffpunkt ankommen. Sind Sie darauf vorbereitet?"

„Wenn sie hier bleiben, schaffen sie es ohnehin nicht."

Einen Augenblick blickte er sie abschätzend an. Möglicherweise steckte doch mehr in ihr, als er zunächst angenommen hatte. Was sie letzte Nacht geschafft hatte, war beachtenswert. „Wo liegt der Treffpunkt?"

Ihr Gesicht strahlte vor Freude auf, doch sie lächelte nicht. Stattdessen drehte sie sich um und ging zu einem abgestorbenen Baum. Mit einem Stock stach sie in eine Öffnung, um zu prüfen, ob sich vielleicht eine Schlange dort verkrochen hatte. Dann griff sie hinein und zog einen Rucksack hervor. Während sie zurückkam, öffnete sie ihn und holte eine Karte heraus. Diese breitete sie auf der Kühlerhaube aus.

„Die Kinder sind hier", erklärte sie und zeigte die Stelle. „Und wir sind jetzt hier."

Lincoln war in den letzten Wochen genug mit den Rebellentruppen umhergezogen, um zu wissen, wo sich die Kämpfe hauptsächlich abspielten. Er blickte Kerry an. Sie sah erwartungsvoll zu ihm auf.

„Das ist tiefster Dschungel, und der ist fest in der Hand von Regierungstruppen."

„Ich weiß."

„Wieso gerade dort?"

„Gerade weil es so streng bewacht wird. In diesem Grenzgebiet benutzen sie nur schlechte Radargeräte. Das Flugzeug wird es leichter haben, unbemerkt zum Treffpunkt zu gelangen."

„Das ist alles glatter Selbstmord."

„Auch das weiß ich."

Verärgert wandte Lincoln sich ab. Wenn sie ihn mit diesem betörenden Blick ansah, konnte er sich gut vorstellen, dass er ihr gestern gefolgt war. Auch wenn sie nicht eine der Frauen aus den Bars war, sie wusste sehr gut, wie sie einen Mann zu etwas überreden konnte.

Obwohl er sturzbetrunken gewesen war, konnte er sich deutlich an den Kuss erinnern und wie sich ihr Körper angefühlt hatte. Allmählich fing er an, ihren Mut und ihre Klugheit zu bewundern. Am meisten jedoch sehnte er sich nach ihrem Körper, diesen schlanken langen Beinen und diesem seidigen langen Haar.

Noch während er die Entscheidung traf, wusste er, dass er es bereuen würde. „Fünfzigtausend Dollar."

Fassungslos sah Kerry ihm in die Augen. „Das ist Ihr Preis?"

„Keinen Cent weniger."

Entschlossen hob sie das Kinn. „Abgemacht."

„Einen Moment noch. Jetzt kommen meine Bedingungen. Ich bin der Boss, klar? Ich will keine Diskussionen und keine Beschwerden. Wenn ich Ihnen sage, etwas zu tun, dann tun Sie es, ohne nach einer Erklärung zu fragen.“ Dabei deutete er mit dem Zeigefinger bekräftigend auf ihre Nase.

„Seit fast einem Jahr lebe ich jetzt im Dschungel“, wandte sie überheblich ein und schob seine Hand beiseite.

„In einer Schule zwischen Kindern. Das ist ein kleiner Unterschied. Jetzt müssen Sie mit ihnen im Schlepptau durch den Dschungel marschieren. Wenn wir nicht angegriffen werden, dann wäre das ein Wunder. Ich werde mich nur darauf einlassen, wenn es so läuft, wie ich es mir denke.“

„Einverstanden.“

„Gut. Brechen wir auf. Drei Tage sind nicht viel Zeit, um von hier bis zur Grenze zu gelangen.“

„Sobald ich mich umgezogen habe, holen wir die Kinder und suchen Vorräte zusammen.“ Kerry zog eine beigefarbene Leinenhose, eine Baumwollbluse, Socken und Stiefel aus dem Rucksack.

„Offensichtlich haben Sie an alles gedacht.“

„Einschließlich Trinkwasser.“ Sie reichte ihm eine Trinkflasche. „Bedienen Sie sich.“

„Vielen Dank.“

Unbeholfen stand sie vor ihm und hielt sich die Kleidung vor die Brust. „Würden Sie sich bitte umdrehen, während ich mich umziehe?"

Lincoln setzte die Flasche ab. Seine Lippen glänzten feucht. Mit dem Handrücken wischte er sich den Mund und sah Kerry unverwandt ins Gesicht.

„Nein."

3. KAPITEL

Lincoln O'Neal verschränkte die Füße, kreuzte die Arme vor der Brust und neigte den Kopf zur Seite. „Nein, ich werde mich nicht vom Fleck rühren."

Kerry konnte es nicht glauben. „Sind Sie tatsächlich so verroht, dass Sie mir nicht mal ein bisschen Privatsphäre zubilligen?" An seinem Grinsen konnte sie nichts Freundliches entdecken. „Machen Sie sich bloß keine Hoffnungen. Dann ziehe ich mich eben erst um, wenn wir am Versteck der Kinder sind."

„Sie haben doch gesagt, Sie seien nicht schwach."

Als Kerry sich daraufhin abrupt umdrehte, schlug sie ihm fast mit dem Zopf ins Gesicht. Das sollte also ein Test sein. Sie konnte es sich nicht leisten, auf seine Herausforderung nicht einzugehen. Immer noch bestand die Möglichkeit, dass er zurück in die Stadt fuhr. Es würde Kerry nicht einmal überraschen. Offensichtlich kannte er keinerlei schlechtes Gewissen. Im Augenblick jedenfalls musste sie auf seine hinterhältigen Spielchen eingehen.

„Also gut. Ich ziehe mich um." Sie wandte ihm den Rücken zu und tastete nach dem Reißverschluss des Kleides.

„Gestatten Sie."

Lincoln trat dicht hinter sie. Ohne zu zögern, zog er den Verschluss herunter. Er hakte kein einziges Mal. Anscheinend hatte er einige Erfahrung darin, Frauen auszuziehen.

Mit einem Mal war Kerry verunsichert. Sie wollte sich einfach vorstellen, sie sei am Strand und ziehe ihr Kleid aus. Doch sie hatte nicht damit gerechnet, dass Lincoln aktiv daran teilnehmen wollte. Sie spürte seinen Atem im Nacken, und fast hätte sie dem Drang nachgegeben, sich an ihn zu lehnen.

Ihr Rücken war jetzt nackt, und Kerry wurde heiß vor Zorn. Sie wusste, dass Lincoln sie ganz unverhohlen musterte.

„Danke", erwiderte sie knapp. Sie hatte gehofft, dass es abweisend und beherrscht klang, doch es war mehr ein atemloses Flüstern. Rasch ging sie einen Schritt vor. Einen Moment zögerte sie, dann zog sie die Träger von den Schultern, schob das Kleid über die Hüften herunter und trat zur Seite. Jetzt hatte sie nur noch den Slip und die Sandalen an. Die Sonne brannte auf ihre Haut, und gleichzeitig spürte sie die feuchte Luft am ganzen Körper. Kerry hatte das Gefühl, als würden selbst die Tiere im Dschungel verstummen, um sie zu beobachten.

Ihre Hände zitterten, als sie sich die Hose anzog. Sie schaffte es kaum, sie zuzuknöpfen. Hastig streifte sie die ärmellose Bluse über, knöpfte sie zu und stopfte sie in den Hosenbund. Dann zog sie den Zopf aus dem Halsausschnitt und bückte sich, um das Kleid aufzuheben, das sie unter anderen Umständen liebend gern weggeworfen hätte. Gerade als sie sich bückte, trat Lincoln hinter sie und umfasste ihre Taille mit beiden Händen.

„Fassen Sie mich nicht an", warnte sie ihn leise.

„Keine Chance, mein ..."

Er verstummte, als Kerry hochfuhr und sich umdrehte. Mit beiden Händen hatte sie seine Pistole umfasst und hielt sie auf seine Brust gerichtet.

„Wir beide haben eine geschäftliche Abmachung, Mr. O'Neal. Mehr nicht. Normalerweise würde ich Ihnen nicht einmal die Uhrzeit sagen. Wenn Sie mir noch einmal zu nahe kommen, drücke ich ab."

„Das bezweifle ich." Äußerlich wirkte er völlig unbeeindruckt.

„Ich meine es ernst!" schrie Kerry und hielt die Pistole noch dichter vor ihn. „Gestern Nacht musste ich mir Ihre widerlichen Annäherungsversuche gefallen lassen, weil mir keine andere Wahl blieb, aber fassen Sie mich ja nie wieder an."

„Okay, okay."

Er hob die Hände langsam hoch, doch anstatt sie über den Kopf zu heben, schlug er Kerry blitzartig die Waffe aus den Händen. Polternd fiel sie zunächst auf die Kühlerhaube und dann zu Boden. Lincoln presste Kerry einen Arm an die Seite, während er ihr den anderen auf den Rücken drehte.

„Richten Sie niemals wieder eine Waffe auf mich, verstanden? Haben Sie verstanden?“ Er schob ihren Arm noch höher, bis ihre Hand zwischen den Schulterblättern lag.

„Sie tun mir weh“, stieß Kerry aus.

„Sie hätten mir noch viel mehr wehgetan, wenn sich ein Schuss gelöst hätte“, schrie er sie unbeherrscht an.

„Ich weiß nicht einmal, wie sie funktioniert“, schrie Kerry zurück.

„Das ist ein Grund mehr, sie nicht anzufassen.“

„Es tut mir Leid. Bitte.“ Vor Schmerz und Demütigung traten ihr Tränen in die Augen. Lincoln ließ ihren Arm herunter, hielt sie jedoch weiterhin fest an sich gedrückt.

„Eigentlich sollte ich Sie dafür allein lassen“, sagte er leise. „Aber andererseits ...“ Er verstummte und beugte den Kopf zu ihr herab.

„Nein!“

„Doch.“

Sein Kuss war genauso Besitz ergreifend wie der in der letzten Nacht. Seine Lippen waren wild, fordernd und trotzdem unglaublich weich. Mit der Zunge drang er in ihren Mund ein. Augenblicklich verspannte Kerry sich, doch er beachtete ihren Widerstand nicht. Und als er ihre Zunge berührte, konnte Kerry nicht verhindern, dass sie den Kuss erwiderte.

Lincoln hob den Kopf. Langsam öffnete Kerry die Augen. Sie war wie betäubt. „Widerliche Annäherungsversuche, ja?" Spöttisch blickte er Kerry an. „Ich hatte den Eindruck, als fänden Sie den Kuss überhaupt nicht widerlich." Er strich Kerry über eine Brust und umfasste sie sanft. Durch die Bluse hindurch liebkoste er die Brustspitze.

„Aufhören." Mehr traute Kerry sich nicht zu sagen, aus Angst, dass er in ihrer Stimme die Lust, die er ihr bereitete, hören würde.

„Warum?"

„Weil ich es nicht will."

„Oh doch", sagte er überzeugt. „Vielleicht wird dies hier doch noch ein interessantes Unternehmen. Für uns beide. Warum Zeit verlieren?"

„Bitte nicht." Ihre Stimme klang unsicher, und Kerry konnte ein Aufstöhnen nicht unterdrücken, als er mit dem Daumen ihre aufgerichtete Brustspitze umkreiste.

„Du magst es", sagte er flüsternd an ihrem Ohr.

„Nein. Ich will es nicht."

„Oh doch." Er nahm ihr Ohrläppchen zwischen die Zähne und sog daran. „Auch wenn du das Gegenteil behauptest, du empfindest etwas dabei, das kannst du nicht leugnen." Lincoln schmunzelte, als er das Gewicht leicht verlagerte und Kerry sofort aufstöhnte. Aufreizend begann er sich an ihr zu reiben. „Es erregt dich genauso wie mich, gib es zu. Du bist eine leidenschaftliche Frau. Sonst hättest du mich gestern nicht aus der Bar entführen können."

„Du warst total betrunken. In deinem Zustand wärst du jeder Frau nachgelaufen."

„Nein. Ich war betrunken, aber ich habe erkannt, was sich bei dir unter der kühlen Oberfläche verbirgt. Warum verleugnest du deine Empfindungen?"

„Hör auf." Kerry legte alle Entschlossenheit in diesen Befehl, damit Lincoln nicht erkannte, welche Überwindung es sie kostete.

„Gut, wenn du es willst", willigte er widerstrebend ein und ließ die Hand von ihrer Brust sinken. „Es wird die Zeit kommen, da wirst du mich darum bitten."

Seine Überheblichkeit wirkte heilsam auf Kerry. Schlagartig hatte sie sich wieder vollkommen unter Kontrolle. „Da kannst du lange drauf warten."

Sie schob ihn mit aller Kraft von sich, und diesmal gab er nach. Er lachte auf und hob seine Waffe wieder auf. In

Gedanken versunken sah Kerry ihm zu, wie er die Pistole in den Hosenbund steckte, dann wurde ihr klar, wohin sie sah, und hastig blickte sie weg.

Selbstbewusst lächelte er. „Steig in den Wagen. Ich werde fahren. Dann kannst du die Stiefel während der Fahrt anziehen."

Sofort hatte er die Führung übernommen, und im Moment war es Kerry nur recht. Sie war völlig durcheinander.

Während der vergangenen Monate im Dschungel war Kerry so in der täglichen Arbeit mit den Kindern aufgegangen, dass sie die Gesellschaft von Männern nicht auch nur annähernd vermisst hatte. In den Staaten wartete niemand auf sie. Als sie nach Montenegro gegangen war, hatte es keinen Mann in ihrem Leben gegeben. Umso mehr warf sie jetzt die plötzliche Nähe von Lincoln O'Neal aus der Bahn.

Er hatte eine Leidenschaft in ihr geweckt, die sie gleichzeitig prickelnd und beschämend fand. Einerseits hatte sie Angst vor seinem Begehren, doch andererseits war sie davon gefesselt. Für Kerry verkörperte Lincoln eine ungeschliffene Männlichkeit, die ihr noch nie begegnet war. Der leicht salzige Geschmack seiner Haut, die Bartstoppeln in seinem Gesicht, die tiefe raue Stimme, all das sprach sie in einer Weise an, die sie nicht kannte. Sein muskulöser kräftiger Körper war genau das Gegenteil zu ihrer schlanken Figur.

Schade, dass er einen verkommenen Charakter hatte. Seine ganze Art war widerwärtig. Wenn die Waisenkinder nicht wären, wäre Kerry vor ihm geflohen, auch wenn sie damit ihren ganzen Stolz aufgab.

Sie war schon einmal in ihrem Leben benutzt worden, das wollte sie nicht ein zweites Mal erleben. Ihr Vater hatte sie hintergangen und war noch dazu hinterhältig gewesen. Lincoln O'Neal war wenigstens geradeheraus und direkt. Er gab offen zu, dass er der Beste sein wollte. Als die Betrügereien ihres Vaters damals aufgedeckt wurden, hatte Kerry aus Liebe zu ihm und aus Scham heraus geschwiegen. Diesmal wollte sie nicht schweigen. Sie schuldete Lincoln nichts außer den fünfzigtausend Dollars. Wenn es irgendetwas an ihm gab, das ihr nicht gefiel, würde sie es ihm ohne Zögern sagen.

Obwohl sie ihn nicht ausstehen konnte, war sie dankbar, dass Lincoln bei ihr war. Nicht einmal sich selbst wollte sie eingestehen, wie sehr sie sich davor gefürchtet hatte, den Weg mit den Kindern allein zu gehen. Auch in Begleitung von Lincoln standen die Chancen, dass sie alle unversehrt aus diesem Land herauskamen, noch schlecht genug.

„Vor uns liegt eine schmale Holzbrücke", sagte sie. Sie

hatten die Fahrt über beide geschwiegen. Innerlich empfand Kerry Genugtuung bei dem Gedanken, dass Lincoln immer noch einen Kater hatte. „Direkt hinter der Brücke geht links ein Weg ab."

„Ins Dickicht hinein?" fragte er, ohne Kerry anzusehen.

„Ja. Die Kinder halten sich ein paar Meter von der Straße entfernt versteckt."

Er fuhr nach ihren Anweisungen weiter, bis der Transporter nicht weiter in das undurchdringliche Gewirr von Büschen und Bäumen vordringen konnte. „Ich muss hier anhalten."

„In Ordnung. Wir bleiben nicht lange hier."

Lincoln stellte den Motor ab, und Kerry stieg aus. „Hier entlang." Sie ging voraus und konnte es kaum erwarten, die Kinder zu sehen. Mit dem Zopf blieb sie an Ästen hängen, und Dornen zerkratzten ihr die Arme. „Wir könnten deine Machete brauchen."

„Wenn wir sie hier benutzen, hinterlassen wir nur unnötige Spuren", erwiderte er. „Solange es nicht absolut nötig ist, sollten wir das vermeiden."

„Natürlich. Daran hätte ich denken sollen." Es war Kerry peinlich, dass sie diesen dummen Vorschlag gemacht hatte.

Umso mehr freute sie sich, dass Lincoln das Versteck

schließlich nicht bemerkte, als sie direkt davor standen. Kerry blieb stehen und drehte sich zu ihm um. Doch Lincoln sah sie nur verständnislos an.

„Joe“, rief sie leise. „Joe. Alles in Ordnung. Du kannst herauskommen.“

Lincoln zuckte leicht zusammen, als es direkt neben ihm raschelte. Zwischen Blättern, die so groß wie Regenschirme waren, blickten ihn mehrere dunkle Augenpaare an. Dann trat ein größerer schlanker Junge aus dem Dickicht hervor.

Lincoln schätzte das Alter des Jungen auf vierzehn. Er hatte einen abweisenden verschlossenen Gesichtsausdruck, und dadurch wirkte er älter, als es sein Körperbau vermuten ließ. Er blickte Lincoln mit einer Mischung aus offener Feindseligkeit und Misstrauen an.

„Das ist Lincoln O’Neal“, stellte Kerry ihn vor. „Er wird uns helfen. Lincoln, das ist Joe, der Älteste der Kinder.“

Rasch blickte Lincoln zu ihr hinüber. Es war das erste Mal, dass sie ihn mit dem Vornamen ansprach. Doch offenbar war es ihr nicht aufgefallen. Er streckte dem Jungen die Hand hin. „Hallo, Joe.“

Joe erwiderte nichts und drehte sich abrupt um. Auf Spanisch rief er die anderen Kinder aus dem Versteck. Nach und nach kamen sie alle aus dem Dickicht. Eines der älteren Mädchen hielt ein Kleinkind auf dem Arm. Sie ging direkt auf Kerry zu und reichte ihr das Kind.

Vertrauensvoll schlang das kleine Mädchen sofort die Arme um Kerrys Nacken. Kerry küsste das Kind auf die Wange und strich ihm über das Haar. Die anderen Kinder umringten sie. Offensichtlich hatten sie ihr alle etwas Wichtiges zu berichten. Kerry bemühte sich, allen die gleiche Aufmerksamkeit zuzuwenden.

Lincolns Spanisch reichte gerade für eine Speisekarte. Die Kinder redeten so schnell auf Kerry ein, dass er nichts verstehen konnte. Nur ein Wort, das sie alle wiederholten, fiel ihm auf.

„Hermana, was bedeutet das?“

„Schwester“, antwortete Kerry abwesend und rieb die Wangen des kleinen Mädchens mit Spucke sauber.

„Wieso nennen sie dich ...“ Lincoln brauchte nicht weiterzufragen. Die Antwort wurde ihm schlagartig klar, und er erstarrte.

Kerry lachte gerade über die wirre Geschichte, die eines der Kinder ihr erzählte. Dann wandte sie sich wieder Lincoln zu. „Entschuldigung, was hast du gesagt?“

„Ich fragte, weshalb sie dich Schwester nennen.“

„Oh, ich ...“

Jetzt erst blickte Kerry ihn aufmerksam an, sah seine Verblüffung und erkannte, welchen Schluss er gezogen hatte. Er nahm offenbar an, sie sei eine Ordensschwester. Fast hätte sie das Missverständnis aufgeklärt, doch dann überlegte sie es sich anders. Hier lag eine Möglichkeit, wie sie ihn von weiteren Annäherungsversuchen abhalten konnte, ohne zu riskieren, dass er sie doch noch im Stich ließ.

Kerry suchte nach einem Grund, warum sie ihm die Wahrheit sagen sollte, doch sie konnte keinen finden. Für den Bruchteil einer Sekunde rang sie mit ihrem Gewissen, aber schließlich tat sie das alles nur für die Kinder.

Mit ernstem Gesichtsausdruck senkte sie den Blick. „Weshalb sonst sollten sie mich Schwester nennen?“

Unwillkürlich fluchte Lincoln.

Kerry blickte ihn streng an. „Achte darauf, was du sagst, bitte.“ Als er sich prompt entschuldigte, wusste sie, dass sie mit ihrem Trick Erfolg hatte. Sie musste sich beherrschen, um nicht laut aufzulachen. „Soll ich dir die Kinder vorstellen?“

„Sind sie alle so freundlich wie Joe?“ wollte er wissen.

„Ich spreche Englisch“, erwiderte der Junge zornig.

„Dann kann ich dir ja direkt sagen, dass du keinerlei Manieren hast“, entgegnete Lincoln ungerührt.

Schnell mischte Kerry sich ein. „Joe, würdest du bitte das Feuer anfachen? Wir wollen noch etwas essen, bevor wir gehen.“

Joe warf Lincoln noch einen wütenden Blick zu, bevor er Kerrys Bitte nachkam.

„Kinder", sagte Kerry auf Spanisch und zeigte auf Lincoln. „Das ist Señor O'Neal."

„Lincoln reicht vollkommen", wandte er ein.

Kerry erklärte es den Kindern. Neugierig sahen die Kinder zu Lincoln auf. Dann stellte Kerry sie Lincoln der Reihe nach vor. „Und die Jüngste hier ist Lisa", sagte sie abschließend.

Ernsthaft schüttelte Lincoln den Jungen die Hand und verbeugte sich förmlich vor den Mädchen, die sofort leise kicherten. Spielerisch stupste er Lisa auf die Nase, wobei er sich in Acht nahm, Kerry nicht zu berühren.

Auf Spanisch begrüßte er sie alle. Damit waren seine Sprachkenntnisse so gut wie erschöpft. „Sag ihnen, dass ich während der nächsten Tage auf sie aufpassen werde." Er redete langsam, so dass Kerry zwischendurch übersetzen konnte. „Aber sie müssen mir gehorchen ... die ganze Zeit über." Mit einem Blick machte er Kerry klar, dass sie darin eingeschlossen war. „Wenn ich ihnen sage, dass sie schweigen sollen ... dann dürfen sie keinen Laut von sich geben ... Sie dürfen nicht von der Gruppe weggehen ... niemals ... Wenn sie sich danach richten ... kommen wir alle zu dem Flugzeug ... und fliegen in die Vereinigten Staaten."

Bei den letzten Worten blickten die Kinder aufmerksam auf, und Lincoln merkte, wie sehr sie sich darauf freuten.

Nachdem sie einen Brei aus Bohnen und Reis gegessen hatten, begannen Kerry und die Kinder, die spärlichen Vorräte zusammenzupacken. Als sie damit fertig waren, holte Lincoln eine seiner Kameras und machte einige Aufnahmen.

„Schwester Kerry, könntest du …"

„Bitte. Nenn mich Kerry."

Er nickte. Seit er wusste, dass sie eine Ordensschwester war, hatte er sie nicht mehr direkt angesehen. „Könntest du die Kinder für ein Gruppenfoto zusammenrufen?"

„Natürlich."

Kurz darauf hatten sich alle versammelt. Die Kinder waren aufgeregt und lächelten. Die kleine Lisa hatte den Daumen im Mund. Nur Joe wollte nicht in die Kamera sehen und blickte stattdessen mürrisch zur Seite. Kerrys Lächeln wirkte gezwungen.

„Also, los geht's." Lincoln schraubte die Linse wieder zu und hängte sich den Fotoapparat um den Hals. Dann hob er ein Paket mit Konservendosen hoch, die Joe in der vergangenen Nacht aus einem nahe gelegenen Dorf gestohlen hatte.

„Machst du normalerweise nicht Schnappschüsse?“ fragte Kerry, als sie zum Transporter gingen.

„Dies hier ist nur für den Fall, dass es nicht alle von uns bis zum Flugzeug schaffen.“

Bei dieser Antwort blieb Kerry unvermittelt stehen. „Meinst du wirklich, dass so etwas passieren kann?“

„Was denkst du denn, wo wir hier sind?“ Lincoln wusste selbst nicht genau, weshalb er mit einem Mal so ärgerlich auf sie war. „Dort irgendwo sind Hunderte von Soldaten und Rebellen, für die Töten auf der Tagesordnung steht.“

Innerlich zuckte sie zusammen, doch sie wollte ihre Angst nicht zeigen. „Möchtest du einen Rückzieher machen?“

Lincoln beugte den Kopf zu ihr. „Du hast Recht. Am liebsten würde ich es tun. Und wenn du etwas mehr Vernunft hättest, würdest du das auch.“

„Ich kann aber nicht.“

Lincoln fluchte ausgiebig, und diesmal entschuldigte er sich nicht dafür. „Komm weiter, wir vergeuden Zeit.“

Als sie beim Transporter anlangten, war er immer noch verärgert. Die Kinder kauerten auf der Ladefläche, zusammen mit dem Gepäck und Kerry.

„Tut mir Leid, dass du nicht vorn bei mir sein kannst“, sagte Lincoln, als er ihr Lisa auf den Schoß setzte. „Aber wenn wir angehalten werden, kann ich Joe als meinen Helfer ausgeben.“ Er musterte sie einen Augenblick. Selbst in der schlichten Bluse und der Hose sah sie bezaubernd aus. „Ohne dieses Kleid wirkst du nicht mehr wie eine …“

„Ich verstehe schon“, unterbrach sie ihn. „Die Kinder werden ruhiger sein, wenn ich bei ihnen bin. Wenn du eine Patrouille siehst, warn mich rechtzeitig, damit ich das Tarnnetz über uns ziehen kann.“

„Es wird sehr stickig darunter sein.“

„Ich weiß.“

„Wenn wir angehalten werden, müssen die Kinder absolut still sein.“

„Ich habe ihnen das ein paar Mal erklärt.“

„Gut“, sagte er ernsthaft. „Hast du etwas Wasser?“

„Ja. Hast du die Karte?“

„Ich habe den Weg im Kopf.“ Eindringlich blickte er sie an. „Wir können nur hoffen, dass wir dort ankommen.“

Noch einmal sahen sie einander an, dann stieg Lincoln ein und ließ den Wagen an.

Niemals in ihrem Leben hatte Kerry sich so unwohl gefühlt, obwohl sie versuchte, sich vor den Kindern nichts anmerken zu lassen. Sie wurden auf der Ladefläche hin und her geworfen, das war unvermeidlich auf dem holprigen Weg. Wenigstens wurden durch das ständige Rütteln die Moskitos und andere Insekten verscheucht.

Unter dem Tarnnetz brauchten sie sich vorerst nicht zu verstecken, doch dafür brannte die Sonne die ganze Zeit über heiß und unbarmherzig auf sie nieder. Und wenn sie eine Zeitlang im Schatten der Bäume fuhren, wurde die Luft schlagartig so feucht und stickig, dass sie kaum atmen konnten.

Die Kinder beschwerten sich, dass sie Durst hatten, doch Kerry teilte das Wasser sehr vorsichtig ein. Möglicherweise dauerte es lange, bis sie wieder an frisches Wasser kamen. Außerdem mussten sie öfter anhalten, wenn die Kinder mehr tranken. Und Kerry wollte Lincoln nur ungern darum bitten.

Er fuhr noch weiter, als die Sonne bereits hinter die Baumwipfel gesunken war und nur noch ein dämmriges Zwielicht herrschte. Als sie durch ein verlassenes Dorf fuhren, war es mittlerweile stockdunkel. Lincoln hatte Kerry zur Vorsicht gesagt, sie solle sich und die Kinder unter dem Netz verstecken. Er umkreiste das Dorf, und als er sicher war, dass niemand sich mehr dort aufhielt, fuhr er noch einen Kilometer weiter und blieb auf einer Lichtung stehen.

„Hier bleiben wir über Nacht."

Dankbar griff Kerry seine Hand und ließ sich von ihm

vom Wagen heben. Vorsichtig streckte sie sich, um die verkrampften Muskeln zu dehnen.

Lincoln versuchte, nicht auf ihre Brüste zu sehen, die deutlich hervortraten. Doch er konnte nicht vergessen, wie sie sich angefühlt und wie sich die Brustspitzen verhärtet hatten. Verlegen räusperte er sich. „Fühlst du dich hier sicher? Ich würde gern zurück zum Dorf gehen und mich ein wenig umsehen."

„Natürlich. Können wir ein Feuer machen?"

„Ich denke schon. Aber haltet es klein. Ich nehme Joe mit mir. Hier, nimm." Er zog die Pistole aus dem Hosenbund und reichte sie ihr.

Kerry nahm sie entgegen, betrachtete sie aber voller Unbehagen. „Ich habe dir schon heute früh gesagt, dass ich nicht weiß, wie man damit umgeht."

Rasch erklärte er ihr die Waffe. „Falls du sie benutzen musst, dann tu es am besten, wenn dein Ziel so dicht vor dir ist wie ich heute früh. Dann triffst du mit Sicherheit." Er lächelte leicht, und sie erwiderte das Lächeln. Lincoln drehte sich um und verschwand mit Joe in der Dunkelheit.

Kerry übertrug einem der Mädchen die Aufsicht über die anderen und schickte die Jungen zum Holzsammeln. Als Lincoln und Joe zurückkehrten, brannte ein kleines Feuer. Joe trug einen Stapel Decken, und Lincoln hielt zwei tote Hühner in der Hand.

„Das Feuer ist genau richtig", stellte er fest.

„Danke."

„Das hier ist nicht viel." Er wies auf die Hühner und hob entschuldigend die Schultern. „Aber das war alles, was wir finden konnten."

„Ich werde eine oder zwei der Dosen mit Gemüse aufmachen. Dann gibt es heute Eintopf."

Lincoln nickte und ging ein Stück weg, um die Hühner zu rupfen und auszunehmen. Dafür war Kerry ihm überaus dankbar.

Die Fahrt war für die Kinder so anstrengend gewesen, dass sie fast zu erschöpft zum Essen waren. Kerry munterte sie dazu auf. Möglicherweise war dies die letzte warme Mahlzeit für einige Tage. Schließlich waren alle satt und lagen auf der Ladefläche unter den Decken.

Kerry saß beim Feuer und trank eine Tasse Kaffee, als Lincoln zu ihr kam und sich nachschenkte. „Irgendetwas gesehen oder gehört?" erkundigte sie sich flüsternd.

„Nein. Alles ruhig. Aber gerade das macht mich nervös. Ich wüsste lieber, wo sie sind."

„Wen meinst du?"

„Jeden außer uns." Er lächelte. Im Schein des Feuers blitzten seine Zähne strahlend.

Kerry sah weg. Sie wollte ihn nicht attraktiv finden. „Du hast mich überrascht."

„Womit?“

„Du warst so nett zu den Kindern. Vielen Dank dafür.“

„Ich danke dir für die Tablette gegen meine Kopfschmerzen. Sonst wäre ich jetzt noch so schlecht gelaunt wie heute früh.“

„Ich meine es ernst. Du hast dich wirklich bemüht, und das weiß ich zu schätzen.“

„Ich habe in meinem Leben schon viele schreckliche Dinge getan, aber ich war noch nie grausam zu Kindern“, sagte er knapp.

Kerry wollte nicht weiter auf das Thema eingehen. Möglicherweise war es ihm peinlich, wenn man ihm Komplimente machte.

„Erzähl mir etwas von ihnen“, sagte er nach einer langen Pause. „Zum Beispiel von Mary.“

„Sie hat ihren Vater nie kennen gelernt“, begann Kerry. „Noch vor ihrer Geburt wurde er hingerichtet, weil er Flugblätter verteilt hatte. Ihre Mutter kam ins Gefängnis, und es wird angenommen, dass auch sie tot ist.“

„Was ist mit Mike?“

Kerry hatte den Kindern bereits englische Namen gegeben, damit sie sich schon an die Namen gewöhnen konnten, mit denen sie in Amerika angeredet würden. Sie erzählte Lincoln die Herkunft der einzelnen Kinder.

„Carmen und Cara sind die Schwestern des Boten, sein Name ist Juan."

„Und Lisa?"

Kerry lächelte. „Sie ist niedlich, nicht? Ihre Mutter war erst dreizehn, als ein Soldat der Rebellen über sie herfiel. Bei Lisas Geburt starb sie."

„Was weißt du über ihn?"

Kerry sah in die Richtung, in die Lincoln blickte. Am Rand der Lichtung saß Joe und starrte in die Dunkelheit.

„Joe", sagte sie leise. „Das ist eine traurige Geschichte."

„Wie alt ist er?"

„Fünfzehn." Sie erzählte Lincoln kurz von Joes Herkunft. „Er ist sehr intelligent. Aber seine Vergangenheit hat Spuren hinterlassen. Oft ist er feindselig und boshaft."

„Er liebt dich."

„Was sagst du?" Ungläubig sah sie Lincoln an. „Sei nicht albern. Er ist noch ein Kind."

„Anscheinend ist er schnell erwachsen geworden."

„Aber in mich verliebt? Das ist unmöglich."

„Überhaupt nicht. Mit fünfzehn Jahren hat ein Junge bereits ..." Lincoln verstummte.

„Das kann schon sein", entgegnete Kerry, um das peinliche Schweigen zu durchbrechen. „Wie war das bei dir?“ Sofort bereute sie die Frage. Das ging sie schließlich nichts an. Aus dem Augenwinkel heraus sah sie, dass Lincoln sie prüfend anblickte.

„Ich dachte immer, es ist die Aufgabe eines Priesters, die Beichte abzunehmen.“

„Das stimmt. Es tut mir Leid. Wir sprachen über Joe.“

„Weißt du, was er mit dem Kleid gemacht hat, das du letzte Nacht anhattest?“ Kerry schüttelte den Kopf. „Er hat es ins Feuer geworfen, als er sich unbeobachtet glaubte.“ Als er Kerrys ungläubigen Blick sah, nickte er nachdrücklich. „Ich habe gesehen, wie er es hineingeworfen und zugesehen hat, bis es völlig verbrannt war.“

„Aber er hat es selbst gestohlen. Er wusste, weshalb ich es anziehen musste.“

„Genauso wie er wusste, dass es dazu diente, dass ich jetzt hier bin. Er hasst sich selbst, weil er dabei mitgemacht hat.“

„Das bildest du dir ein.“

„Keineswegs. Er will dich beschützen.“

„Das hat er noch nie getan. Wir sind nicht einmal in unmittelbarer Gefahr. Wovor will er mich schützen?“

„Vor mir.“

Lincolns Gesicht wurde vom Feuer beleuchtet. Er hatte sich das Hemd ausgezogen und trug nur ein ärmelloses T-Shirt. Seine Haut war glatt und glänzte. Sein dichtes lockiges Brusthaar schimmerte im Feuerschein rötlich. Auch Lincolns hellbraune Augen reflektierten das Licht des Feuers.

Kerry blickte weg.

Als Lincoln nach einiger Zeit schließlich das Schweigen brach, war seine Stimme rau. „Wieso hast du es mir nicht gesagt?"

„Da gab es nichts zu sagen", antwortete sie aufrichtig.

„Ich sehe das anders." Er wirkte jetzt ärgerlich. „Warum hast du mich nicht davon abgehalten, dich zu küssen?"

„Wenn du dich bitte erinnerst, das habe ich getan."

„Nicht sehr energisch."

Verblüfft sah sie ihn an. Wie konnte man nur so von sich überzeugt sein? „Ich wollte mich lieber küssen als umbringen lassen."

„Ich hatte nie vor, dich umzubringen, und das wusstest du genau. Ein Wort hätte genügt, und ich hätte dich in Ruhe gelassen."

„Heute Morgen vielleicht, aber wie war das vergangene Nacht?"

„Das war etwas anderes."

„Weil du betrunken warst?"

„Ja." Lincoln wusste, dass sie das nicht als Entschuldigung ansah. „Was sollte ich denn denken?" verteidigte er sich. „Wie verhält sich denn ein Mann, der glaubt, eine Hure vor sich zu haben?“

„Das kann ich nicht beurteilen“, erwiderte sie kühl.

„Jetzt weißt du es. Genauso habe ich mich gestern Nacht dir gegenüber verhalten. Dieses Kleid, das Haar, dein verführerisches Lächeln, wie sollte ich da widerstehen? Also verurteile mich nicht, weil ich darauf eingegangen bin.“

„Schwester Kerry, alles in Ordnung?“

Lincoln und Kerry blickten hoch. Joe stand vor ihnen. Die Hände hielt er zu Fäusten geballt, und er sah Lincoln drohend an.

„Ja, Joe. Alles in Ordnung“, versicherte Kerry. „Leg dich schlafen. Morgen wird ein anstrengender Tag.“

Der Junge zögerte, doch schließlich ging er zum Wagen und setzte sich ins Fahrerhaus, wo Lincoln und er schlafen sollten.

Kerry und Lincoln blickten in das langsam verlöschende Feuer. Das Schweigen zwischen ihnen war bedrückend.

„Was hat dich dazu gebracht, diesen Beruf zu wählen?“ fragte er.

Kerry zog die Knie an und stützte das Kinn auf. „Verschiedene Dinge. Es waren die Umstände.“

Lincoln würde außer sich sein vor Wut, wenn er die

Wahrheit herausfand. Schon jetzt fürchtete Kerry diesen Moment. Aber dann wären sie in Sicherheit in den Vereinigten Staaten. Bis dahin musste sie bei ihrer Geschichte bleiben. Damit schützte sie sich vor ihm.

Wenn sie ganz ehrlich war, diente es auch als Schutz vor sich selbst. Trotz all seiner rauen Seiten fand Kerry ihn anziehend. Sehr anziehend sogar. Er war ein Traumbild von Mann. Er sah fantastisch aus, führte ein aufregendes, außergewöhnliches Leben und scherte sich nicht um gesellschaftliche Regeln.

Sicher war er ein hervorragender Liebhaber. Seine Berührungen waren grob gewesen, doch in gewisser Weise hatte Kerry es genossen. Dieser Mann stellte eine Herausforderung dar, der sich keine Frau entziehen mochte.

Auch wenn sie es sich nicht eingestehen wollte, er hatte sie erregt. Um sich selbst davor zu bewahren, eine große Dummheit zu begehen, würde sie ihre Geschichte aufrechterhalten. Im Grunde genommen legte sie gerade so eine Art Keuschheitsgelübde ab.

Ungeduldig stocherte er mit einem Stock in der Glut herum. Aus jeder seiner Bewegungen sprach Enttäuschung. „Wenn du einem Orden angehörst, wie konntest du so eine Rolle wie gestern spielen?"

„Ich war sehr verzweifelt. Das solltest du allmählich einsehen."

„Aber du warst so überzeugend.“

Sie fühlte sich gleichzeitig geschmeichelt und verlegen. „Ich habe getan, was notwendig war.“

Kerry spürte, dass er sie ansah, und musste ihn einfach auch ansehen. Über das Feuer hinweg blickten sie einander an. Beide erinnerten sich an die Berührungen und die Küsse, die sie verbanden.

Lincoln blickte als Erster weg. Sein Gesicht war angespannt. Innerlich fluchte er. „Vielleicht hast du dich in deiner Berufung geirrt. Wie gut du deine Rolle gespielt hast!“ Seine Stimme klang spöttisch. „Aber du sagst, das war notwendig. Du musstest sichergehen, dass ich mit dir mitkomme. Dafür musstest du schon etwas bieten, du musstest ...“

„Hör auf!“

„Bis ich nicht mehr klar denken konnte und nur noch meinem Trieb gefolgt bin.“

„Ich habe dich belogen, das stimmt“, rief sie aufgebracht. Sie wollte nichts mehr hören. „Ich habe dich getäuscht und betrogen. Und dann habe ich deine Umarmungen erdulden müssen. Wenn ich noch einmal die Wahl hätte, ich würde es wieder tun, um die Kinder hier herauszubringen.“

„Vergiss mich nicht in deinen Gebeten“, sagte er verbittert. „Ich habe es nötig.“

Hastig schüttete er den Rest seines Kaffees ins Feuer. Es zischte, und zwischen ihnen beiden stieg eine Qualmwolke auf.

4. KAPITEL

Sie waren urplötzlich da. Die Büsche auf beiden Seiten des Weges bewegten sich, und im nächsten Moment war der Transporter von Rebellen umringt. Lincoln trat auf die Bremse, und leicht schleudernd kam der Wagen zum Stehen. Verängstigt schrien die Kinder auf. Auch Kerry schrie unwillkürlich auf und presste die kleine Lisa an sich.

Als der Straßenstaub sich legte, rührte sich immer noch niemand von ihnen.

Die Rebellen hielten Maschinengewehre in den Händen. Die Mündungen hielten sie auf den Wagen gerichtet. Es waren junge Männer, doch obwohl sich bei manchen gerade der erste Bartflaum zeigte, hatten sie alle den Gesichtsausdruck von Männern, die keine Angst vor dem Tod oder dem Töten hatten.

Ihrer Kleidung nach zu urteilen lebten sie schon lange im Dschungel. Sie waren nicht nur zur Tarnung mit Schlamm beschmiert. Ihre Kleider waren verdreckt und von Blut und Schweiß verklebt. Die durchtrainierten Muskeln ihrer bloßen Arme glänzten im Sonnenlicht.

Lincoln, der seit dem Vietnamkrieg in so ziemlich jedem Krisengebiet der Erde gewesen war, erkannte in den verhärteten, reglosen Gesichtern, dass es Männer waren, für die der Tod zum Alltag gehörte. Ein Menschenleben, selbst ihr eigenes, bedeutete ihnen nicht viel.

Er wusste nur zu gut, dass er jetzt keinen Fehler machen durfte. Beide Hände ließ er auf dem Lenkrad liegen, wo sie von draußen deutlich sichtbar waren. Das Einzige, was im Moment für Kerry, die Kinder und ihn selbst sprach, war die Tatsache, dass sie offensichtlich nicht zur Armee des Präsidenten gehörten. Sonst hätten die Rebellen nicht gezögert zu schießen.

„Kerry", rief Lincoln nach hinten. „Bleib, wo du bist. Ich kümmere mich um alles. Beruhige die Kinder, so gut es geht. Sag den Leuten, dass ich jetzt die Tür aufmache und herauskomme."

Sie übersetzte Lincolns Worte ins Spanische. Auf den feindseligen Gesichtern zeigte sich keine Reaktion. Lincoln schloss daraus, dass sie einverstanden waren. Langsam ließ er eine Hand sinken. Sofort reagierten ein paar der Männer.

„No, no!" schrie Kerry entsetzt. Hastig flehte sie sie an, nicht zu schießen, und erklärte, dass Lincoln nur mit ihnen reden wollte.

Mutig ließ Lincoln die Hand erneut sinken und öffnete die Tür. Vorsichtig stieg er aus, hob die Hände über den Kopf und ging von dem Wagen weg. Unwillkürlich sog Kerry den Atem ein, als einer der Rebellen vorschnellte und Lincoln die Pistole aus dem Hosenbund riss. Sie befahlen ihm, die Machete abzuschnallen, und obwohl er kein Spanisch sprach, verstand er den drohenden Befehl und kam ihm ohne zu zögern nach.

„Wir bringen die Kinder zu einem Ort an der Grenze“, sagte er mit lauter deutlicher Stimme. „Dort finden sie Nahrung und Unterkunft. Es sind Waisenkinder. Wir sind nicht eure Feinde. Lass uns ...“

Lincolns Erklärung wurde brutal unterbrochen, als einer der Männer auf ihn zukam und ihm ins Gesicht schlug. Blitzschnell fuhr Lincoln herum und duckte sich, er ballte die Fäuste und blickte den Angreifer wutentbrannt an. Bevor er sich wehren konnte, versetzte der Rebell ihm einen Schlag in den Magen, und Lincoln sank zu Boden.

Kerry sprang vom Wagen herunter und lief zu ihm. Sie achtete nicht auf die Maschinengewehre, die sofort auf sie gerichtet wurden.

„Por favor, bitte, señor, lassen Sie uns sprechen“, bat sie hastig.

„Ich habe dir gesagt, du sollst dich da raushalten“, stieß Lincoln mühsam hervor und kniete sich auf. „Geh zurück zum Wagen.“

„Soll ich zulassen, wie sie dich zu Tode prügeln?“ zischte sie tonlos zurück. Sie warf den Zopf in den Nacken und blickte zu dem Mann auf, der Lincoln geschlagen hatte. Am Abzeichen auf seinem Barett erkannte sie, dass er der Ranghöchste der Männer war. „Was Mr. O'Neal gesagt hat, stimmt", erklärte sie auf Spanisch. „Wir bringen die Kinder lediglich an einen sicheren Ort."

„Sie fahren einen Wagen der Truppen von El Presidente." Er spuckte ihr vor die Füße.

Kerry beherrschte sich und hoffte, dass auch Lincoln sich nicht rühren würde. „Das ist richtig. Ich habe ihn der Armee gestohlen."

Einer der Leute zog Joe grob aus dem Wagen und durchsuchte das Fahrerhaus. Mit der Uniformjacke und der Mütze kam er zu seinem Anführer, der die Sachen Kerry anklagend entgegenschleuderte.

„Der Offizier hat sie im Wagen liegen lassen, als er in eine Bar ging, um zu trinken und sich mit Frauen zu amüsieren", erklärte Kerry. Die Rebellen bewegten sich misstrauisch.

„Was geht hier vor?" wollte Lincoln wissen. Er stand jetzt neben ihr. Seine Lippe war blutig, und er rieb sich unbewusst den Magen. Doch er schien nicht ernsthaft verletzt zu sein. Lediglich unglaublich wütend.

„Er hat mich gefragt, warum wir ein Militärauto fahren. Und dann musste ich die Uniform erklären."

Lisa fing an zu weinen. Ein paar der anderen Kinder

wimmerten verängstigt. Der Führer der Gruppe wurde unruhig und blickte die Straße entlang. Es war nicht gut, so lange hier ungeschützt herumzustehen.

Er gab seinen Leuten eine Reihe von kurzen Befehlen. Einer der Männer befahl Joe, hinten zu den anderen Kindern zu steigen, und setzte sich hinter das Steuer.

„Was jetzt?“ fragte Lincoln.

„Wir werden in ihr Lager gebracht.“

Lincoln stieß einen Fluch aus. „Für wie lange?“

„Das weiß ich nicht.“

„Und weswegen?“

„Sie wollen entscheiden, was aus uns wird.“

Mit Waffen im Rücken gingen sie los. Kerry rief den weinenden Kindern zu, dass sie bald wieder bei ihnen sein würde. Sie konnte den Anblick der tränenverschmierten entsetzten Gesichter nicht ertragen, als der Transporter an ihnen vorbeifuhr. Der Führer der Rebellen rief dem Fahrer zu, er solle die Abkürzung nehmen. Offensichtlich waren sie nicht weit vom Lager entfernt.

Die Rebellen bewegten sich fast lautlos durch den Dschungel. Sie gingen durch das Dickicht, doch es bewegte sich kaum ein Zweig. Als Lincoln versuchte, sich weiter mit Kerry zu unterhalten, befahl man ihm, still zu sein. Obwohl er vor Wut fast platzte, gehorchte er.

Sie erreichten das Lager zur gleichen Zeit wie der

Transporter, der aus der anderen Richtung kam. Es wurde Kerry erlaubt, zu den Kindern zu gehen. Sie kletterten von der Ladefläche und umringten Kerry, um Schutz bei ihr zu suchen.

Joe musste sich neben Lincoln an den Wagen stellen. Die Rebellen öffneten Lincolns Reisetaschen und begutachteten jedes Teil der Fotoausrüstung. „Sag ihnen, sie sollen ihre dreckigen Finger von meinen Kameras nehmen“, rief Lincoln Kerry zu.

Sie warf ihm einen warnenden Blick zu, um ihm zu sagen, er solle ruhiger sprechen und sich beherrschen. Dann wandte sie sich an den Führer. „Mr. O’Neal ist Fotograf von Beruf. Er macht Bilder und verkauft sie an Zeitschriften.“ Der Mann wirkte beeindruckt, aber immer noch misstrauisch.

Plötzlich hatte Kerry eine Idee und blickte zu Lincoln, der von einem der Rebellen mit dem Maschinengewehr bewacht wurde. „Hast du eine Sofortbildkamera?“

„Ja, habe ich.“

„Und Filme dafür?“ Sie sah Lincoln nicken. Kerry wandte sich wieder an den Rebellenführer, der sie unverhohlen von oben bis unten musterte. Sie ignorierte seinen anerkennenden Blick. „Würde es Ihnen gefallen, wenn Mr. O’Neal ein Foto von Ihnen und Ihren Männern macht? Ein Gruppenbild.“

Sie erkannte sofort, dass die Männer davon begeistert waren. Sie fingen an, untereinander Witze zu machen und sich gegenseitig anzustoßen, wobei sie ihre Waffen wie Spielzeuge benutzten.

Der Anführer schrie sie an, und augenblicklich verstummten sie alle wieder.

„Kannst du mir sagen, was hier vor sich geht?" verlangte Lincoln mit mühsam beherrschter Stimme.

Kerry erklärte ihm ihren Vorschlag. „Mit ein paar Fotos könnten wir hier wegkommen."

Lincoln sah in die Runde auf die feindseligen Männer. „Woher willst du wissen, was sie tun, wenn sie erst das Bild haben?"

„Dann denk dir doch was Besseres aus", entgegnete sie scharf. „Selbst wenn wir hier lebend herauskommen, verlieren wir kostbare Zeit."

Lincoln sah sie bewundernd an. Die meisten Frauen würden in einer Lage wie dieser die Nerven verlieren. Er wusste mittlerweile, dass Kerry sich blitzschnell auf unterschiedliche Situationen einstellen konnte.

„In Ordnung. Sag dem Anführer, dass sie sich alle aufstellen sollen, und vor allem soll er diesen Wachhund zurückrufen." Dabei blickte er den Mann an, der direkt vor ihm stand und die Waffe auf ihn gerichtet hielt. „Irgendwie muss ich ja an meine Kamera."

Sie übersetzte, was Lincoln gesagt hatte. Als sie erkannte, dass er von der Idee nicht so begeistert war wie seine Männer, machte sie ihm die Sache noch einmal schmackhaft. „Señor O'Neal ist berühmt. Er hat schon Preise gewonnen. Das Foto von Ihnen und den Männern wird überall erscheinen. Dadurch wird Ihr kämpferischer Mut und Ihre Tapferkeit in aller Welt bekannt."

Schweigend dachte der Mann darüber nach, dann grinste er zustimmend, und seine Leute, die ihn erwartungsvoll angesehen hatten, fingen wieder an, sich zu unterhalten und zu lachen.

„Hol deine Kamera", sagte Kerry zu Lincoln. „Fang mit Sofortbildern an, damit sie das Ergebnis gleich sehen können."

Lincoln genoss es, den Bewacher vor sich zur Seite zu stoßen, und beugte sich über seine Taschen. Die Ausrüstung lag achtlos im Staub auf dem Boden.

Während er einen Film einlegte, erkannte er, dass diese Bilder nicht nur ihr Leben retten konnten, sondern ihm auch Geld bringen würden. Kerry stellte währenddessen die Kämpfer in einer Gruppe zusammen. Gerade aufgerichtet und stolz standen sie beieinander und hielten ihre Waffen hoch.

„Sie sind bereit", sagte sie zu Lincoln.

„Was ist mit den Kindern?" fragte er, während er den

Rebellen Handzeichen gab, sich dichter zusammenzustellen.

„Joe passt auf sie auf.“ Kerry erkannte, dass Lincoln in seinem Element war. Er hatte sich drei verschiedene Kameras umgehängt, und jeder Handgriff wirkte gekonnt.

„Sag ihnen, sie sollen still halten“, sagte er. „Okay. Auf drei.“

„Uno, dos, tres“, zählte sie.

Es klickte, und sofort kam das Bild aus der Kamera. Kerry nahm es Lincoln ab. „Kannst du noch eins machen?“

„Ja. Zählst du wieder?“

Kurz darauf reichte Kerry dem Anführer die Bilder. Seine Männer standen um ihn herum und warteten darauf, dass sie etwas auf den Schnappschüssen erkennen konnten. Sobald sich die ersten Konturen zeigten, brachen sie in Gelächter aus und machten derbe Scherze untereinander. Offensichtlich waren sie mit den Fotos zufrieden.

Während sie die Schnappschüsse herumreichten, machte Lincoln die eigentlichen Fotos. Einige der Männer waren in einem Alter, in dem sie normalerweise ihren Abschluss an der High School machen würden, wenn sie in den Vereinigten Staaten leben würden. Doch statt Baseballschlägern hielten sie Maschinengewehre in der

Hand. Auf Lincolns Fotos würde der Gegensatz ihrer überschäumenden Freude über die Schnappschüsse und der grausamen Waffen deutlich zur Geltung kommen. Lincoln wusste, dass dies hier hervorragende Bilder wurden.

„Jetzt, wo sie gerade so gut gelaunt sind, sollten wir von hier verschwinden“, sagte er flüsternd zu Kerry. „Da du im Verhandeln so begabt bist, solltest du es ihnen erklären.“

Kerry wusste nicht, ob sie das als Kompliment oder Beleidigung auffassen sollte, aber das spielte im Moment keine Rolle. Sie mussten so schnell wie möglich weiter. Jede Stunde zählte, und ihnen blieben lediglich zwei Tage, um die Grenze zu erreichen. Mit den Kindern kamen sie nur sehr langsam voran. Sie lagen schon jetzt hinter dem Zeitplan zurück.

Zögernd näherte Kerry sich den Männern. So beiläufig wie möglich sprach sie den Anführer an. „Können wir gehen?“

Schlagartig verstummten die Männer und blickten zu ihrem Anführer. Gespannt warteten sie auf seine Antwort.

Das Ansehen vor seinen Leuten war ihm wichtig. Auf keinen Fall wollte er das Gesicht vor ihnen verlieren. Dessen war Kerry sich voll bewusst, als sie ihn anflehte.

„Ihr seid tapfere Kämpfer. Es gehört nicht viel Mut dazu, Kinder zu terrorisieren. Die Männer von El Presidente sind solche Feiglinge, die gegen Frauen und Kinder kämpfen. Sie sind nicht so mutig wie ihr." Dabei wies sie auf die ganze Gruppe.

„Würdet ihr hilflosen Kindern etwas antun? Das glaube ich nicht, denn ihr kämpft für die Freiheit, für das Leben. Ihr alle habt selbst Kinder zurückgelassen, oder Brüder und Schwestern. Dies hier könnten eure Kinder sein." Mit dem Kopf wies sie auf die Waisen, die sich auf dem Transporter aneinander gedrängt hatten. „Helft mir. Lasst sie mich an einen sicheren Ort bringen, weg von den Kämpfen."

Der Anführer blickte zu den Kindern. Kerry meinte, in seinem Blick so etwas wie Mitleid zu erkennen. Dann sah er zu Lincoln, und sein Gesichtsausdruck wurde wieder feindselig.

„Bist du seine Frau?" fragte er Kerry und wies in Lincolns Richtung.

Über die Schulter sah sie Lincoln rasch an. „Ich ..."

„Was hat er gefragt?" Lincoln gefiel der Blick des Mannes überhaupt nicht.

Kerry sah ihm in die Augen. „Er will wissen, ob ich deine Frau bin."

„Sag Nein."

„Nein? Aber wenn er glaubt …“

„Er wird dich benutzen, um mich zu quälen. Sag schon Nein.“

Kerry wandte sich wieder an den Anführer. „Nein, ich bin nicht seine Frau.“

Einen Augenblick sah der Anführer Kerry berechnend an. Dann grinste er, und schließlich brach er in Gelächter aus, in das seine Leute einfielen.

„Ja, ihr könnt gehen“, sagte er zu Kerry.

Bescheiden blickte sie zu Boden. „Gracias, danke, señor.“

„Aber zuerst soll Ihr Mann mich noch einmal fotografieren.“

„Er ist nicht mein Mann.“

„Sie lügen.“

Kerry zuckte zusammen und blickte zu ihm auf. „Nein, ist er nicht. Er bedeutet mir nichts. Ich habe Mr. O’Neal bloß angestellt, damit er mir hilft, die Kinder in Sicherheit zu bringen.“

„Ah, so ist das“, sagte der Mann gedehnt. „Dann macht es ihm sicher nichts aus, mich mit Ihnen zusammen zu fotografieren.“

Überrascht und erschreckt musterte sie ihn. „Mit mir?“

„Ja.“

Einige seiner Männer lachten zustimmend und gratulierten ihm zu diesem schlauen Zug mit Schulterklopfen.

„Was ist los?“ wollte Lincoln wissen, als Kerry sich wieder zu ihm umdrehte.

„Er möchte ein Foto von sich.“

„Dann geh aus dem Weg, und ich mache eins.“

„Mit mir zusammen. Er will ein Foto von sich und mir.“ Warnend sah sie Lincoln an. Sein Gesichtsausdruck war ebenso hart wie der der Männer hinter ihr. Drohend blickte er den Anführer an.

„Sag dem Mistkerl, was ich von ihm halte.“

Kerry lächelte ihn dankbar an. Sie hatte gefürchtet, dass Lincoln es für ratsam halten würde, wenn sie sich mit diesem Ungeheuer zusammen fotografieren ließ. Stolz drehte sie sich um und wandte sich an den Anführer. Sein Blick war auf Lincoln gerichtet und voller Bosheit. Er griff nach Kerry und zog sie an sich.

„Lassen Sie mich los!“ Sie wand sich los. Sofort hörte sie das Schnappen der Verschlüsse von mehreren Gewehren, doch sie ließ sich ihre Angst nicht anmerken. Abweisend blickte sie ihm in die Augen. „Ich werde mich nicht mit Ihnen fotografieren lassen.“

„Dann stirbt Ihr Mann.“

„Das glaube ich nicht. Sie sind kein gewissenloser Mörder.“ Innerlich war sie zwar vom Gegenteil überzeugt, aber sicher wollte er nicht als kaltblütiger Killer gelten.

Joe befahl den Kindern, von denen einige weinten, sich nicht zu rühren. Dann ging er zu Lincoln hinüber. Der Anführer teilte zwei Männer ein, die die beiden bewachen sollten. Die anderen verteilten sich auf der Lichtung, ohne Lincoln und Joe aus den Augen zu lassen.

Der Anführer lachte boshaft auf und legte Kerry eine Hand in den Nacken.

Sie blieb starr stehen. „Nehmen Sie die Hände weg." Doch der Mann zog sie nur noch näher an sich.

„Verdammt", schrie Lincoln auf. „Lass sie los!" fuhr er den Anführer an.

„Warum sind Sie so unnachgiebig?" fragte der Mann Kerry mit leiser Stimme. „Sie wissen gar nicht, wie viel Spaß Ihnen entgeht."

Auf einmal konnte Joe sich nicht länger zurückhalten. Er lief los, stolperte jedoch sofort, als ihm einer der Männer ein Bein stellte. Augenblicklich drückten sie ihm den Lauf eines Gewehrs in den Rücken und warnten ihn, sich nicht mehr zu bewegen.

„Oh nein", stöhnte Kerry entsetzt auf. Was sollte sie bloß machen? Joe durfte nichts geschehen. Sie schwankte.

„Sag ihnen, dass du eine Nonne bist", sagte Lincoln.

„Liest du keine Zeitungen?"

Sie hatte Recht. Gläubige und Frauen wurden in letzter Zeit nicht mehr in den Kämpfen verschont, sondern oft noch grausamer behandelt. Der Anführer griff nach Kerrys Zopf und wickelte ihn sich um die Faust.

„Du widerliches Tier!" Lincoln machte einen Satz nach vorn. Einer der Rebellen stieß ihm den Gewehrlauf in den Magen. Aufstöhnend sank Lincoln zu Boden, wollte jedoch sofort wieder aufspringen.

„Lincoln, nicht!" schrie Kerry auf, als sie sich umdrehte, um zu sehen, was vor sich ging.

Der Anführer zog seine Pistole und zielte auf Lincoln. Kerry griff nach seinem Arm. „Bitte! Bitte nicht!"

„Ist er Ihr Mann?"

Sie blickte in seine kalten Augen und erkannte, dass er sie nur erniedrigen und verängstigen wollte. „Ja", sagte sie matt. „Ja, er ist mein Mann. Bitte lassen Sie ihn leben." Wieder und wieder flehte sie ihn an, und schließlich ließ er die Waffe sinken. Er rief den Männern ein paar Befehle und Anordnungen zu.

Kerry lief zu Lincoln und half ihm beim Aufstehen. „Schnell, er hat gesagt, wir können gehen."

Aufstöhnend hielt Lincoln sich den Magen und sah zu dem Anführer. Am liebsten hätte er ihn zusammengeschlagen, und wenn Kerry und die Kinder nicht dabei gewesen wären, hätte er es versucht. Doch Kerry zog ihn am Ärmel weiter und flehte ihn an, zu schweigen und in den Transporter zu steigen. Lincoln wusste, dass es das Klügste war, und wandte sich widerwillig von dem Rebellenführer ab.

Rasch sammelte er seine Fotoausrüstung zusammen, während Kerry die Kinder auf der Ladefläche beruhigte. Mutig ging sie zu dem Mann, der Joe bedrohte, schob ihn weg und half dem Jungen beim Aufstehen. Joe sah den Anführer genauso hasserfüllt an, wie Lincoln es getan hatte.

„Bitte, Joe, steig in den Wagen", sagte Kerry leise. „Mir geht es gut, und wir sind alle am Leben. Lass uns verschwinden." Sie stieg auf die Ladefläche und zog die kleineren Kinder an sich.

Lincoln kam um den Wagen herum. „Ich brauche meine Pistole und die Machete." Kerry fragte den Führer, ob sie die Waffen wiederbekommen konnten.

„Sagen Sie Ihrem Mann, er soll einsteigen und die Tür schließen."

Kerry gab den Befehl an Lincoln weiter, der widerwillig gehorchte. Dann legte der Rebell die Machete vor Kerry auf die Ladefläche. „Ich bin kein Narr. Die Pistole werde ich nicht zurückgeben."

Sie teilte es Lincoln mit. Er wollte anscheinend widersprechen, doch er überlegte es sich anders. Stattdessen legte er den Gang ein und fuhr von der Lichtung auf dem schmalen Pfad durch das Dickicht zum Weg zurück.

Bevor er weiterfuhr, hielt er an und stieg aus. „Ich weiß, dass es unerträglich heiß werden wird, aber ich will kein Risiko mehr eingehen. Zieht das Tarnnetz über euch."

Er half Kerry, das Netz über die Kinder auszubreiten. Dabei sah er sie prüfend an. „Hat er dir wehgetan?"

„Mir geht es gut", entgegnete sie knapp und wich seinem Blick aus. Er zog das Netz fest, und kurz darauf hörte Kerry, dass er wieder einstieg. Einen Augenblick später setzten sie die holprige Fahrt fort.

„Was hältst du davon?" erkundigte Kerry sich mit leiser Stimme.

„Es sieht verlassen aus." Lincoln sprach genauso leise.

Seit einigen Minuten beobachteten sie ein Haus, das zu einer verlassenen Zuckerrohrplantage gehörte. Während dieser Zeit hatten sie keine Bewegung bemerkt.

„Es wäre schön, unter einem Dach übernachten zu können."

Lincoln sah Kerry aufmerksam an. Als er vorhin nach langer Fahrt den Wagen angehalten hatte und das Tarnnetz zurückzog, hatten Kerry und die Kinder alle durcheinander gelegen. Einige der Kinder waren an Kerry geschmiegt eingeschlafen, so dass sie sich nicht mehr hatte rühren können. Aber sie hatte sich mit keinem Wort beklagt. Was konnte sie noch alles ertragen? Jetzt jedoch erkannte Lincoln ihre Erschöpfung.

„Du bleibst hier. Ich sehe mich mit Joe zusammen etwas um."

Zehn Minuten später waren sie zurück. „Es sieht aus, als sei dort seit langer Zeit niemand mehr gewesen. Mir erscheint es sicher. Sollen wir fahren, oder möchtest du zu Fuß gehen?" erkundigte Lincoln sich und setzte sich wieder hinter das Lenkrad.

„Ich glaube, für heute haben die Kinder und ich genug vom Autofahren. Wir werden laufen."

Sie begleitete die Kinder über die Lichtung. Früher musste es eine schöne Farm gewesen sein. Doch wie fast alles in diesem Land hatte es unter dem Bürgerkrieg gelitten. In den weiß getünchten Wänden waren Einschusslöcher, und der wilde Wein hatte alle anderen Pflanzen überwuchert. Die meisten Fensterscheiben waren zerbrochen, und die Eingangstür fehlte.

Die großen Zimmer boten wenigstens Schutz vor der brennenden Sonne und waren angenehm kühl. Nach den Stunden der Hitze unter dem Tarnnetz genossen Kerry und die Kinder den Schatten.

In der Küche gab es keinen Strom und kein Gas, und

da Lincoln nicht wollte, dass sie ein Feuer machten, aßen sie kalte Bohnen und Fleisch aus der Dose. Wenigstens das Wasser aus der Leitung war klar und kalt. Kerry wusch den Kindern Gesicht und Hände und machte ihnen aus den Decken ein Nachtlager in einem der Zimmer zurecht.

Lincoln saß an einem der Fenster und hielt Wache. Ab und zu beobachtete er Kerry, wie sie zwischen den Kindern hin und her ging. Sie betete leise mit ihnen und erzählte ihnen von den Vereinigten Staaten und was sie dort alles erwartete.

Der Mond ging über den Baumwipfeln auf und beleuchtete durch das Fenster Kerrys Haar. Sie hatte den Zopf gelöst und die Haare mit den Fingern gekämmt. Ihr Haar hing jetzt glatt und lang über ihre Schultern und schimmerte im Mondlicht silbern, während sie von einem Kind zum nächsten ging. Sie hob Lisa auf den Schoß, küsste sie sanft auf die Stirn, wiegte sie leicht und summte dabei ein Schlaflied.

Lincoln sehnte sich nach einer Zigarette oder sonst etwas, um sich abzulenken. Selbst wenn er Kerry nicht ansah, war er sich jeder ihrer Bewegungen bewusst. Und er konnte nicht verhindern, dass er eifersüchtig auf das kleine Mädchen auf ihrem Schoß war.

Er war wütend auf sich und schämte sich. Selbst jetzt,

obwohl er wusste, dass sie einem Orden angehörte, begehrte er Kerry mit brennendem Verlangen. Er sehnte sich danach, sie zu berühren, und wollte, dass sie seine Leidenschaft erwiderte.

Was war bloß mit ihm los? Er war genauso schlecht und verdorben wie die Rebellen, die Kerry lüstern angestarrt hatten. Es fiel ihm schwer, sich das einzugestehen, doch offensichtlich stand er mit diesen Männern auf einer Stufe. Er wollte nicht mehr an ihren Körper denken, doch er konnte es nicht verhindern.

Wie lang war es her, dass er mit einer Frau zusammen gewesen war? Auf jeden Fall zu lang. Doch so etwas hatte er schon früher erlebt, und nie war er von der Vorstellung so besessen gewesen wie jetzt. Und noch nie hatte sich sein Verlangen so auf eine einzige Frau bezogen.

Er konnte sich kaum auf irgendetwas konzentrieren. Ständig überkam ihn diese Erregung, und jedes Mal geschah es urplötzlich und unvermittelt. Beispielsweise, wenn Kerry ihm etwas Wasser reichte, bevor sie selbst einen Schluck nahm. Oder wenn er ihr bloß in ihre tiefblauen Augen sah, in deren Blick aufrichtiger Dank dafür lag, dass er ihnen half.

Lincoln war wütend auf sich selbst, fand aber nichts, um sich abzureagieren. Als einziger Ausweg für seine Wut blieb die Frau, die an seiner Verfassung schuld war.

„Sie schlafen alle“, sagte Kerry leise, als sie zu ihm kam.

Lincoln saß auf dem Fenstersims und hatte ein Knie angezogen. Kerry schien seine düstere Stimmung nicht zu bemerken. Sie blickte nur fasziniert in den klaren Abendhimmel hinaus. Tief atmete sie ein, wobei sich ihre Brüste noch deutlicher unter der Bluse abzeichneten. Lincoln schaffte es nicht, den Blick von ihr zu wenden.

„Wieso hast du dem Mann nicht offen gesagt, dass du eine Nonne bist?“

Verwirrt sah sie ihn an. Die unvermittelte Frage riss sie aus ihren Gedanken. „Ich dachte, es würde nichts nützen.“

„Vielleicht doch.“

„Vielleicht hätte es seine Aufmerksamkeit nur auf eines der Mädchen gelenkt.“

In Kriegszeiten war so etwas durchaus denkbar. Männer taten Dinge, die sie sonst abscheulich fanden. Lincoln wusste, dass Kerry Recht hatte, und konnte nichts erwidern. Sein Ärger trieb ihn dazu, Kerry zu kränken. Sie sollte auch so leiden wie er selbst.

„Ich verstehe dich nicht“, sagte er. „Du führst dich auf wie eine Heilige, und dabei benutzt du deinen Körper, um die Männer verrückt zu machen. Glaub mir, ich kann das beurteilen.“ Er stellte sich hin und beugte sich zu ihr.

„Bereitet dir das Vergnügen? Zu sehen, wie du auf Männer wirkst, ohne die Versprechen, die du mit deinem Körper machst, einzulösen?“

„Das ist widerlich, selbst von dir, von dem ich einiges gewöhnt bin. Ohne es zu wollen, bin ich zum Spielball zwischen dir und diesem Ungeheuer geworden. Du musstest ja deine männliche Willensstärke mit ihm messen. Ich habe mich diesem grässlichen Mann nicht gebeugt und dadurch seinen Respekt gewonnen. Und anschließend habe ich ihn angefleht, damit er dein Leben verschont.“

Wieder hatte sie Recht, und das machte ihn nur noch wütender. „Tu mir bitte keinen Gefallen mehr, ja? Oder hast du die allgemeine Aufmerksamkeit so genossen, dass es dir nicht wie ein Gefallen vorkam?“

„Ich habe diesem Mann geschmeichelt, weil ich es musste. Genau wie ich mit dir flirten musste.“

„Und beide Male hast du dich nur für die Kinder aufgeopfert“, entgegnete er höhnisch.

„Genau!“

„Das ist wirklich ein Witz!“

„Es überrascht mich nicht, dass du das nicht verstehen kannst. Du hast nie an jemanden außer an dich selbst gedacht. Außer dir selbst liebst du niemanden.“

Lincoln griff ihre Schultern und riss Kerry an sich.

Sofort tauchte Joe aus dem Dunkeln neben ihnen auf. Seine dunklen Augen schimmerten im Mondlicht. Bedrohlich starrte er Lincoln an. Fluchend ließ Lincoln Kerry los und wandte sich ab. Er war auf sich selbst ärgerlicher als je zuvor. Allmählich führte er sich wie ein Verrückter auf.

„Ich mache einen kleinen Rundgang. Bleib hier." Er ging hinaus und löste dabei die Machete aus dem Riemen, als warte er nur darauf, auf irgendetwas einzuschlagen.

Kerry sah ihm nach, bis er im Dunkeln verschwunden war. Besorgt rief Joe ihren Namen. Sie legte ihm beruhigend die Hand auf den Arm und lächelte verkrampft. „Alles in Ordnung, Joe. Mach dir keine Sorgen um Lincoln. Er ist nur sehr angespannt."

Der Junge wirkte nicht überzeugt, und Kerry war es auch nicht. Ihr war vollkommen schleierhaft, weshalb Lincoln sich so aufführte. Ihre Unterhaltungen endeten immer in Kränkungen. Sie benahmen sich beide wie streitende Kinder. Eigentlich hätten sie durch den Zwischenfall mit den Rebellen stärker zusammengeschweißt sein müssen, doch sie hatten sich nur noch mehr voneinander entfernt. Heute hatten sie sich gegenseitig das Leben gerettet, und dennoch benahmen sie sich wie Erzfeinde. Kerry brauchte Zeit, um darüber nachzudenken.

„Ich werde auch etwas hinausgehen, Joe."

„Aber er hat gesagt, du sollst hier bleiben."

„Das habe ich gehört, aber ich brauche frische Luft. Ich gehe nicht weit. Pass auf die Kinder auf, ja?"

Joe würde ihr nie eine Bitte abschlagen, und Kerry kam sich unfair vor, weil sie das ausnutzte. Im Moment jedoch musste sie allein sein. Sie ging zur Hintertür hinaus, um Lincoln nicht zu begegnen.

Die Steinplatten der Terrasse waren gesprungen und von Gras überwuchert. Wie viele Partys mochten hier stattgefunden haben? Was war aus den Bewohnern geworden? Sie mussten reich gewesen sein. Waren sie der Militärregierung zum Opfer gefallen?

Kerry fragte sich, ob sie die ehemaligen Bewohner vielleicht sogar kennen gelernt hatte. War sie ihnen früher auf einer Abendgesellschaft vorgestellt worden? Bei Sekt und Kaviar?

Sie schob diese Gedanken beiseite und ging einen schmalen Weg entlang. Die Nachtluft war wunderbar kühl. Kerry folgte dem Weg durch den Garten und weiter ins Dickicht. Sie hörte das Geräusch von fließendem Wasser und ging in die Richtung. Fast wäre sie in den kleinen Fluss hineingelaufen, bevor sie ihn sah. Im Mondlicht glitzerte das Wasser wundervoll.

Kerry zögerte nur einen kurzen Moment. Dann zog sie die Stiefel aus, und Sekunden später stand sie bis zu den Knien im kühlen fließenden Wasser. Es war ein großartiges Gefühl. Eilig ging sie wieder hinaus, um ihre Hose auszuziehen. Nur mit Slip und Bluse bekleidet, ging sie wieder hinein.

In dem klaren Wasser wusch sie sich den Schweiß und den Schmutz der letzten Tage vom Körper. Der Strom wirkte wie eine Massage für ihre verspannten Muskeln. Schließlich beugte sie den Kopf ins Wasser und ließ ihr Haar darin treiben.

Sie hätte das Bad uneingeschränkt genießen können, wenn ihr nicht wieder Lincolns Worte eingefallen wären. Wie konnte er bloß glauben, dass sie die lüsternen Blicke des Rebellenführers genossen hätte? Merkwürdig, die Berührungen des Rebellen hatten sie angeekelt, bei Lincoln hatte sie dieses Gefühl nicht gehabt. Am Anfang hatte sie sich auch vor ihm gefürchtet, aber seine Berührungen hatte sie nie als widerwärtig empfunden. Verwirrend vielleicht. Und erregend. Aber nicht ekelhaft. Wenn er sie jemals wieder küsste ...

Diesen Gedanken konnte sie nicht zu Ende führen. Plötzlich spürte sie einen Arm um den Oberkörper und wurde aus dem Fluss gerissen. Bevor sie einen Laut von sich geben konnte, wurde ihr der Mund zugehalten.

5. KAPITEL

Kerry wehrte sich wie ein wildes Tier. Sie biss in die Hand vor ihrem Mund und hörte ein schmerzhaftes Stöhnen. Doch als sie versuchte, den Mund wegzudrehen, wurde die Hand nur noch fester auf ihre Lippen gepresst. Jeder Laut von ihr wurde unterdrückt.

Mit aller Kraft trat sie nach hinten gegen die Schienbeine ihres Angreifers aus, wand und drehte sich wie wild, kratzte und schlug um sich und versuchte freizukommen, doch sie war einfach nicht stark genug. Sie hatte das Gefühl, als würden ihr durch die Umklammerung jeden Augenblick die Rippen gebrochen.

„Hör endlich auf und sei still.“ Kerry erstarrte. Es war Lincoln.

Einerseits war sie wütend, dass er sie so erschreckte, aber gleichzeitig erleichtert, dass es keiner der Rebellen war, der sie entführen wollte.

„Hm-mhm-mm.“

„Pst! Sei still.“ Seine Worte waren nicht mehr als ein Zischen an ihrem Ohr. Dann hörte sie andere Geräusche, die ihr zuvor nicht aufgefallen waren. Es war das Gelächter von Männern. Sie unterhielten sich auf Spanisch. Die Gespräche waren durchsetzt mit Kraftausdrücken, und zwischendurch hörte man das Klappern von Aluminiumtöpfen.

Es waren Soldaten, die in der Nähe ein Lager aufschlugen. Vorsichtig nahm Lincoln die Hand von Kerrys Mund weg. Ihre Lippen waren taub, doch sie zwang sich, Worte zu formen, ohne dabei einen Laut von sich zu geben.

„Was sind das für Leute?"

„Ich hatte keine Gelegenheit, sie zu fragen."

„Wo sind sie?"

„Direkt vor dem Haus."

Vor Schreck erstarrte sie. Ohne zu überlegen, drehte sie sich um und wollte zum Haus laufen. Lincoln hielt sie an der Bluse fest.

„Lass mich gehen! Die Kinder."

„Sie sind in Sicherheit." Währenddessen zog Lincoln sie ins Dickicht. „Geh hier hinein." Er zog einen Vorhang aus Ranken beiseite und schob Kerry hindurch.

„Aber die Kinder!"

„Sie sind sicher." Als er erkannte, dass sie widersprechen wollte, legte er ihr eine Hand auf den Kopf und drückte sie hinunter. Ihre Knie knickten ein, und Kerry landete auf dem weichen Boden. Bevor sie sich wieder aufrappeln konnte, gab Lincoln ihr einen Stoß. Sie fiel auf die Seite und rollte in eine Höhle aus Blättern. Lincoln kroch hinter ihr her und zog die Ranken wieder zusammen.

Er legte sich hinter sie. „Jetzt lieg still und gib keinen Laut von dir", flüsterte er direkt an ihrem Ohr. „Keine Bewegung, kein Geräusch."

Kerry wollte etwas erwidern, doch sie spürte seinen festen Griff um ihren Oberkörper. Einen Augenblick später hörte auch sie die Geräusche. Jemand kam durch den Dschungel und führte dabei leise Selbstgespräche, während er näher kam.

Die Schritte kamen direkt auf sie zu, und die Machete, mit der der Mann sich den Weg freischlug, berührte den Vorhang aus Weinranken, der sie verdeckte. Kerry hielt die Luft an und spürte, dass Lincoln dasselbe tat. Vollkommen reglos lauschten sie auf die Geräusche.

Der Soldat ging an ihnen vorbei, doch sie entspannten sich nicht. Der Boden unter ihnen vibrierte immer noch von den Schritten, die sich langsam entfernten. Und wie erwartet, kam der Mann zurück. Fast direkt vor dem Versteck blieb er stehen.

Sie hörten, wie er die Machete wieder einsteckte, und erkannten das Geräusch vom Anzünden eines Streichholzes. Kurz darauf drang der Rauch einer Zigarette zu ihnen ins Versteck.

Lincoln presste das Gesicht in Kerrys Nacken, und sie

lauschten weiter vollkommen reglos. Kerry fielen alle möglichen Dinge ein, die sie verraten konnten. Ein Husten oder Niesen. Oder eine Schlange.

Sie begann zu zittern. Teils, weil sie immer noch ihre durchnässte Bluse anhatte, teils aus Angst. Was würde geschehen, wenn man sie entdeckte? Was war mit den Kindern? Waren sie wirklich in Sicherheit, oder hatte Lincoln sie nur beruhigen wollen, damit sie sich nicht selbst in Gefahr brachte?

Nein, das würde er nicht tun. Andererseits hatte er offen zugegeben, dass er bei Gefahr zuerst an sich selbst dachte.

Zum Glück rauchte der Soldat nicht lange. Sie hörten, wie er die Machete wieder herausholte und die Schritte sich langsam entfernten.

Erst einige Minuten, nachdem sie nichts mehr hörten, löste Lincoln langsam den Druck um Kerrys Oberkörper, und eine Zeit lang taten sie beide nichts als tief durchzuatmen.

„Was hat er gesagt?“ wollte Lincoln wissen, als er sich wieder sicherer fühlte.

„Er hat sich beschwert, dass ausgerechnet er hier Wache laufen muss.“

„Irgendetwas über uns?“

„Nein.“

„Gut. Ich glaube, sie wissen nichts von uns. Alles in Ordnung?“

Kerry fürchtete sich zu Tode, aber sie antwortete: „Ja. Und die Kinder?“

„Sie waren sicher versteckt, als ich losging, um dich zu suchen.“ Über die Schulter hinweg versuchte sie, seinen Gesichtsausdruck zu erkennen.

„Das schwöre ich“, sagte er. Ihr Misstrauen verletzte ihn.

Kerry bereute ihren Mangel an Vertrauen. Lincoln O’Neal war skrupellos, doch er würde nicht das Leben von Kindern aufs Spiel setzen, um sich selbst zu retten. „Was ist geschehen?“

Flüsternd gab Lincoln ihr einen kurzen Bericht. „Ich hörte die Wagen, als ich mich noch einmal umsah. Ich lief zurück, sah, dass du fort warst, und schickte die Kinder in den kleinen Keller unter der Küche.“

„Den habe ich gar nicht bemerkt.“

„Die Soldaten hoffentlich auch nicht“, entgegnete er. „Joe passt auf die Kinder auf. Zuerst wollte er natürlich mitkommen und nach dir suchen. Ich musste ihm erst drohen, damit er dort blieb.“

„Ich hätte nicht gehen sollen.“

„Die Reue kommt ein bisschen spät, Miss Bishop.“ Trotz des Flüsterns war der Vorwurf unüberhörbar.

Kerry wollte etwas erwidern, hielt sich aber zurück. Im Moment sorgte sie sich zu sehr um die Kinder. „Hatten sie Angst?"

„Ja, ich habe versucht, sie zu beruhigen, und es als eine Art Versteckspiel dargestellt. Sie haben Wasser bei sich, und ich habe ihnen eine Belohnung versprochen, wenn sie ganz still sind. Ich habe ihnen gesagt, dass sie schlafen sollen. Wenn sie wach würden, wärst du wieder da."

„Meinst du, sie haben dich verstanden?"

„Hoffentlich. Wenn er sich nicht gerade mit mir gestritten hat, hat Joe übersetzt." Besorgt fuhr er fort: „Ich möchte nicht einer Truppe von Halsabschneidern die Anwesenheit von neun Waisenkindern erklären müssen."

Bei der Erinnerung an die Rebellen wurde Kerry übel. „Sind es dieselben, die wir heute getroffen haben?" fragte sie ängstlich.

„Ich weiß es nicht. Aber sie sind bestimmt nicht besser, egal, für welche Seite sie kämpfen. Ich hielt es für das Beste, ihnen aus dem Weg zu gehen."

„Richtig. Was ist mit dem Transporter?"

„Zum Glück habe ich ihn zwischen Büschen versteckt, nachdem ich abgeladen hatte."

Eine Weile lag Kerry still und versuchte zu verdrängen, dass Lincolns Beine direkt an sie gepresst waren.

„Ich hatte dir befohlen, im Haus zu bleiben", sagte er

unvermittelt. „Du hast versprochen, dich genau an meine Anweisungen zu halten.“

„Ich brauchte einfach frische Luft“, erwiderte sie. Lincoln hatte Recht, und das kränkte sie in ihrem Stolz. Wie hatte sie die Kinder bloß nachts allein lassen können! Wenn ihnen jetzt irgendetwas geschah, war das allein ihre Schuld.

„Wenn sie dich entdeckt hätten, wäre es mit uns allen aus gewesen.“ Lincoln ließ seinem Ärger freien Lauf. „Hast du das Bad wenigstens genossen?“

„Allerdings. Obwohl es recht kurz war.“ Auf einmal erstarrte sie. „Lincoln, meine Sachen, die Hose ...“

„Ich habe sie hinter einem Baum versteckt. Hoffentlich finden sie sie nicht.“

„Wieso hast du sie nicht einfach mitgenommen?“

„Hör mal gut zu“, entgegnete er gereizt. „Ich habe nur zwei Hände. Damit kann ich nicht gleichzeitig die Sachen tragen, dich aus dem Wasser ziehen und dafür sorgen, dass du nicht losschreist. Also habe ich die Sachen versteckt. In Ordnung? Sei froh, dass ich dich vor den Soldaten gefunden habe. Auch wenn du mich für einen Wüstling hältst, glaub mir, ich respektiere deine Ehre mehr, als sie es getan hätten.“

Kerry wünschte, sie hätte mehr am Leib. Im Augenblick war die größte Gefahr vorüber, und sofort kreisten ihre Gedanken wieder um Lincoln und wie nah er ihr war.

Wie lange mussten sie sich wohl verstecken und hier liegen, ohne sich regen zu können? Erst jetzt wurde ihr klar, dass sie hier noch stundenlang bleiben mussten.

Das wurde sicher ungemütlich, und nicht nur, weil sie frieren würde. Lincolns Nähe wirkte sich verheerend auf sie aus. Unwillkürlich lehnte sie sich an ihn, ihr unterkühlter Körper suchte die Wärme.

„Was sie auch kochen mögen, es riecht gut", stellte sie fest, um sich auf andere Gedanken zu bringen.

„Denk nicht dran." Auch Lincolns Magen knurrte vor Hunger. „Wahrscheinlich ist es gegrillter Leguan oder etwas noch Schlimmeres", sagte er, um ihr den Appetit zu verderben.

„Sag so etwas nicht", wandte sie ein und streckte die Beine ein wenig aus. „Dabei muss ich sofort an alle möglichen Tierchen denken, die vielleicht gerade über mich hinwegkrabbeln."

„Lieg still." Lincoln biss die Zähne zusammen. Bei der leisesten Bewegung presste sie die Hüften stärker an ihn, und sie lagen ohnehin so dicht beieinander, dass sie sich praktisch an ihm rieb.

„Das versuche ich", sagte sie, „aber ich habe ständig Muskelkrämpfe."

„Ist dir kalt?“

„Ein bisschen“, gab sie zu.

Tagsüber war es im Dschungel so heiß wie in einer Sauna, doch jetzt lagen sie auf dem feuchten Boden, und es wurde immer kühler. Kerry konnte nicht verhindern, dass sie mit den Zähnen klapperte.

„Du solltest lieber die nasse Bluse ausziehen.“

Einige Sekunden lang erwiderte sie überhaupt nichts. Lincoln und sie lagen so reglos hintereinander, als würde der Soldat wieder vor den Ranken stehen. Am liebsten hätte Kerry den Vorschlag schlichtweg abgelehnt, doch bevor sie das sagen konnte, durchlief ein Zittern ihren Körper. Unter diesen Umständen würde jeder verschämte Vorwand lächerlich klingen.

Andererseits würde sie nur mit einem Slip bekleidet in Lincolns Armen liegen.

„Es geht schon“, erwiderte sie halsstarrig.

Entnervt seufzte Lincoln auf. „Ich ziehe mein Hemd aus. Dann kannst du es überstreifen.“

Kerry überdachte die Lage noch einmal. Eine Erkältung käme jetzt wirklich sehr ungelegen. „Also gut“, willigte sie zögernd ein. „Wie ... wie sollen wir es machen?“

„Ich zuerst.“

Mit möglichst wenigen Bewegungen hob er eine Hand zwischen ihren Rücken und seine Brust und knöpfte sich das Hemd auf. Vorsichtig, damit er kein einziges Blatt bewegte, setzte er sich halb auf und streifte sich das Hemd von den Schultern und den Armen. Als er fertig war, keuchte er vor Anstrengung.

„Hier“, flüsterte er. „Jetzt du.“

Kerry war dankbar, dass es stockdunkel war. Gleichzeitig entstand dadurch eine Intimität in der Höhle, die völlig von der übrigen Welt abgeschnitten wirkte. Einen Moment schloss Kerry die Augen und biss sich auf die Unterlippe. Dann sammelte sie ihren Mut und knöpfte sich die Bluse auf. Schwierig wurde es erst, als sie versuchte, sich das nasse Kleidungsstück vom Körper zu ziehen.

„Setz dich auf, so gut es geht“, schlug Lincoln vor.

Ihr fiel die Heiserkeit in seiner Stimme auf, sie schob es aber darauf, dass er Angst davor hatte, dass sie entdeckt wurden. An einen anderen Grund wollte sie lieber nicht denken.

Ganz langsam hob sie den Oberkörper an, bis sie sich auf den Ellenbogen stützen konnte. Dann versuchte sie, die Bluse von der anderen Schulter zu ziehen.

„Warte, ich helfe dir.“

Kerry spürte die warme Berührung von Lincolns Hand auf der Schulter. Langsam strich er ihren Arm hinab, wobei er die Bluse abstreifte. Am Ellenbogen angelangt, musste er etwas stärker ziehen. Dabei stieß er Kerry mit den Knöcheln in die Brust.

Unwillkürlich erstarrten sie beide.

„Entschuldigung“, sagte er schließlich.

Kerry erwiderte nichts. Die ganze Situation war ihr so peinlich, dass sie kein Wort herausbrachte. Lincoln streifte das Hemd weiter, bis Kerry die Hand aus dem Ärmel ziehen konnte. Durch ihre unbequeme Lage taten ihr mittlerweile alle Muskeln vor Anspannung weh. Erschöpft ließ sie sich wieder sinken und atmete tief aus. An ihrem Rücken spürte sie die kühle Luft, als Lincoln den nassen Stoff beiseite schob.

„Schaffst du den Rest allein?“ fragte er.

„Ja, ich glaube schon.“

Sie rollte sich wieder zurück und drängte sich dadurch noch dichter an ihn, während sie den anderen Ärmel von dem Arm abstreifte, auf dem sie gerade gelegen hatte. Sobald sie das Hemd ausgezogen hatte, rollte sie sich sofort wieder vor, um ihre Brüste zu bedecken. Es war so dunkel, dass Lincoln sie nicht sehen konnte, aber sie wussten beide, dass sie jetzt fast nackt war.

Es war für Kerry ein verwirrendes Gefühl.

Als Lincoln ihr sein Hemd über die Schulter hängte, zog sie es sofort um sich. Einerseits war es erleichternd, und der trockene Stoff wärmte sie, doch gleichzeitig roch es nach Lincoln. Sein Geruch hatte etwas Betörendes, und sein Hemd anzuhaben war beinahe so, wie in seinen Armen zu liegen.

„Besser?"

Kerry nickte. Ihr Haar war immer noch nass. Sie raffte es mit einer Hand zusammen und legte es sich auf den Kopf. Dadurch jedoch lagen ihr Nacken und ihre Schultern bloß, und Kerry spürte jeden von Lincolns Atemzügen auf der Haut. Sie wusste, dass er das ärmellose T-Shirt anhatte, aus dessen Halsausschnitt sein dichtes lockiges Brusthaar hervorquoll.

„Du zitterst immer noch." Er legte den Arm um sie und zog sie wieder an sich.

Obwohl sie die Augen schloss, sah sie in Gedanken seine muskulösen Arme vor sich. Erst heute früh hatte sie ihn mit nacktem Oberkörper gesehen, als er sich wusch. Während er sich Wasser über Kopf und Brust gespritzt hatte, hatte Kerry das Spiel seiner Muskeln beobachtet.

Jetzt wünschte sie sich, sie hätte nicht so genau hingesehen. Genau diese Muskeln, die sie noch heute früh bewundert hatte, hielten in diesem Moment ihren Körper. Hin und wieder fühlte sie, wie sich seine Arme anspannten und wieder lösten. Offenbar war auch Lincoln innerlich unruhig.

Heute Morgen hatten die Haare auf seinem Körper im

Sonnenlicht rötlich-golden geschimmert. Kerry wusste, dass seine Schultern genauso mit Sommersprossen übersät waren wie seine Wangen.

„Frierst du an den Beinen?“ Weil er Kerrys Antwort ohnehin nicht glauben würde, fuhr Lincoln mit der Hand über ihren Schenkel und spürte die Gänsehaut. „Ich werde jetzt mein Bein über dich legen. Kein Grund zur Panik.“

Am liebsten hätte sie laut gelacht. Keine Panik. Wie sollte sie denn ruhig bleiben, wenn er sie noch intensiver umklammern wollte?

Sie konnte nicht anders, als innerlich in Panik zu geraten. Als er den Schenkel über sie legte, spürte sie seine Erregung deutlich am Po. Der raue Stoff seiner Hose rieb an Kerrys weicher Haut.

„Ist dir überhaupt nicht kalt?“ fragte sie mit tonloser Stimme.

„Nein, immerhin habe ich eine Hose an, und du trägst nur ...“

Das reichte. Es bestand kein Grund, es auszusprechen. Sie wussten beide nur zu gut, wie spärlich sie bekleidet war. Wieso das Gespräch auf ihren nassen Slip lenken? Besser war es, über irgendetwas zu sprechen. Bücher, Filme, Politik oder das Wetter. Jedes andere Thema war besser als dieses.

„Ich habe meine Wasserflasche bei mir. Möchtest du etwas trinken?"

„Nein", entgegnete sie flüsternd. Sie wollte nicht, dass er sich bewegte. Bei jeder Bewegung spürte sie seine körperliche Erregung, und dann konnte sie ihre Fantasie nicht kontrollieren.

Wie lange würde diese Nacht dauern? Und was war, wenn die Soldaten das Lager nicht im Morgengrauen abbrachen? Kerry drehte sich mit ihren Gedanken immer im Kreis. Sie musste ein Gespräch anfangen.

„Lincoln, erzähl mir von dir."

Was sollte er ihr erzählen? Dass er sich mit jeder Faser seines Körpers nach ihr sehnte? Dass er sein brennendes Verlangen kaum noch beherrschen konnte?

Er war zum Haus zurückgerannt, als er die Militärfahrzeuge entdeckte. Schon beim Eintreten hatte er ihr Anordnungen zugerufen, dass sie die Kinder wecken und in den Keller bringen solle. Als Joe ihm sagte, dass sie nicht da sei, hatte er nur fassungslos dagestanden.

Selbst als er beruhigend auf die Kinder eingeredet hatte, hatte er Kerry innerlich wüst beschimpft. Während er die Kellerluke verschlossen und unter einem Schränkchen verborgen hatte, hatte er seine Flüche nicht länger unterdrückt. Diese eigensinnige Frau könnte jetzt auch dort unten in Sicherheit sein, aber nein, sie musste draußen im Dschungel herumlaufen, wo es von Rebellen und Soldaten wimmelte.

Nur die Sorge um sie war stärker gewesen als seine Wut, als er Kerry gesucht hatte. Er hatte den Fluss bereits beim ersten Rundgang entdeckt. Auch er hatte der Versuchung nicht widerstehen können und ein rasches Bad genommen. Seinem Gefühl folgend war er deshalb den Weg zum Fluss entlanggelaufen.

Als er Kerry im Wasser entdeckte, war er zugleich erleichtert und rasend vor Wut gewesen. Hastig hatte er ihre Sachen versteckt und Kerry aus dem Wasser gezerrt. In seinem Gedächtnis hatte sich der Anblick ihres Körpers eingebrannt.

Lincoln wusste, dass sie volle Brüste hatte und dass ihre rosigen Brustspitzen leicht hervortraten. Jetzt konnte er diese Brüste nicht vergessen. Kerry lag so dicht vor ihm, und er wünschte sich nichts sehnlicher, als ihre Brüste zu berühren. Vorhin, als sie die Bluse ausgezogen hatte, wusste er, dass er nur den Kopf vorbeugen müsste. Es hatte ihn alle Überwindung gekostet, es nicht zu tun.

Genauso wusste er, dass ihr Po fest und rund war. Und unglaublich sexy. Dieser aufreizende Po presste sich gegen sein Verlangen. Lincoln hätte schreien können vor Begierde.

Er versuchte, nicht daran zu denken, wie ihr Haar im

Mondlicht schimmerte, oder wie ihre dunkelblauen Augen in der Sonne strahlten. Wenn er jetzt den Mund etwas vorbeugte, könnte er ihren zarten Nacken küssen.

Was konnte er bloß tun, um sich nicht weiter so zu quälen? Sie mussten sich ablenken. Egal, wie. Sicher fühlte Kerry sich genauso unwohl wie er selbst, wenn auch aus anderen Gründen.

„Was willst du über mich wissen?" flüsterte er.

„Wo bist du aufgewachsen?"

„In St. Louis."

„In einem schlechten Viertel?" fragte sie unwillkürlich nach.

Er stieß verbittert den Atem aus. „So etwas kannst du dir gar nicht vorstellen."

„Und deine Eltern?"

„Sind beide tot. Mein Vater hat mich aufgezogen, weil meine Mutter bereits starb, als ich noch ein Kind war."

„Hast du keine Geschwister?"

„Nein, zum Glück nicht."

„Wieso Glück?"

„Auch so war es schon schwierig genug. Mein Vater hat in einer Brauerei gearbeitet. Nach der Schule war ich immer bis spät in die Nacht allein. Er wollte sich nicht meinetwegen einschränken. Mein Vater war ein ungehobelter, dickköpfiger Trinker. Sein Ehrgeiz reichte gerade, um die Miete und den Whisky bezahlen zu können. Was er am wenigsten brauchen konnte, war ein Kind, auf das er aufpassen musste. Sobald ich alt genug war, bin ich von zu Hause weggegangen. Danach habe ich ihn noch zweimal gesehen, bevor er starb."

„Woran ist er gestorben?"

„Beim Kegeln ist er einfach tot umgefallen. Er hatte einen Herzinfarkt. Sie haben ihn neben meiner Mutter beerdigt, als ich gerade in Asien war. Die Einzelheiten wurden mir schriftlich mitgeteilt."

Kerry wusste darauf nichts zu erwidern. Noch nie hatte sie jemanden aus einem solchen Elternhaus kennen gelernt. Sie wechselte das Thema. „Wann hast du das Fotografieren entdeckt?"

„Auf der High School. Ich war bei der Schulzeitung, bekam eine Kamera und sollte die Bilder für die Zeitung machen. Nach kurzer Zeit war ich besessen vom Fotografieren."

„Wo bist du aufs College gegangen?"

„College?" Er lachte leise auf. „Überall auf der Welt. Ich habe durch Erfahrung gelernt."

„Verstehe."

„Das wage ich zu bezweifeln", wandte er ein.

Kerry wusste nicht, ob sich sein Ärger auf sie bezog, auf seinen lieblosen Vater oder sonst etwas. Doch sie wollte nicht näher nachfragen. Schließlich brach Lincoln das Schweigen.

„Was ist mit dir? Was hattest du für eine Kindheit?"

„Eine sehr behütete." Kerry lächelte bei der Erinnerung. Vor dem Skandal war ihr Leben so unbeschwert und leicht gewesen. Danach war alles anders geworden. „Wie bei dir sind meine Eltern beide tot, aber während meiner Kindheit waren sie noch am Leben."

„Du bist sicher auf eine Klosterschule gegangen."

„Ja", antwortete sie wahrheitsgemäß.

„Lass mich raten. Ihr musstet dunkelblaue Kostüme zu weißen Blusen tragen. Und alle hatten Zöpfe. Weiße Kniestrümpfe und schwarze Schuhe. Ausnahmslos saubere Hände und Gesichter."

Kerry lachte leise. „Stimmt."

„Und ihr hattet Latein, Griechisch und Sozialkunde."

Sie nickte und musste an all die Salons denken, in denen sie mit ihren Eltern gesessen hatte. Stundenlang hatte sie still sitzen und den für sie uninteressanten Unterhaltungen zuhören müssen. Kerry hatte beim Essen nie die falsche Gabel benutzt und sich jedes Mal bei den Gastgebern höflich bedankt. „Ja", antwortete sie, „mein Vater musste beruflich viel reisen. Vielleicht waren du und ich sogar zur selben Zeit am selben Ort."

Wieder lachte er bitter auf. „Ich glaube kaum, dass du

an den Orten der Welt warst, wo ich herumgezogen bin."

Obwohl sie sein Gesicht nicht erkennen konnte, ahnte sie, dass Lincoln jetzt spöttisch lächelte. Allmählich verstand sie, weshalb er sich über ihre Vergangenheit lustig machte.

Kerry verstummte. Offenbar wollte auch Lincoln sich nicht weiter unterhalten. Er schmiegte sich etwas bequemer an sie, und trotz der Lage, in der sie sich befanden, schliefen sie beide ein.

Schlagartig wurde Kerry wach. Jeder Muskel in ihrem Körper bebte. „Was ist los?"

„Pst." Lincoln legte ihr einen Finger über die Lippen. „Es regnet nur." Schwere Tropfen fielen auf die Pflanzen ringsumher. In der Höhle aus Blättern klang das unglaublich laut, fast wie Schüsse.

„Oh, nein." Kerry zog den Kopf bis an die Brust. „Das ist schrecklich."

Obwohl die Ranken sie vor dem Regen schützten, lief doch etwas von dem Wasser durch das Dickicht und tropfte auf Kerrys nackte Haut. Ihr ganzer Körper war verspannt. Sie wollte sich ausstrecken, um die Muskelkrämpfe zu lindern.

„Ich kann nicht hier bleiben. Ich muss hier raus."

„Nein“, widersprach Lincoln scharf.

„Nur einen Augenblick. Einmal nur ausstrecken.“

„Dabei würdest du klitschnass. Das würde alles bloß noch schlimmer machen. Es geht nicht, Kerry.“

„Wir könnten uns durch die Küche ins Haus und in den Keller schleichen. Die Kinder werden sich schrecklich fürchten.“

„Sicher schlafen sie fest. Außerdem ist Joe bei ihnen.“

„Niemand wird uns sehen.“

„Es ist zu riskant. Bestimmt haben sie Wachen eingeteilt.“

„Ich will hier nicht länger bleiben.“

„Und ich will nicht erschossen werden! Und was sie dir antun werden, kannst du dir sicher vorstellen.“ Erschreckt hielt Kerry den Atem an. „Jetzt sei ruhig. Wir gehen erst hier raus, wenn ich es sage.“

Das Getöse des Regens war ohrenbetäubend. Kerry fühlte sich eingesperrt und meinte keine Luft mehr zu bekommen.

„Wie lange noch?“ fragte sie.

„Ich weiß es nicht.“

„Bis zum Morgengrauen?“

„Vielleicht.“

„Wie spät ist es jetzt?“

„Ich schätze, ungefähr vier Uhr.“

„Ich halte es nicht mehr aus, Lincoln." Sie konnte das Zittern in ihrer Stimme nicht unterdrücken. „Wirklich nicht."

„Du musst."

„Bitte, lass mich aufstehen."

„Nein."

„Bitte!"

„Ich habe Nein gesagt."

„Nur einen Augenblick. Ich habe ..."

„Dreh dich um zu mir. Auf die andere Seite. Vielleicht hilft das."

Ihr Körper sehnte sich danach, sich zu bewegen. Kerry legte sich auf den Rücken und drehte sich dann weiter, so dass sie Lincoln das Gesicht zuwandte. Er legte den Arm um sie und umschloss ihre Schenkel mit den Beinen. Kerry legte die Hände auf seine Brust und lehnte den Kopf an seine Schulter. Lincoln stützte das Kinn auf ihren Kopf und hielt sie im Arm. In diese Geborgenheit ließ sie sich fallen, bis der Regen endlich aufhörte.

Kerry konnte nicht abschätzen, wie lange sie so gelegen hatten. Es konnten Minuten oder auch Stunden vergangen sein, als der Lärm des Regens um sie herum allmählich abebbte. Sie bewegte sich leicht und versuchte etwas Raum zwischen sich und Lincoln zu schaffen, doch dazu fehlte einfach der Platz.

„Es tut mir Leid“, flüsterte sie.

„Schon in Ordnung.“

„Ich bin in Panik geraten. Wahrscheinlich, weil es hier so eng ist.“

„Du hast Angst, Hunger und kannst dich nicht bewegen. Das geht mir genauso. Aber im Moment können wir dagegen nichts tun.“

Seine Stimme klang merkwürdig, und Kerry wusste, warum. Auch sie konnte kaum sprechen. Sie spürte seinen Atem im Gesicht, mit den Fingern strich Lincoln beruhigend über ihren Rücken, und überall, wo er sie berührte, brannte ihre Haut wie Feuer.

„Warum hast du diesen Beruf gewählt, Kerry? Er passt überhaupt nicht zu dir.“

Innerlich zuckte Kerry zusammen. Seit er sie für eine Nonne hielt, hatte er sie, abgesehen von den Streitereien, sehr rücksichtsvoll behandelt. Es fiel Kerry schwer, ihn zu belügen. Wenigstens teilweise wollte sie die Wahrheit sagen. Doch dann zögerte sie wieder. „Warum sagst du, es passt nicht zu mir?“

Lincoln konnte kaum einen klaren Gedanken fassen. Kerry war begehrenswerter als jede andere Frau, die er jemals im Arm gehalten hatte. Das passte überhaupt nicht mit seiner Vorstellung einer Nonne zusammen. Er spürte den sanften Druck ihrer Brüste, erinnerte sich an die Küsse und wie ihre Lippen unter seinen nachgegeben hatten. Lincoln konnte das einfach nicht mit einem Kloster und schwarzer Tracht in Verbindung bringen. Normalerweise verfügte er über eine gute Menschenkenntnis, doch diesmal hatte sie ihn anscheinend völlig im Stich gelassen.

„Du siehst nicht wie die Nonnen aus, die ich bisher gesehen habe."

„Nonnen sehen aus wie andere Menschen auch."

„Tragen sie alle solche Slips wie du?"

Kerry lief rot an. „Ich ... ich mag einfach solche Unterwäsche, das ist keine Sünde. Schließlich bin ich immer noch eine Frau."

Daran brauchte sie ihn nicht zu erinnern, diese Tatsache spürte Lincoln mit jedem Nerv seines Körpers. „Und wolltest du nie Kinder haben? Ich meine, du kannst fantastisch mit ihnen umgehen. Hast du nie daran gedacht, eigene zu haben?"

„Doch", antwortete sie ehrlich.

„Und einen Mann?"

„Auch daran habe ich gedacht", sagte sie leise. Sie fragte sich, ob Lincoln ihren hämmernden Herzschlag hören konnte. Noch nie hatte sie über Sex so lange nachgedacht wie in diesem Moment.

Deutlich erinnerte sie sich daran, wie Lincoln mit der

Zunge in ihren Mund eingedrungen war, wie er sie umarmt und gestreichelt hatte. Sie hatte den fordernden Druck seiner Hüften gespürt. Sex mit diesem Mann musste großartig sein.

„Du hast daran gedacht, mit einem Mann zu schlafen?“ Kerry nickte und rieb dabei die Nase an seinem Brusthaar. „Du hast dich gefragt, wie es sich anfühlt?“

Einen Augenblick presste sie die Lippen aufeinander, um ein Seufzen zu unterdrücken. „Natürlich.“

Lincoln strich ihr über das Haar. „Es kann dir unglaubliche Freude bereiten. Würdest du das nicht gern erleben?“

Kerry glaubte, gleich zu zerfließen. „Doch.“

„Und du“, er räusperte sich, „findest es nicht schade, dass du es nie erleben wirst?“

Kurz zögerte sie mit einer Antwort. „Ich habe noch kein Gelübde abgelegt“, sagte sie dann.

Unwillkürlich zuckte Lincoln zusammen. „Was?“

„Ich sagte ...“

„Ich habe dich gut verstanden. Was bedeutet das?“ Er hatte das Gefühl, als würde seine Hand auf ihrem Rücken in Flammen stehen.

Kerry geriet in Versuchung, ihm hier und jetzt die Wahrheit zu sagen. Dann würde er mit ihr schlafen, das wusste sie sicher. Sie spürte seine körperliche Erregung und verbrannte förmlich vor Sehnsucht nach ihm. Was für eine Erlösung es sein musste, wenn ...

Nein. Sie musste an die Waisenkinder denken. Die Kinder waren auf sie angewiesen. Wenn sie die Flucht schaffen wollten, durften Lincoln und sie durch nichts abgelenkt sein.

Wenn sie sich jetzt liebten, würde alles viel schwieriger werden. Und zurück in den Vereinigten Staaten würde Lincoln sie vergessen, während sie sich vor Kummer verzehrte.

Kerry konnte sich keinem Mann so einfach hingeben, und für Lincoln war sie nur ein Abenteuer. Sicher würden sie beide Spaß daran haben, doch hinterher würde sie es bereuen.

Sie überlegte sich gut, was sie antwortete. „Das bedeutet, dass ich mir noch gründlich überlege, was ich mit meinem weiteren Leben anfange.“ Das war die reine Wahrheit. Kerry hatte noch keine Ahnung, was sie tun wollte, wenn sie erst die neun Kinder aus dem Land gebracht hatte. Lincolns Verständnis und Rücksichtnahme machten ihr ein noch schlechteres Gewissen, weil sie ihn hinterging.

Kerry blieb in seinen Armen liegen, doch die Spannung zwischen ihnen war nicht mehr so bedrückend. Bald darauf drang fahles Licht durch die Blätter, und wenn sie angestrengt lauschten, konnten sie Geräusche aus dem Lager der Soldaten hören. Der Duft von Kaffee und Essen ließ sie beide fast verrückt vor Hunger werden. Ein paar Mal hörten sie Schritte, doch keiner der Soldaten kam so nahe wie am Abend zuvor. Erleichtert hörten sie schließlich, wie die Motoren der Wagen angelassen wurden.

Eine Viertelstunde später kletterte Lincoln aus dem Versteck. „Bleib hier", sagte er zu Kerry.

Sie gehorchte. Im Grunde war sie dankbar, endlich einen Augenblick allein zu sein. Sie zog ihre Bluse wieder an, obwohl sie immer noch feucht war, und fuhr sich mit den Fingern durchs Haar. Es war voller Knoten. Kerry war noch damit beschäftigt, ihr Haar glatt zu streichen, als Lincoln die Ranken zur Seite schob.

„Alles in Ordnung", sagte er. „Sie sind weg."

6. KAPITEL

Kerry setzte sich ans Ufer des Flusses. Sie war am Ende ihrer Kräfte und sackte erschöpft in sich zusammen. Über Nacht schien die kleine Lisa um zwanzig Kilo schwerer geworden zu sein. Wenn Kerry sie noch eine Minute länger halten musste, würde sie sie fallen lassen. Sie setzte das Kind neben sich.

„Und jetzt?"

Sie bekam von Lincoln keine Antwort. Selbst die Kinder gaben keinen Laut von sich, als wüssten sie, dass sie vor einem schwierigen Problem standen, für das es vielleicht keine Lösung gab. Kerry schirmte die Augen gegen die grelle Sonne ab und sah Lincoln an.

Er stand reglos neben ihr, und Kerry konnte nicht erkennen, was er gerade dachte. An seinen Lippenbewegungen sah sie, dass er einen Fluch unterdrückte.

Rücksichtsvoll ließ sie ein paar Sekunden verstreichen, bevor sie ihn erneut ansprach. „Lincoln?"

Sein Kopf fuhr herum, und er sah zu ihr herab. „Woher soll ich das wissen? Ich bin Fotograf und kein Ingenieur."

Sofort bereute er seinen Wutausbruch. Es war schließlich nicht Kerrys Schuld, dass durch den Regen der Fluss zum reißenden Strom geworden war. Die Holzbrücke, über die er den Fluss hatte überqueren wollen, war weggespült worden.

Kerry war zwar der Grund für seine schlechte Laune, aber sie trug keine Schuld daran. Als er ihr die Stiefel und die Hose zum Versteck gebracht hatte, war ihm die Nacht und die Nähe zu ihr bereits wie ein Traum vorgekommen. Den ganzen Morgen über hatten sie sich nur gestritten, Lincoln war streitsüchtig gewesen, und Kerry hatte ihn die ganze Zeit über misstrauisch belauert.

Die Kinder hatten sie in der Küche angetroffen, und sofort hatte Lincoln Joe angeschrien, weshalb er nicht im Keller geblieben sei. Auch Joes Erklärung, dass er die Soldaten hätte wegfahren hören, und Kerrys Schlichtungsversuche hatten seine Wut nicht gemildert.

Zum Glück war der Wagen nicht entdeckt worden, und während Lincoln die Sachen auflud, hatten die Kinder gegessen, wobei sie es vermieden, Lincoln anzusehen. Lediglich Joe blickte ihn offen und feindselig an.

Schließlich war Lisa auf Lincoln zugelaufen und hatte ihm ein Stück Brot entgegengestreckt. Er hatte sich auf Spanisch bedankt und gelächelt, doch kurz darauf war seine Laune wieder so schlecht wie zuvor gewesen. Mit Kerry hatte er kaum ein Wort gesprochen, außer, um ihr zu sagen, sie solle Joe klarmachen, dass zwischen ihnen während der Nacht nichts geschehen sei und er keinen Grund habe, eifersüchtig zu sein.

Jetzt hatte Kerry endgültig genug. Sie war selbst am Rand der Verzweiflung. „Dafür werden Sie von mir bezahlt, Mr. O'Neal. Lassen Sie sich etwas einfallen!"

„Vielleicht hast du doch die falsche Wahl getroffen!" entgegnete er unbeherrscht.

Darauf konnte sie nichts erwidern, und so hielt sie den Mund und starrte auf den Fluss. Wieso brachte sie ihn immer dazu, dass er sich vor den Kindern wie ein Wilder aufführte? Sie hatten Angst vor ihm, und doch beobachteten sie ihn in der Hoffnung, dass er sie ans Ziel brachte.

Lincoln atmete tief durch. „Gib mir einen Augenblick Zeit zum Nachdenken, ja?" Er fuhr sich durchs Haar.

Die Brücke war auf der Karte eingezeichnet gewesen, doch offenbar hatte sie dem Wasser nicht standgehalten. Der Transporter stand direkt am Ufer, und die Kinder waren heruntergeklettert, neugierig, wie es jetzt weiterging. Joe schien es als Genugtuung zu empfinden, dass Lincoln nicht weiterwusste. Verächtlich blickte er ihn an. Und offenbar wusste auch Kerry keine Lösung und hoffte nur, dass ihm eine Idee kam.

Nach einer Weile ging Lincoln zum Wagen und durchsuchte das Gepäck. Dann kam er zu Kerry zurück. „Ich muss mit dir sprechen."

Sie stand auf, strich sich die Hose glatt und folgte ihm, nachdem sie die Kinder gewarnt hatte, vom Fluss wegzubleiben. Als sie außer Hörweite waren, fragte sie: „Was machen wir jetzt?“

„Ich habe einen Vorschlag, aber bitte lass mich ausreden.“ Eindringlich blickte er ihr in die Augen. „Lass uns die Kinder aufladen, umkehren und die nächstbeste Truppe, die wir antreffen, um Gnade anflehen.“

Er machte eine Pause und wartete darauf, dass sie ihn anschrie. Doch sie sagte kein Wort. „Es spielt keine Rolle, ob wir uns der Regierung oder den Rebellen ausliefern. In jedem Fall werden wir ihnen schmeicheln und ihnen einreden, was für eine menschliche Geste es wäre, wenn sie uns helfen. Wir versprechen ihnen, der ganzen Welt von ihrer großzügigen Tat zu berichten.“ Ernsthaft legte er die Hand auf ihre Schulter. „Kerry, die Kinder haben Hunger, und wir haben keine Vorräte mehr. Das Trinkwasser ist auch bald aufgebraucht, und ich habe keine Ahnung, wo wir welches finden können. Ich weiß nicht, wie wir über den Fluss kommen sollen, ohne unser aller Leben aufs Spiel zu setzen. Im Wagen ist kaum noch Treibstoff, und eine Tankstelle werden wir kaum finden.“

Er atmete tief durch, bevor er fortfuhr: „Selbst wenn wir es bis zum Treffpunkt schaffen sollten, woher willst du wissen, dass das Flugzeug von dieser Organisation kommen wird, um uns abzuholen?"

Lincoln erkannte, dass sie etwas entgegnen wollte, und sprach rasch weiter. „Sieh mal, ich bewundere dich für deinen Mut. Wirklich. Aber der ganze Plan war von Anfang an reiner Wahnsinn. Das musst du einfach zugeben." Auffordernd lächelte er sie an. „Was sagst du dazu?"

Kerry holte tief Luft, ohne den Blick von seinen Augen zu wenden. Als sie sprach, war ihre Stimme gefasst und ruhig. „Wenn du nicht willst, dass ich dir mein Knie in die Weichteile ramme, dann nimm die Hände von meinen Schultern."

Schlagartig verschwand sein Lächeln, und verblüfft ließ er die Hände sinken.

Steif drehte sie sich um und ging zurück zum Fluss. Doch nach wenigen Schritten hatte Lincoln sie eingeholt und hielt sie fest. „Warte doch eine Minute", rief er und drehte sie zu sich herum. „Hast du mir überhaupt zugehört?"

Sie versuchte sich aus seinem Griff zu befreien, doch diesmal ließ er sie nicht los. „Jedes einzelne feige und verachtenswerte Wort habe ich gehört!" schrie sie.

„Und du willst weiter?"

„Allerdings! Hinter dem Fluss sind es nur noch wenige Kilometer bis zur Grenze."

„Sie ist trotzdem unerreichbar.“

„Diesen Kindern habe ich versprochen, dass ich sie zu ihren neuen Familien in den Vereinigten Staaten bringe, und genau das werde ich auch tun. Zur Not auch ohne dich.“ Zutiefst enttäuscht sah sie ihn an. „Und wenn du dich jetzt aus dem Staub machst, Lincoln O’Neal, siehst du keinen einzigen Cent von mir.“

„Mein Leben ist mir wichtiger als Geld.“

„Du hast größere Chancen, dein Leben zu retten, wenn du uns zum Flugzeug bringst, als wenn du dich einer Gruppe von Rebellen stellst. Was ist denn aus all deinen Warnungen geworden? Glaubst du, ich werde diese Leute, vor denen ich mich die ganze Zeit versteckt habe, auch noch um einen Gefallen bitten?“

„Die meisten der Kämpfer, egal auf welcher Seite, sind katholisch. Dein Stand würde dich schützen.“

„Auf keinen Fall werde ich mich und die Kinder der Gnade von irgendwelchen gewissenlosen Männern ausliefern.“

Langsam ließ Lincoln sie los. „Ich wollte nur wissen, wie entschlossen du wirklich bist.“

Angewidert sah sie ihm in die Augen. „Soll das heißen ... du wolltest mich nur auf die Probe stellen?“

„Richtig. Ich musste sicher sein, dass du den nötigen Mut hast.“

Kerry trat einen Schritt zurück. Sie ballte die Fäuste, als wolle sie Lincoln schlagen. „Du ekelst mich an."

Spöttisch verzog er die Lippen. Dann lachte er laut auf. „Das ist schon möglich, Schwester Kerry, und vielleicht wirst du mich noch mehr hassen, bevor wir dies hier hinter uns haben. Jetzt ruf die Kinder zusammen, während ich alles vorbereite."

Bevor Kerry Lincoln genau sagen konnte, was sie von seinen Spielchen hielt, ging er zum Wagen zurück. Ihr blieb keine andere Wahl, als ihm zu folgen. Die Kinder waren hungrig, durstig und erschöpft. Sie beantwortete ihre Fragen, so gut sie konnte, doch währenddessen ließ sie Lincoln nicht aus den Augen. Er war damit beschäftigt, ein Seil, das er im Wagen gefunden hatte, an einem Baumstamm festzubinden. Das andere Seilende band er sich um und watete in die reißende Strömung.

„Was hast du vor?" rief sie und sprang auf.

„Bleibt, wo ihr seid."

Die Kinder verstummten. Sie beobachteten Lincoln, der immer weiter in den Fluss watete. Schließlich konnte er sich in der Strömung nicht mehr auf den Beinen halten und begann zu schwimmen. Immer wieder wurde er unter Wasser gezogen, und Kerry hielt angstvoll den Atem an, bis sie seinen Kopf wieder auftauchen sah.

Endlich war er am anderen Ufer angekommen. Mühsam zog er sich an Land. Sobald er aus dem Wasser heraus war, sank er auf die Knie und rang keuchend nach Luft.

Als er sich etwas erholt hatte, machte er das andere Ende des Seils an einem Baum fest und zog ein paar Mal mit aller Kraft daran, bevor er zurück ins Wasser ging. Er zog sich an dem Seil entlang. Es war nicht so anstrengend wie Schwimmen, dennoch war es schwer, sich nicht von der Strömung mitreißen zu lassen. Erschöpft kam er wieder bei Kerry und den Kindern an.

„Verstehst du, was ich vorhabe?“ Das Haar hing ihm nass ins Gesicht, und Kerry musste sich zusammenreißen, um ihm nicht die Strähnen aus der Stirn zu streichen.

„Ja, ich verstehe, aber was wird aus dem Wagen?“

„Der bleibt hier. Wir werden den Rest zu Fuß gehen.“

„Aber ...“ Sie verstummte. Gerade vorhin noch hatte er sie getestet und ihr klargemacht, dass die restliche Strecke die schlimmste würde. Und sie hatte das akzeptiert. „Also gut“, sagte sie leise. „Was soll ich tun?“

„Du nimmst Lisa. Trag sie huckepack. Ich nehme Mary. Joe“, er blickte den Jungen ernst an, „du nimmst Mike. Ich fürchte, wir beide werden den Weg mehrmals machen müssen.“

Joe nickte.

„Ich kann doch auch mehr als einmal gehen“, wandte Kerry ein.

Lincoln schüttelte den Kopf. „Du musst drüben bei den Kindern bleiben. Das hier wird kein Vergnügen, glaub mir. Erklär ihnen, was wir vorhaben, und mach ihnen bloß klar, wie wichtig es ist, dass sie sich an uns festhalten."

Während sie es den Kindern übersetzte, versuchte sie das Überqueren des Flusses wie ein großes Abenteuer darzustellen. Gleichzeitig betonte sie, wie gefährlich das Ganze war und dass sie sich festhalten mussten, egal, was geschah.

„Es kann losgehen", sagte sie zu Lincoln und bückte sich dann tief hinunter, damit Lisa auf ihren Rücken klettern konnte. Das kleine Mädchen schlang die Arme fest um Kerrys Hals und klammerte die Beine um ihren Oberkörper.

„Gut so, Lisa", sagte Lincoln und tätschelte ihr den Kopf.

Als sie ihn strahlend anlächelte, grinste er zurück. Kerry sah ihn an und wunderte sich darüber, wie gelassen er sich nach außen hin geben konnte. Einen Augenblick sah er Kerry in die Augen, dann wandte er sich ab und half Mary auf seinen Rücken.

„Hast du deinen Pass?" fragte er Kerry.

Von jetzt an würden sie nur noch das Allernötigste mitnehmen. Kerry hatte alles aussortiert, was nicht absolut wichtig war. „Er steckt in meiner Brusttasche. Die kann ich zuknöpfen."

„In Ordnung. Los geht's." Lincoln ging voran in den Fluss.

Kerry fielen sofort alle Horrorgeschichten über gefährliche Tiere im Wasser ein, doch bald darauf hatte sie keine Zeit mehr, sich darüber Gedanken zu machen. Während sie versuchte, in dem Schlamm nicht den Halt zu verlieren, redete sie beruhigend auf Lisa ein, die zu weinen angefangen hatte.

Das Seil war nur dünn und glitschig. Es fiel Kerry schwer, sich festzuhalten. Noch bevor sie die Mitte des Flusses erreicht hatte, bluteten ihre Hände.

Als sie den Grund unter den Füßen verlor und untertauchte, geriet sie in Panik und dachte schon, sie würde nie wieder hochkommen. Mit aller Kraft schaffte sie es, den Kopf aus dem Wasser zu ziehen, und vergewisserte sich schnell, dass auch Lisa Luft bekam. Das Wasser war ihnen beiden in Mund und Nase gekommen, und hustend rangen sie nach Luft. Kerry zwang sich dazu, sich weiterzuhangeln.

Ihr kam es wie Stunden vor, bis sie spürte, wie Lincoln ihr unter die Arme griff und sie aus dem Wasser zog. Mit Lisa auf dem Rücken ließ sie sich auf den schlammigen Boden sinken und sog die Luft ein. Nur undeutlich bekam sie mit, dass Lincoln Lisa von ihrem Rücken nahm. Kerry zitterte am ganzen Körper vor Erschöpfung, und es dauerte eine Weile, bis sie die Kraft fand, sich auf die Hände und Knie zu stützen und sich schließlich aufzusetzen.

Lincoln hielt Lisa auf dem Arm. Das Mädchen verbarg das Gesicht an seinem Hals und krallte sich mit den Händen in Lincolns nasses T-Shirt. Er strich ihr beruhigend über den Rücken, küsste sie auf die Schläfe, wiegte sie im Arm und redete leise auf sie ein. Kerry beneidete sie.

„Das hast du gut gemacht", sagte Lincoln zu ihr.

Das war ein mageres Kompliment, dennoch lächelte Kerry ihm mühsam zu. Lincoln reichte ihr Lisa zurück. Neben ihr saß Mary und weinte leise. Kerry zog die beiden Mädchen und Mike in die Arme. Sie gaben ein jammervolles Bild ab, aber sie waren froh, dass sie lebten.

„Nimm das hier", sagte Lincoln und legte die Machete neben Kerry. Es war die einzige Waffe, die sie noch besaßen. „Alles in Ordnung?" fragte er Joe.

„Natürlich", antwortete der Junge hastig.

„Dann lass uns gehen."

Sie wateten zurück in den Fluss. Kerry konnte sich nicht vorstellen, woher sie die Kraft dafür nahmen. Sie selbst konnte kaum den Kopf heben. Lincoln und Joe machten den Weg noch dreimal, bis sie alle Kinder sicher über den Fluss gebracht hatten. Bei der letzten Tour half Joe einem der älteren Mädchen, während Lincoln in zwei Taschen das nötigste Gepäck herüberbrachte.

Tränen traten Kerry in die Augen, als sie sah, wie die Reisetaschen, in denen er seine Fotoausrüstung gehabt hatte, im schmutzigen Wasser verschwanden. Lincoln hatte die Plastikhülle aus einer der Taschen herausgerissen und die Filmrollen darin eingewickelt. Anschließend hatte er sich die beiden Taschen mit dem Gürtel umgeschnallt.

Kerry hatte Mitleid mit ihm. Sie konnte nachfühlen, was er dabei empfinden musste. Wozu hatte sie diesen Mann gebracht? Wenn er sie nicht getroffen hätte, wäre er jetzt längst in den Vereinigten Staaten und würde seine Fotos verkaufen.

Doch die hoffnungsvollen Gesichter der Kinder um sie herum beruhigten ihr Gewissen. Sie hatte das Richtige getan, und wenn sie noch einmal vor der Entscheidung stehen würde, sie würde genauso handeln, um diesen Waisen zu einer besseren Zukunft zu verhelfen.

Schließlich kam Lincoln wieder am Ufer an. Kerry rechnete damit, dass er sich erst einmal ausruhen würde. Stattdessen kam er hastig aus dem Wasser heraus.

„Schnell, Kerry, bring die Kinder hinter die Bäume. Sie sollen sich hinlegen und nicht mehr bewegen.“

Während sie die Kinder vom Ufer wegzog, fragte sie ihn: „Was ist denn los?“

„Ich fürchte, wir bekommen Gesellschaft. Schnell jetzt! Joe, sag den Mädchen, sie sollen still sein. Alles hinlegen!“

Als er sicher war, dass sie nichts zurückgelassen hatten, machte er das Seil von dem Baum los und warf es in den Fluss. Sein Atem ging schwer.

„Du bist vollkommen erschöpft“, flüsterte Kerry.

„Ja“, stimmte er keuchend zu. Er ließ den Wagen am anderen Ufer nicht aus den Augen.

„Glaubst du, dass uns jemand folgt?“ fragte sie.

„Ich denke nicht, dass sie uns absichtlich verfolgen, aber es kam jemand. Das habe ich gehört.“

„Wer?“

„Das spielt keine Rolle, wenn sie den Wagen mit dem Wappen der Regierung und das Seil entdecken.“

„Wenn es Regierungstruppen sind, werden sie sich fragen, was aus ihren Kameraden geworden ist, und nachsehen kommen“, sagte sie nachdenklich. „Und wenn es Rebellen sind ...“

„Genau.“ Lincoln nickte. „Dann werden sie auch kommen. Pst. Da sind sie. Sag den Kindern, dass sie sich nicht rühren dürfen.“

Rasch flüsterte Kerry es den Kindern zu, die es untereinander weitersagten. In diesem Moment kam ein Jeep am anderen Ufer an den Fluss. Dahinter tauchten noch mehrere Fahrzeuge auf. Es waren Rebellen.

Ein paar Männer stiegen aus. Sie hielten ihre Gewehre schussbereit. Vorsichtig gingen sie auf den verlassenen Wagen zu. Als sie sicher waren, dass es sich nicht um einen Hinterhalt handelte, durchsuchten sie den Wagen gründlich.

„Erkennst du einen von ihnen?"

„Nein." Kerry lauschte angestrengt, um etwas von ihrer Unterhaltung aufzuschnappen. „Sie überlegen, weswegen der Wagen nicht wieder umgekehrt ist, als er an die zerstörte Brücke kam. Im Moment fragen sie sich, ob die Soldaten sich an dem Seil durch den Fluss gezogen haben."

„Nur ein Verrückter würde versuchen, an diesem Seil über den Fluss zu kommen", murmelte Lincoln.

Kerry blickte ihn von der Seite an, und sie lächelten sich kurz zu.

Am anderen Ufer holte einer der Männer ein Fernglas hervor. „Nicht bewegen", zischte Lincoln. Der Rebell suchte das Ufer ab und sagte dann etwas.

„Er hat unsere Fußspuren im Schlamm entdeckt", übersetzte Kerry rasch. „Jetzt sagt er den anderen, dass wir ungefähr ein Dutzend sind."

„Ganz schön clever."

„Und jetzt sagt er ..." Sie unterbrach sich, als noch andere Männer ans Ufer traten.

„Was ist?"

„Der eine dort ganz links."

„Was ist mit ihm?"

„Es ist Juan. Unser Bote."

Die beiden Schwestern des Mannes, Carmen und Cara, hatten ihn auch entdeckt. Eine von ihnen schrie leise auf und wollte aufstehen. „Unten bleiben!" zischte Lincoln ihr zu. Das Mädchen erstarrte. „Sag ihr, sie soll sich nicht bewegen. Auch wenn er ihr Bruder ist, wissen wir nicht, was die anderen vorhaben."

Flüsternd gab Kerry seine Worte weiter. Carmen erwiderte etwas, Tränen standen ihr in den Augen.

„Was sagt sie?"

„Ihr Bruder würde uns nicht verraten", übersetzte Kerry.

Lincoln war sich nicht so sicher. Er beobachtete das andere Ufer. Die Männer machten eine Rast und berieten sich untereinander. Hin und wieder wies einer von ihnen über den Fluss. Ein anderer nahm das Seil und riss mit beiden Händen daran. Es zerriss.

Kerry sah Lincoln an. Er hob die Schultern. „Ich sagte ja, dass es nur ein Verrückter versuchen würde."

Juan, der die Flucht der Waisen mit vorbereitet hatte, hörte nicht auf, das Ufer unauffällig abzusuchen. Nach einer halben Stunde stiegen sie alle wieder in die Jeeps.

„Worauf haben sie sich geeinigt?“ erkundigte Lincoln sich.

„Sie wollen es bei einer anderen Brücke flussabwärts versuchen.“ An ihrem verschlossenen Gesichtsausdruck erkannte Lincoln, dass sie etwas verheimlichte. Er fasste nach ihrem Kinn und drehte ihr Gesicht zu sich. „Dann wollen sie hierher kommen und nach uns suchen“, fügte sie zögernd hinzu.

„Das habe ich befürchtet. Also los, verschwinden wir.“ Noch einmal vergewisserte er sich, dass alle Jeeps verschwunden waren. Dann legte er die Marschordnung fest. Er würde vorangehen, und die Kinder sollten alle hintereinander laufen. Kerry in der Mitte, um aufzupassen, dass sie alle auf dem Weg blieben, und Joe am Schluss. Lincoln würde den Weg mit der Machete freischlagen.

„Sag ihnen, dass wir uns beeilen müssen. Wir werden nur dann eine Rast machen, wenn es unbedingt nötig ist. Und sie dürfen sich nicht unterhalten.“ Er versuchte weniger ernsthaft auszusehen, als er die verängstigten Gesichter der Kinder bemerkte. „Und sag ihnen, dass ich stolz auf meine tapfere Truppe bin.“

Kerry wurde warm unter seinem Blick. Sie wusste, dass sie in diesem Kompliment ganz bewusst eingeschlossen war.

Sie stellten sich auf und gingen in den Dschungel, durch dessen Dickicht sie nur vorankamen, weil Lincoln mit der Machete einen Weg freischlug. Kerry beobachtete ihn. Sie war fasziniert von seinen muskulösen Schultern. In gleichmäßigen Schlägen hieb Lincoln nach links und rechts auf die Pflanzen ein. Der gleichförmige Rhythmus hatte eine betäubende Wirkung auf Kerry. Fast wie in Trance setzte sie einen Fuß vor den anderen.

Sie war benommen vor Hunger, Durst und Erschöpfung. Als sie davon überzeugt war, dass sie umfallen würde, wenn sie auch nur einen Schritt weiter ging, willigte Lincoln in eine Rast ein. Mitsamt der schlafenden Lisa auf dem Arm sank Kerry zu Boden. Die Kinder folgten schweigend ihrem Beispiel.

„Joe, reich die Wasserflasche herum, aber teil das Wasser sparsam ein.“ Schweigend gehorchte der Junge Lincolns Aufforderung. Lincoln wandte sich an Kerry. „Wie lange trägst du Lisa schon?“ fragte er, als er sich neben sie setzte und ihr seine Trinkflasche reichte.

Kerry hielt die Flasche an Lisas aufgesprungene Lippen. „Ich weiß es nicht. Eine ganze Weile schon. Sie konnte vor Erschöpfung nicht mehr weiter.“

„Von jetzt an werde ich sie tragen."

„Du kannst nicht gleichzeitig das Kind tragen und einen Weg durch das Dickicht schlagen." Sie streifte sich das verschwitzte Haar aus dem Nacken.

„Ich will nicht riskieren, dass du zusammenbrichst. Jetzt trink einen Schluck Wasser."

Als sie die Flasche wieder zudrehte und ihm zurückgab, sagte sie leise: „Es tut mir Leid, dass du deine Kameras zurücklassen musstest."

„Ja, mir auch. Ich habe viel mit ihnen durchgemacht."

An seinem Lächeln erkannte sie, dass er sie neckte. „Ich meine es ernst."

„Ich kann sie ersetzen."

„Was ist mit den Filmen?"

„Angeblich sind die Behälter wasserdicht, hoffentlich stimmt das. Wenn ja, dann kann ich zu Hause eine Wahnsinnsstory verkaufen." Er stand auf. „Ich werde Lisa tragen. Keine Widerrede. Bis es dunkel ist, kommen wir sowieso nicht mehr weit."

Lincoln reichte ihr die Hand, und dankbar ließ Kerry sich von ihm hochhelfen. Er nahm Lisa huckepack und ging wieder ans vordere Ende der Schlange. Kerry hätte vor Dankbarkeit weinen können.

Mit der Zeit machten ihr die unzähligen Insekten nichts mehr aus, und auch nicht das Rascheln der Kleintiere dicht neben ihren Füßen. Die feuchte stickige Luft, die Hitze oder das ohrenbetäubende Geschrei und Gezwitscher der Vögel und Affen, all das nahm sie kaum noch wahr und konzentrierte sich nur darauf, hinter Lincoln herzulaufen und auf den Füßen zu bleiben.

Die Sonne war fast untergegangen, und es war beinahe vollkommen dunkel, als Lincoln anhielt. Sie waren an einem kleinen Bach angelangt, dessen Ufer dicht bewachsen waren. Dem Geräusch nach zu urteilen musste in der Nähe eine Art Wasserfall sein. Lincoln setzte Lisa ab und ließ die Schultern kreisen.

Die Kinder waren zu erschöpft, um sich zu beklagen. Einige von ihnen schliefen auf der Stelle ein, und Kerry musste sie wieder aufwecken, damit sie etwas frisches Wasser aus dem Bach tranken. Sie hatten nichts mehr zu essen, doch die Kinder waren sowieso zu müde zum Essen.

Wie gern hätte Kerry die Stiefel ausgezogen und die Füße in den Bach gehalten! Doch dann würden ihre Füße anschwellen, und Kerry könnte die Stiefel nicht mehr anziehen. Es war sehr wahrscheinlich, dass sie angegriffen wurden, und aus diesem Grund war es undenkbar, dass sie die Stiefel über Nacht auszog. Lincoln suchte gerade die Umgebung ab, als sei es gut möglich, dass Feinde in der Nähe waren.

Schließlich kam er zu ihr und setzte sich neben sie. Als Kerry sein ernstes Gesicht sah, fragte sie: „Sind sie uns gefolgt?"

„Ich glaube nicht, dass sie unserer Spur gefolgt sind, aber dennoch sind sie uns dicht auf den Fersen. Ich rieche den Rauch ihres Lagerfeuers. Offensichtlich betrachten sie uns nicht als eine Gefahr." Während er sprach, rührte er aus Schlamm und Wasser einen Brei an. „Sorg dafür, dass die Kinder ruhig sind. Wenn sich irgendjemand nähert, den du nicht erkennst, dann versteck dich."

„Was hast du vor?" fragte sie ängstlich.

„Ich gehe in ihr Lager."

„In das Lager? Bist du verrückt?"

„Zweifellos. Sonst wäre ich gar nicht hier." Er lächelte. Kerry konnte es nicht erwidern. Lincoln winkte Joe zu sich. „Kommst du mit mir mit?"

„Ja", antwortete der Junge.

„Schmier dir etwas davon ins Gesicht und auf die Arme." Lincoln reichte ihm eine Hand voll von dem Brei, und Joe rieb sich damit ein.

Aufmerksam beobachtete Kerry diese Vorbereitungen. „Wieso wollt ihr dorthin?"

„Um Waffen zu stehlen."

„Warum? Bisher sind wir auch ohne den Gebrauch von Waffen ausgekommen." Sie versuchte das Zittern in ihrer Stimme zu verbergen, doch es gelang ihr nicht. Lincoln hörte ihre Angst.

„Kerry“, sagte er ruhig. „Glaubst du wirklich, dass eine der beiden Parteien in diesem Bürgerkrieg zulässt, dass ein Flugzeug aus den Staaten landet, uns einsteigen lässt und wieder davonfliegt?“

Die Frage war eigentlich überflüssig, und Lincoln erwartete auch gar keine Antwort. Er sprach weiter. „Falls das Flugzeug tatsächlich kommt, und das scheinst du ernsthaft zu glauben, und falls wir alle hineingelangen, dann wird das in einem Kugelhagel geschehen. Wahrscheinlich werden wir aus allen Richtungen beschossen werden, und ich kann uns schlecht mit einer Machete verteidigen.“

Der Gedanke an Gewehrfeuer erschreckte sie. Doch sie sah ein, dass Lincoln Recht hatte. Die Krieger in diesem Konflikt würden ihnen sicher nicht freundlich hinterherwinken.

Wieso hatte sie bloß nicht schon früher daran gedacht, wie sie in das Flugzeug gelangen sollten? Sie hatte immer nur daran gedacht, den Treffpunkt zu erreichen. Bis dahin hatten ohnehin schon viele Hindernisse im Weg gestanden. Was würde aus den Kindern werden, aus Joe und aus Lincoln? Durch ihren Plan brachte sie jetzt alle in höchste Gefahr.

Kerry presste die Hand gegen den Mund, um ein Schluchzen zu unterdrücken. „Was habe ich getan?"

Lincoln legte ihr einen Arm um die Schulter und zog sie an sich. „Mach mir jetzt nicht schlapp." Er drückte sie fest. „Du warst bisher unglaublich. Und vielleicht wird ja alles gut gehen."

Kerry wollte noch länger von ihm gehalten werden, am liebsten für immer, doch er ließ sie schließlich los und reichte ihr dann die Machete. Ihr kam es vor, als sei die Waffe aus Blei.

„Benutze sie, wenn es sein muss", sagte Lincoln. „Wir sind so bald wie möglich wieder zurück."

Er ging von ihr weg. Kerry streckte die Hand nach ihm aus, doch sie erreichte ihn nicht mehr. „Lincoln!"

„Was ist?"

Sie wollte sich an ihn schmiegen und ihn bitten, sie nicht allein zu lassen, wollte ihn umarmen und nicht mehr loslassen. Er sollte sie beschützen vor dem Dschungel und den Gefahren. Er sollte sie küssen.

Stattdessen räusperte sie sich. „Bitte sei vorsichtig."

Es war stockdunkel. Durch den Schlamm im Gesicht war er praktisch unsichtbar, und wenn Kerry sein Atmen nicht gehört hätte, hätte sie nicht einmal gewusst, dass er vor ihr stand. Auch er schien zu zögern. Kerry spürte, dass er sie auch umarmen wollte.

Aber er berührte sie nicht. „Ich werde aufpassen“, sagte er nur.

Erst nach einer Weile merkte sie, dass Lincoln und Joe schon gegangen waren. Sie war mit den acht Kindern allein.

7. KAPITEL

Es war kurz vor Tagesanbruch, als Lincoln und Joe zurückkehrten. Kerry, die in einen leichten Schlaf gefallen war, war so erleichtert darüber, dass ihnen nichts geschehen war, dass sie ihre enttäuschten Gesichter zunächst nicht verstehen konnte.

An ihrer Haltung erkannte sie, dass sie keinen Erfolg gehabt hatten. Beide gingen direkt zum Bach und wuschen sich den Schlamm ab. Dann tranken sie ausgiebig. Schließlich wandte Lincoln sich zu Kerry um und sah sie niedergeschlagen an.

„Was ist geschehen?“ fragte sie.

„Wir haben nichts bekommen können.“ Lincoln sprach mit leiser Stimme. „Wir sind nicht einmal nahe an das Lager herangekommen. Sie waren auf der Hut, und das Lager wurde streng bewacht. Die ganze Nacht über sind wir herumgeschlichen, um vielleicht einen Wachposten zu finden, der eingeschlafen war. Aber nichts zu machen.“

Er lehnte sich gegen einen Baum und ließ sich am Stamm auf den Boden gleiten. Dann legte er den Kopf zurück und schloss die Augen. „War hier alles ruhig?“

„Ja. Ein paar von den Kindern sind aufgewacht, weil

sie Hunger hatten, aber ich habe sie wieder zum Schlafen gebracht."

Joe ahmte Lincoln nach, setzte sich an einen anderen Baum und machte auch die Augen zu. Er war jetzt ein Mann, der die Aufgaben eines Mannes erfüllte. Obwohl er Lincoln nicht mochte, bewunderte er ihn offensichtlich.

Kerry legte ihm eine Hand aufs Knie, und als der Junge sie ansah, sagte sie: „Ich bin stolz auf dich", und lächelte ihn an. Geschmeichelt erwiderte Joe das Lächeln. Sie ließ ihn ausruhen und setzte sich wieder neben Lincoln. „Wie weit ist es noch bis zur Grenze?"

„Knapp zwei Kilometer."

„Dann stehen wir nicht unter Zeitdruck." Das Flugzeug sollte mittags landen, weil die Grenztruppen dann hoffentlich gerade ihre Siesta hielten.

„Ich wünschte bloß, ich wüsste, was wir machen sollen, wenn wir erst am Treffpunkt sind." Lincoln seufzte ratlos.

Kerry versuchte ihm Hoffnung zu machen. „Wenn wir die Kinder nicht an Bord bringen können, dann versuchen wir eben, über die Grenze zu kommen."

„Und was dann?" fragte Lincoln gereizt nach und sah Kerry an. Seine Augen waren rot vor Müdigkeit. „Dort drüben erwartet uns doch genau dasselbe wie hier." Er wies auf den Dschungel ringsumher. „Meilenweit nichts als dichter Dschungel. Wer weiß, wie weit es bis zum nächsten Dorf ist! Und die Nachbarländer haben ihre eigenen wirtschaftlichen Probleme. Sie nehmen keine Flüchtlinge aus Montenegro auf. Höchstwahrscheinlich werden sie uns abschieben. Und selbst wenn die Kinder Asylrecht bekommen, was sollen wir bis dahin tun? Woher bekommen wir Nahrung und Wasser? Wo sollen wir nachts schlafen?“

Seine ablehnende Haltung regte Kerry auf. „Also, du denkst ...“

„Pst!“ Joe sprang auf und lauschte angestrengt. Er neigte den Kopf zur Seite und blickte warnend zu Kerry und Lincoln herüber. Dann verschwand er geräuschlos im Dickicht. Kerry wollte ihn zurückhalten, aber Lincoln legte ihr eine Hand auf die Schulter und drückte Kerry wieder herunter. Als sie den Mund aufmachte, schüttelte er den Kopf.

Kerry fragte sich, wo Joe blieb. Lincoln ging in die Hocke und spähte aufmerksam umher. Kerry kam sich nutzlos vor und hoffte nur, dass keines der Kinder einen Laut von sich gab.

Kurz darauf kam Joe zurück, dicht gefolgt von einem Rebellen. Kerry erkannte ihn sofort, sprang auf und lief zu ihm, ohne auf Lincolns warnende Gesten zu achten.

„Hallo, Juan“, flüsterte sie auf Spanisch.

„Schwester“, antwortete er leise und verbeugte sich vor ihr.

Lincoln trat zu ihnen. Die Anspannung fiel von ihm ab. Der Mann sah wie alle anderen Rebellen aus, doch er war jünger als die meisten von ihnen, höchstens sechzehn. Seine Gesichtszüge wirkten noch nicht so hart und gefühllos, obwohl man ihnen bereits die Kampferfahrung ansah. Kerry redete leise mit dem jungen Mann. Als er Lincoln misstrauisch ansah, erklärte Kerry ihm, wer Lincoln war.

„Er hat uns zwei Gewehre gebracht“, erklärte sie Lincoln. „Mehr, sagt er, hätte er nicht unbemerkt stehlen können.“

Kerry schreckte vor den Waffen zurück, als Juan eine an Lincoln und eine an Joe gab. Lincoln musterte die beiden Maschinengewehre kurz. „Sie scheinen in Ordnung zu sein. Wie sieht es mit Munition aus?“ Der Rebell reichte ihm einige Patronengürtel. „Danke.“

„De nada.“

„Frag ihn, ob seine Leute wissen, wer wir sind und was wir vorhaben“, sagte er zu Kerry.

„Er sagt, nein“, erklärte sie Lincoln kurz darauf. „Weil wir in einem Militärwagen gefahren sind, glauben sie, wir seien vielleicht Deserteure, die sich den Rebellen anschließen wollen. Sie wollen uns jedenfalls folgen, bis sie Gewissheit haben."

„Das hatte ich befürchtet." Lincoln schwieg einen Moment. „Frag ihn, was geschehen würde, wenn er seinem Anführer erklärt, wer wir sind. Würde er uns in Ruhe lassen?"

Juan hörte Kerrys Übersetzung aufmerksam zu, dann schüttelte er energisch den Kopf und antwortete hastig.

„Er sagt, sie würden uns wahrscheinlich umbringen und versuchen, das Flugzeug für ihre eigenen Zwecke zu nutzen. Unsere einzige Hoffnung, sagt Juan, besteht darin, so schnell wie möglich in das Flugzeug zu kommen. Er will versuchen, seine Leute von dem Treffpunkt wegzuleiten."

„Ist ihm klar, dass einige seiner Leute sterben können, wenn sie versuchen, uns aufzuhalten?"

Kerry lächelte gezwungen, als sie Juans Antwort hörte. „Er meint, einige würden es verdienen."

Lincoln streckte die Hand aus, und der junge Mann schüttelte sie ernsthaft. „Alles, was du für uns tun kannst, ist uns als Hilfe willkommen."

Juan nickte. Er hatte den Sinn auch ohne Übersetzung verstanden.

Kerry schlug vor, dass Juan seine Schwestern weckte, um sich von ihnen zu verabschieden. Er schlich sich zu dem Platz, an dem sie schliefen. Sein Gesicht war voller Rührung, als er sie betrachtete, doch er winkte Kerry zu, sie solle die beiden schlafen lassen.

Er flüsterte ihr etwas zu. Sein Gesicht war ernst, und Tränen standen ihm in den Augen. Nach einem letzten Blick auf seine Schwestern nickte er Lincoln, Kerry und Joe zu und verschwand im Dickicht.

„Was hat er gesagt?"

Kerry wischte sich die Tränen aus dem Gesicht. „Er wollte nicht, dass die letzte Erinnerung seiner Schwestern an ihn ein Abschied sei. Er weiß, dass er sie wahrscheinlich nie wieder sieht und dass sie in den Vereinigten Staaten ein neues Leben anfangen. Ich soll ihnen von ihm ausrichten, dass er bereit ist, für die Freiheit seines Landes zu sterben. Wenn sie nie wieder von ihm hören, können sie davon ausgehen, dass er glücklich gestorben ist, weil er sie beide in Sicherheit und Freiheit wusste."

Sie schwiegen eine Weile, ohne sich zu rühren. Alle drei bewunderten den jungen Mann für seine Haltung. Jeder Kommentar dazu war überflüssig.

Lincoln zwang sich, das Schweigen zu durchbrechen, und wandte sich an Joe. „Weißt du, wie man damit umgeht?" Er wies mit dem Kopf auf die Waffe in den Händen des Jungen.

Während Lincoln Joe die Waffe erklärte, weckte Kerry die Kinder auf und wies sie an, so leise wie nur möglich zu sein. Sie gab ihnen Wasser und versprach ihnen, dass sie im Flugzeug etwas zu essen bekämen. Jenny und Cage hatten sicher daran gedacht.

Als sie alle fertig waren, machten sie sich auf den letzten Abschnitt ihres Wegs an die Grenze. Kerry bestand darauf, Lisa zu tragen, damit Lincoln mehr Bewegungsfreiheit hatte. Er hielt jetzt in der einen Hand die Machete und in der anderen das Maschinengewehr.

Es war kurz vor elf, als sie den Rand des Dschungels erreichten. An der Grenze zum Nachbarland war eine breite Schneise in den Urwald geschlagen worden. Bis zum gegenüberliegenden Grün des Dschungels war offenes Gelände von der Breite eines Fußballfelds.

„Da. Das ist der Platz, an dem er landen soll." Kerry wies auf die Schneise. Sie waren im Dickicht geblieben, konnten die freie Fläche jedoch gut sehen. „Siehst du den alten Wachturm? Dort wird er landen und dann wenden."

Lincoln kniff die Augen gegen das grelle Sonnenlicht zusammen und beobachtete das Gelände. „In Ordnung. Wir sollten so dicht wie möglich herangehen. Sag den Kindern, sie sollen zusammenbleiben und nicht zu nah an die Baumgrenze herangehen."

„Kannst du etwas entdecken?"

„Nein, aber ich bin mir ziemlich sicher, dass wir nicht die Einzigen sind, die sich hier in der Nähe versteckt halten. Gehen wir."

Vorsichtig gingen sie weiter, wobei sie darauf achteten, nicht zu dicht an die Schneise heranzukommen. Als sie auf der Höhe des Wachturms anlangten, hielt Lincoln an. „Wir werden hier warten." Er blickte rasch auf seine Uhr. „Es kann nicht mehr lange dauern."

Lincoln sagte Kerry, sie solle den Kindern noch einmal einprägen, dass sie gebückt weiterlaufen sollten, wenn sie Schüsse hörten. „Sag ihnen, dass sie nicht stehen bleiben dürfen, was auch immer passiert, Kerry. Das musst du ihnen absolut klarmachen."

Sie bereiteten die Kinder so gut wie möglich vor, dann zog Lincoln Kerry aus der Hörweite der Kinder und setzte sich hin. „Er hat noch eine Viertelstunde", sagte er nach einem Blick auf die Uhr.

„Cage wird kommen", sagte sie zuversichtlich.

Forschend blickte Lincoln sie an. „Wer ist dieser Cage Hendren eigentlich?"

„Das habe ich dir erzählt. Er ist Texaner. Sein Bruder wurde vor ein paar Jahren von den Truppen des Präsidenten erschossen."

„Das weiß ich alles. Aber was bedeutet er dir?"

Fast hätte sie glauben können, Lincoln sei eifersüchtig. Doch dazu kannte sie ihn mittlerweile zu gut. „Er ist der Ehemann meiner Freundin."

Eindringlich sah er ihr in die Augen. „Was war er für dich, bevor er sie geheiratet hat?"

„Nichts! Ich kannte ihn vorher gar nicht. Auch Jenny habe ich erst durch die Organisation kennen gelernt."

Lincoln blickte weg. Er sagte nichts, aber Kerry erkannte, dass die Anspannung etwas aus seinem Gesicht wich.

„Du und ich, wir werden die Kinder begleiten", sagte er zu ihr. „Kannst du Lisa tragen?"

„Ja, sicher."

„Selbst, wenn du rennen musst?"

„Ich werde es schaffen."

„Okay, ich laufe als Letzter. Joe bleibt zurück, bis wir alle im Flugzeug sind."

„Warum?" fragte sie erschreckt.

„Um uns Feuerschutz zu geben, falls jemand auf uns schießt."

„Oh." Jetzt erkannte sie mit Schrecken, dass Lincoln möglichen Schüssen länger ausgesetzt sein würde als alle anderen. Sein großer Körper bot nicht nur ein besseres Ziel, sondern er würde auch zweimal über die Schneise laufen müssen.

„Hier", sagte er.

Kerry sah auf die verpackten Filme, die er ihr in die Hand legte. „Was soll das?“

„Falls mir etwas zustößt, kommen wenigstens die Filme aus dem Land heraus.“

Kerry wurde blass.

„Ich saß schon oft in der Klemme“, fuhr er fort. „Aber so ernst war meine Lage noch nie. Das sind reine Vorsichtsmaßnahmen.“

„Aber dieser Film ist noch in seiner Verpackung. Er ist gar nicht belichtet“, sagte sie verwirrt.

„Doch. Ich habe die benutzten Filme wieder in die Plastikfolien gesteckt, damit sie wie neu aussehen. Das kann von Vorteil sein, wenn ... wenn sich jemand für die Filme interessiert.“

„Ich will mit deinen Filmen nichts zu tun haben, Lincoln. Ich könnte ...“

„Hör mir zu. Falls mir etwas zustößt, versprich mir, dass du dafür sorgst, dass die Fotos entwickelt und veröffentlicht werden.“

„Rede nicht so.“

Er zog sein Taschentuch hervor, mit dem er sich immer den Schweiß abgewischt hatte, und band es Kerry um den Hals. „Haben das die Ritter früher nicht auch getan? Sie haben der Frau, die sie bewunderten, ein Andenken gegeben, bevor sie in den Kampf zogen.“

„Hör auf“, bat sie unter Tränen. „Ich halte das nicht aus. Bitte sag so etwas nicht. Ich will nicht einmal daran denken. Und außerdem bewunderst du mich nicht.“

Lincoln lachte leise auf. „Und ob ich das tue. Ich gebe zu, dass ich dich am liebsten erwürgt hätte, als ich aufwachte und gemerkt habe, dass du mich entführt hast, um einen Job zu machen, den ich nicht haben wollte.“ Er sprach jetzt völlig ernsthaft. „Aber ich bewundere dich, Kerry. Du warst unglaublich mutig, du hast durchgehalten, auch wenn es noch so schwierig wurde. Falls ich keine Gelegenheit mehr haben sollte, es dir zu sagen ...“

„Schluss jetzt! Du kannst mir das alles in Texas erzählen.“

„Kerry“, sagte er sanft, als er erkannte, dass der Kummer ihr vielleicht den Mut nahm, wenn es gleich darauf ankam. „Ich habe nicht die Absicht, hier in Montenegro zu sterben. Was nützt mir der dritte Pulitzer-Preis für meine Fotos, wenn ich schon tot bin? Außerdem möchte ich mir doch die Fünfzigtausend von dir abholen.“

Er lächelte sie an. Zum ersten Mal fiel Kerry auf, was für schöne Zähne er hatte. Im Kontrast zu der gebräunten Haut voller Bartstoppeln waren sie strahlend weiß. Sie wusste nicht, ob sie ihn schlagen oder küssen sollte.

Doch sie traute sich nicht, ihm zu zeigen, was sie für ihn empfand. Sie konnten es sich jetzt nicht leisten, rührselig zu werden. „Noch irgendwelche letzten Wünsche?“ fragte sie deshalb betont heiter.

„Wenn du es schaffst und ich nicht, dann rauch eine Zigarette für mich und trink einen Whisky.“

„Bourbon oder Scotch?“

„Spielt keine Rolle.“

„Sonst noch was?“

„Ja. Leg kein Gelübde ab.“

Er bewegte sich so schnell, dass Kerry nicht reagieren konnte. Plötzlich hielt er ihren Kopf und beugte das Gesicht dicht vor sie. „Das kann keine Sünde sein, es ist mein letzter Wunsch.“

Lincoln küsste sie. Leidenschaftlich presste er die Lippen auf ihre. Sofort öffnete Kerry den Mund, und er drang mit der Zunge ein. Diese unvermittelte Lust traf Kerry wie ein Blitzschlag. Lincoln schien vollkommen Besitz von ihr zu ergreifen, und sie gab sich willenlos hin. Sie krallte sich in sein T-Shirt und legte den Kopf in den Nacken. Lincolns Bartstoppeln kratzten, doch Kerry machte es nichts aus. Sie kostete die Empfindung, seine Zunge in ihrem Mund zu spüren, rückhaltlos aus. Unbewusst presste sie sich an ihn, als ihr heiß wurde und ein Zittern durch ihren Körper lief.

Kerrys Reaktion machte Lincoln fast verrückt. Er vertiefte den Kuss noch und drückte sie dicht an sich. Als er die Spannung nicht mehr ertragen konnte, hob er aufstöhnend den Kopf. Ungläubig sah er ihr in die Augen und auf die blutroten feuchten Lippen.

„Kerry", stieß er atemlos aus.

Unbewusst fuhr sie sich mit der Zunge über die Lippen.

Lincoln stöhnte erneut auf. „Du bist wundervoll." Er küsste sie wieder. „Wenn wir nur etwas Zeit hätten, dann könnte ich dich berühren. Oh, wenn du wüsstest, wie ich mich danach sehne, deine Brüste zu berühren." Flüchtig strich er mit der Hand über eine Brust. Kerry seufzte vor Verlangen leise auf. „Ich würde mit dir schlafen, Kerry, ich sehe, dass du es dir auch wünschst."

Ja, sie begehrte ihn. Und sie liebte ihn. Wenn er jetzt starb, würde er immer noch glauben, dass sie eine Nonne war! Das durfte sie nicht zulassen.

„Lincoln, da gibt es etwas ..."

„Pst." Horchend hob er den Kopf.

„Aber ich muss dir unbedingt ..."

„Nicht jetzt. Sei still." Lincoln schob sie von sich und stand auf. Dabei gab er ihr ein Zeichen, still zu sein. Kurz darauf konnte auch Kerry das Dröhnen eines Flugzeugs hören.

„Wir müssen noch über vieles sprechen, Liebling, aber dazu ist jetzt keine Zeit. Bereite die Kinder vor." Mit bemerkenswerter Ruhe traf er rasch die notwendigen Vorbereitungen. „Joe, geh auf deinen Platz."

„Ich bin bereit", antwortete Joe und hockte sich hinter einen Baum.

Das Flugzeug kreiste nicht erst über dem Gelände, sondern setzte gleich zur Landung an. Die Kinder wurden aufgeregt. Jetzt wurde ihr Traum wahr. Während sie alle angestrengt auf das Flugzeug starrten, beobachtete Lincoln das Gelände, ob er irgendeine Bewegung entdecken konnte.

Der Pilot machte eine tadellose Landung und blieb direkt vor dem alten Wachturm stehen.

„Lauf." Lincoln stieß Kerry an.

Sie presste Lisa an sich und machte zögernd ein paar Schritte auf das freie Gelände hinaus.

„Lauf!" Diesmal schrie Lincoln laut.

Kerry rannte los und schrie den Kindern zu, sie sollten ihr folgen. Dicht hinter sich hörte sie die schweren Schritte von Lincoln. Sie hatten die Hälfte der Strecke bereits hinter sich, als die ersten Schüsse fielen. Kerry erstarrte, und die Kinder fingen an zu schreien.

„Weiter! Nicht stehen bleiben", schrie Lincoln.

Er fuhr herum und schoss wild in die Richtung, aus der die Schüsse kamen. Er sah das Mündungsfeuer, als sie erneut schossen. Zwischen den Bäumen wirkte es wie kleine Funken, doch Lincoln hörte die Kugeln neben seinen Füßen in den Boden schlagen. Er schoss eine zweite Salve und rannte dann hinter Kerry und den Kindern her, die das Flugzeug fast erreicht hatten. Wie durch ein Wunder war niemand getroffen worden, obwohl sie alle verängstigt schrien.

Die Tür des Flugzeugs stand bereits offen. Lincoln drehte sich wieder um. Überall zwischen den Bäumen konnte er jetzt die Mündungsfeuer sehen. Offenbar war es Juan nicht gelungen, seine Leute von dem Treffpunkt wegzuleiten. Lincoln hoffte nur, dass sie ihn nicht durchschaut hatten.

Aus dem Augenwinkel heraus sah er, dass Joe aus seinem Versteck herauskam und losfeuerte. Damit brachte er einige der Rebellen dazu, rasch wieder im Dickicht in Deckung zu gehen. Dann sprang er selbst wieder hinter den Baum.

„Prima, Junge", murmelte Lincoln. Er blickte über die Schulter und sah, dass die Kinder in das Flugzeug gezogen wurden. Rückwärts laufend und aus der Hüfte heraus schießend, rannte er zu ihnen, um den Kindern an Bord zu helfen.

Als er sich wieder umsah, entdeckte er Jeeps voller Soldaten, die von der anderen Seite der Grenze her auf das Flugzeug zukamen. Das Nachbarland von Montenegro verhielt sich im Bürgerkrieg neutral, doch anscheinend wollten sie herausfinden, was hier geschah. Ein Offizier im ersten der Wagen rief etwas durch einen Lautsprecher, das Lincoln nicht verstehen konnte. Doch als er die ersten Warnschüsse hörte, konnte er sich den ungefähren Sinn denken.

Lincoln fluchte hemmungslos.

Jetzt wurden sie von beiden Seiten beschossen.

Eins der Kinder stolperte und fiel hin. Lincoln hastete zu ihm, hob es auf und rannte gebückt auf die Tür des Flugzeugs zu.

„Ist Mike getroffen?“ schrie Kerry über den Lärm des Flugzeugs und die Schüsse hinweg.

„Er ist nur hingefallen. Steig endlich ein.“

Lisa wurde Kerry aus dem Arm genommen und in den Laderaum gezogen. Lincoln hob Mike hoch, einem Paar ausgestreckter Arme entgegen. Der kleine Junge, dessen schmutziges Gesicht von Tränen nass war, wurde in Sicherheit gezogen. Außer Joe waren jetzt alle Kinder im Flugzeug. Der Junge schoss so wild um sich, dass die Rebellen sich nicht aus ihrer Deckung herauswagten. Aber bald würde ihm die Munition ausgehen. „Steig schon ein!“ befahl Lincoln Kerry noch einmal.

„Aber du und Joe ...“

„Fang jetzt bloß nicht an, mit mir zu streiten.“

Offenbar war der Mann im Laderaum derselben Ansicht wie Lincoln. Immer noch protestierend, wurde Kerry hineingezogen. „Wenn mir etwas passiert, dann fliegen Sie los“, rief Lincoln dem blonden Mann im Flugzeug zu.

„Nein!“ schrie Kerry auf.

Lincoln sah ihr in die Augen. Dann wandte er sich um und rannte schießend zurück zu den Bäumen.

„Was hat er vor?“ fragte Cage Hendren. „Wieso läuft er zurück?“

„Um noch einen Jungen zu holen, der uns Rückendeckung gegeben hat.“

Cage nickte verstehend und sah dem Mann hinterher, der in Schlangenlinien über die Lichtung lief. Er kannte diesen Mann zwar nicht, aber entweder war das ein Held oder ein Verrückter.

„Cage, wir müssen los“, rief der Pilot aus dem Cockpit.

Kerry griff nach Cages Arm. „Nein. Ohne die beiden werden wir nicht fliegen.“

Cage erkannte die Entschlossenheit in ihrem Blick. „Noch nicht“, schrie er in Richtung Cockpit.

„Einer dieser Verrückten könnte uns treffen, und die anderen versuchen, mit Jeeps ...“

„Noch dreißig Sekunden“, verhandelte Cage, obwohl

er wusste, dass der Pilot Recht hatte. „Wir haben noch zwei Passagiere."

Kerry schrie auf, als sie sah, dass Lincoln zu Boden fiel.

„Alles in Ordnung", beruhigte Cage sie. „Er versucht nur, ihnen so wenig Zielfläche wie möglich zu bieten."

Aus seiner Kampfposition heraus rief Lincoln Joe zu, zum Flugzeug zu laufen, während er ihm Feuerschutz gab. Mit knatterndem Gewehr stürmte Joe aus dem Dickicht hervor. Er drehte sich im Kreis, während er lief, und schoss in alle Richtungen. Als er fast bei Lincoln angelangt war, knickte sein linkes Bein weg, und er fiel.

„Nein!" schrie Kerry. Sie wollte aus dem Flugzeug springen, aber Cage hielt sie zurück.

In diesem Augenblick trafen einige Kugeln das Flugzeug. Sie richteten noch keinen Schaden an, doch Cage wurde unruhig. Durfte er wegen der zwei Lebensmüden da draußen das Leben der Kinder im Flugzeug aufs Spiel setzen?

Er sah, wie Lincoln bäuchlings zu dem Jungen robbte, der mit dem Gesicht nach unten auf dem Boden lag. Offenbar redeten sie miteinander. „Der Junge lebt", sagte Cage zu Kerry.

„Oh, bitte. Sie dürfen nicht sterben." Tränen strömten ihr über das Gesicht.

„Cage, sie blockieren unsere Startbahn mit den Jeeps“, rief der Pilot.

Die Kinder schrien durcheinander.

„Kerry, wir müssen los“, sagte Cage.

„Nein, wir können sie nicht zurücklassen.“

„Wir können alle sterben, wenn ...“

„Nein, nein!“ Sie versuchte sich aus seinem Griff loszureißen. „Dann fliegt. Aber ohne mich.“

„Du weißt, dass ich das nicht tun kann. Die Kinder brauchen dich.“

Verzweifelt schluchzte sie, als sie sah, wie Lincoln sich auf ein Knie stützte. Er griff Joe unter einen Arm und zog ihn auf die Füße hoch. Joe konnte sich nicht halten. Sein linkes Bein hing schlaff herunter. Lincoln schwankte, als er sich Joes Arm um den Nacken legte. Dann schleppte er sich und den Jungen auf das Flugzeug zu.

Sie liefen mitten durch den Kugelhagel. Kerry sah die kleinen Staubfontänen, wenn die Kugeln in den Boden um Lincoln herum einschlugen. Die Rebellen kamen jetzt aus den Verstecken und liefen auf die Schneise hinaus, wobei sie unaufhörlich schossen.

„Kerry!“

„Nein, Cage! Du wirst dieses Flugzeug keinen Meter bewegen!“

„Aber ...“

Kerry formte die Hände zu einem Trichter um den Mund. „Lincoln! Lincoln, beeil dich!“

Lincoln schoss blind auf seine Verfolger, bis ihm die Munition ausging. Dann schleuderte er das Gewehr von sich, hob Joe wie ein Kind in die Arme und rannte zum Flugzeug.

„Sie kommen!“ schrie Kerry.

„Fahr los“, rief Cage dem Piloten zu. Er beugte sich vor und streckte die Hände aus dem Laderaum.

Kerry erkannte den schmerzhaften Ausdruck auf Lincolns Gesicht, kurz bevor sie den dunkelroten Fleck vorn auf seinem Hemd bemerkte. Sie war jetzt zu angespannt, um einen Ton von sich zu geben. Sie öffnete nur stumm den Mund und weinte.

Blutend lief Lincoln weiter. Sein Gesicht war vor Anstrengung verzerrt. Er stolperte auf die Tür zu und hob mit letzter Kraft Joe zu Cage empor. Cage ergriff Joes Hemdkragen und zog den Jungen hinein. Trotz seiner Schmerzen kroch Joe sofort stöhnend aus dem Weg. Das Flugzeug kam jetzt in Fahrt, und Lincoln musste rennen, um auf Höhe der Ladeluke zu bleiben.

„Geben Sie mir die Hand“, schrie Cage.

Lincoln streckte die Hand so weit aus, wie er nur konnte, stolperte, fing sich zum Glück jedoch wieder, und schaffte es in einem letzten Kraftaufwand, Cages

Hand zu ergreifen und sich festzuhalten. Die Beine knickten ihm weg, und er wurde ein Stück mitgeschleift, bevor es Cage gelang, ihn unter Aufbietung aller Kräfte und mit Kerrys Hilfe ins Flugzeug zu ziehen. Er rollte sich auf den Rücken und schnappte nach Luft, während Cage die Tür zuriegelte.

„Lass uns von hier verschwinden", rief Cage dem Piloten zu.

„Verstanden!"

Noch schwebten sie in Gefahr. Das Flugzeug wurde jetzt von allen Seiten beschossen, bevor sie volle Startgeschwindigkeit hatten. Kurz vor den Jeeps, die die Bahn versperrten, hob das Flugzeug vom Boden ab und flog um Haaresbreite über die Wagen hinweg.

Die Kinder schmiegten sich ängstlich aneinander. Die meisten weinten nicht mehr, doch sie waren immer noch verängstigt und aufgeregt. Schließlich war es ihr erster Flug. Sie starrten den großen blonden Mann an, der auf Spanisch mit ihnen redete und ihnen zulächelte.

Kerry strich behutsam über Lincolns Brust. „Wo bist du getroffen? Hast du Schmerzen?"

Mit Mühe öffnete er die Augen. „Alles in Ordnung. Kümmere dich um Joe."

Kerry kroch zu dem Jungen hinüber. Sein Gesicht war bleich und seine Lippen weiß vor Schmerzen. Cage schob sie zur Seite. Er rieb Joes Arm mit einer Alkohollösung ab und gab ihm eine Spritze.

„Das ist ein Schmerzmittel“, beantwortete er Kerrys unausgesprochene Frage.

„Ich wusste nicht, dass du so etwas kannst.“

„Das wusste ich bisher selbst nicht“, entgegnete er trocken. „Einer von den Ärzten im Dorf hat mir gestern Nacht einen Erste-Hilfe-Kurs gegeben.“

Er schnitt das Hosenbein von Joes Hose auf und betrachtete die Schusswunde in seinem Oberschenkel. „Ich glaube, der Knochen ist nicht getroffen, aber der Muskel sieht nicht so gut aus.“

Kerry schluckte. „Wird er wieder gesund werden?“

„Ich glaube schon.“ Cage lächelte ihr zu und drückte ihre Hand. „Ich werde die Wunde reinigen, so gut ich kann. Dann legen wir ihn bequem hin. Wenn wir in Reichweite sind, funken wir Jenny an. Sie wird dafür sorgen, dass ein Krankenwagen bereitsteht. Ach, übrigens“, er strahlte sie mit seinem Lächeln an, für das er bei den Frauen von West-Texas bekannt war, „ich freue mich, dass du es geschafft hast.“

„Wenn Lincoln nicht gewesen wäre, hätten wir es nicht geschafft.“ Jetzt, nachdem Joe durch das Medikament weggedämmert war, ging Kerry zu Lincoln zurück, der immer noch flach auf dem Rücken lag.

„Wer?" fragte Cage nach.

„Lincoln. Lincoln O'Neal."

„Du machst Witze!" rief Cage aus. „Der Fotograf?"

„Hat jemand meinen Namen gerufen?" Lincoln öffnete die Augen und versuchte sich aufzusetzen. Die beiden Männer grinsten sich an wie alte Freunde.

„Willkommen an Bord. Freut mich, Sie kennen zu lernen." Cage schüttelte Lincoln die Hand.

„Danke."

Lincoln und Kerry wechselten einen Blick. Cage merkte sofort, dass hier etwas vorging, wobei er nur störte. „Ich ... ich sehe mal nach den Kindern. Kerry, vielleicht solltest du dich um Lincolns Wunde kümmern. Hier ist alles Nötige drin." Damit schob er ihr den Erste-Hilfe-Koffer zu und ließ die beiden allein.

„Was wolltest du dort vorhin eigentlich beweisen?" fragte Lincoln verärgert. „Ich hatte gesagt, ihr solltet ohne uns fliegen, falls irgendetwas geschieht. Aber du hörst ja nie auf das, was man dir sagt."

Kerrys Sorge wurde von ihrem Zorn verdrängt. „Entschuldige bitte", fuhr sie ihn an. „Ich habe nicht auf dich, sondern auf Joe gewartet. Hast du jetzt Schmerzen oder nicht?"

„Für die Wunde reicht ein Pflaster", sagte er und sah kurz auf seine blutende Schulter.

„Cage kann dir eine Spritze gegen die Schmerzen geben.“

„Nein, schon gut. Ich kann Spritzen nicht ausstehen.“

Einen Moment sahen sie sich nur verärgert an. Zuerst zuckten Kerrys Lippen verdächtig. Dann musste auch Lincoln lächeln. Gleichzeitig brachen sie in schallendes Gelächter aus.

„Wir haben es geschafft!“ schrie Lincoln überschwänglich. „Wir haben es tatsächlich geschafft. Jetzt geht’s nach Hause, Kerry.“

„Nach Hause.“ Ihre Stimme war nur ein Flüstern.

Dann kippten ihre Gefühle erneut um. Kerry warf sich aufschluchzend gegen Lincolns blutverschmierte Brust, und während sie sich umarmten, weinte sie vor Erleichterung und Freude.

8. KAPITEL

Jenny Hendren hatte an etwas zu essen gedacht. Es gab Brote mit Erdnussbutter, Orangen und Äpfel und selbst gebackene Schokoladenkekse. In einer Kühlbox waren Getränke und Käsebrote. Sobald sie ihren Hunger gestillt hatten, schliefen die Kinder ein. Die Sitze waren alle aus dem kleinen Flugzeug entfernt worden, trotzdem hatten sie nicht viel Platz und lagen dicht gedrängt.

„Wie geht es Joe?" erkundigte Kerry sich bei Cage.

Er beugte sich über den verletzten Jungen und überprüfte den behelfsmäßigen Verband, mit dem er die Wunde abgedeckt hatte. „Er schläft tief."

„Ein Glück, dass du das Schmerzmittel dabei hattest."

„Das stimmt. Sonst hätte er jetzt höllische Schmerzen. Wie geht's dem anderen Patienten?"

„Er ist schlecht gelaunt, dickköpfig und widerspenstig." Nachdem Kerry sich ausgeweint hatte, hatte sie sich von Lincoln entfernt, der sofort wieder angefangen hatte, sie zu beleidigen. „Er will mit dir reden."

Cage ging zu Lincoln hinüber, der mit dem Rücken an einer Wand saß. Er sah genauso verantwortungslos aus wie in der Bar, als Kerry ihn zum ersten Mal gesehen hatte. Er war unrasiert, und seine Kleidung war schmutzig, blutverschmiert und zerrissen. Ständig fiel ihm das Haar in die Stirn.

„Kerry sagt, Sie wollen mit mir reden?“ Cage hockte sich neben ihn.

„Vorhin haben Sie gesagt, Sie wollten über Funk mit Ihrer Frau sprechen.“ Cage nickte kurz. „Glauben Sie, sie kann dafür sorgen, dass ich eine Kamera bekomme, wenn wir landen?“

„Lincoln musste seine Ausrüstung in den Fluss werfen, als wir ihn überquerten“, erklärte Kerry. „Wir konnten lediglich die Filme mitnehmen.“

Verwundert blickte Cage die beiden an. „Klingt, als hättet ihr zwei ein richtiges Abenteuer hinter euch.“

Verunsichert sah Kerry rasch zu Lincoln hinüber. „Ja, das haben wir. Weißt du, der Fluss ...“

Cage hob abwehrend die Hände. „Das will ich alles ganz genau wissen, aber das wollen auch noch andere. Warum schläfst du nicht etwas, Kerry? Dann könnt ihr beide es einmal für uns alle erzählen.“ Dankbar lächelte Kerry ihn an. Cage wandte sich wieder an Lincoln. „Was für eine Kamera brauchen Sie, Lincoln?“

„Haben Sie etwas zum Schreiben?“

Cage schrieb sich die genauen Bezeichnungen auf, die Lincoln ihm nannte. „Ich will sehen, was sich machen lässt.“ Er ging ins Cockpit zu dem Piloten.

„Ein netter Kerl“, stellte Lincoln fest.

Kerry lachte. „Nach allem, was ich weiß, war das nicht immer so.“

„Wie meinst du das?“

„Als ich Jenny kennen lernte, war sie noch mit Hal Hendren, dem Bruder von Cage, verlobt, bevor er dann starb.“

„Mit dem Missionar?“

„Genau.“

Lincoln schüttelte verwirrt den Kopf. „Das klingt ziemlich kompliziert.“

„Das ist es auch. Jenny kannte die beiden Brüder von klein auf. Die Familie hatte sie adoptiert, als ihre Eltern umkamen.“

„Dann waren sie also alle eine große glückliche Familie.“

„Richtig.“

Lincoln zog die Brauen hoch. „Da scheint es ja drunter und drüber gegangen zu sein.“

„Wohl kaum. Sie sind in einem Pfarrhaus aufgewachsen. Cages Vater ist Pfarrer.“

„Pfarrers Kinder, Müllers Vieh, stimmt's? Kein Wunder, dass Cage mir sofort sympathisch war. Er muss ein ziemlicher Draufgänger gewesen sein.“

„Bis Jenny ihn gezähmt hat.“

Lincoln schmunzelte. „Auf diese Jenny bin ich ziemlich gespannt."

Kerry lachte. „Das kannst du ruhig, aber mach dir keine falschen Vorstellungen von ihr. Sie ist eine richtige Dame. Cage und sie sind einander völlig verfallen. Die beiden haben einen kleinen Sohn, und Jenny erwartet ein zweites Kind. Das ist sicher auch der Grund, weswegen sie nicht mitgeflogen ist."

„Wenn sie noch mit hier drin wäre, könnten wir alle nicht mehr atmen."

Jetzt erst fiel Kerry auf, wie eng sie alle aneinander gedrängt waren. Kerrys Knie lag auf Lincolns Schenkel. So unauffällig wie möglich zog sie es zurück.

Beide dachten an den Kuss, bevor das Flugzeug gekommen war. Lincolns ganzes Verlangen nach Kerry hatte in diesem Kuss gelegen. Stürmisch, hemmungslos und hungrig. Jedes Mal, wenn Kerry daran dachte, schlug ihr Herz schneller. Wenn Lincoln sich daran erinnerte, überkam ihn sofort körperliche Erregung.

„Hast du es bequem?" fragte sie heiser.

Abrupt blickte er zu ihr. Hatte sie seine Gedanken gelesen oder das äußerliche Zeichen seiner Erregung bemerkt? Doch sie sah auf seine Schulter und nicht auf seinen Schoß.

„Das geht schon", wiegelte er ab.

Kerry zitterte beim Anblick der Blutflecken auf seinem T-Shirt. Wie leicht hätte er sterben können! Er hatte sein Leben für sie alle aufs Spiel gesetzt. Für die Opfer, die er für sie und die Kinder gebracht hatte, würde Kerry ihn nie angemessen belohnen können. Ein kleines Dankeschön musste sie ihm allerdings geben.

„Lincoln?"

Da er sie nicht ansehen konnte, ohne vor Sehnsucht zu verbrennen, lehnte er den Kopf nach hinten und schloss die Augen. Als sie jedoch seinen Arm berührte, öffnete er die Augen wieder. „Ja?"

„Was du dort draußen für uns getan hast ..." Sie unterbrach sich und blickte zu Boden. „Ich möchte dir für all das danken. Ich ... ich ..." Ihr fehlten die richtigen Worte. Alles, was ihr einfiel, klang mehr oder weniger wie eine Liebeserklärung. Dummerweise sagte sie das Erstbeste, was mit Gefühlen nichts zu tun hatte. „Sobald wie möglich bekommst du den Scheck über fünfzigtausend Dollar."

Einen Augenblick rührte er sich nicht. Dann riss er unvermittelt den Arm unter ihrer Hand weg. Am liebsten hätte er ihr genau erklärt, was sie mit dem Geld tun konnte. Dachte sie wirklich, dass er das alles des Geldes wegen getan hatte? „Verschwinde."

„Wie bitte?"

„Du hast richtig gehört."

„Aber ich verstehe nicht."

„Stimmt, du verstehst wirklich nichts."

„Warum fährst du mich so an? Ich wollte mich nur bei dir bedanken." Jetzt wurde auch Kerry wütend. Aus diesem Mann konnte niemand schlau werden. Er wollte einfach nicht, dass man nett zu ihm war. Anscheinend war er tatsächlich völlig gefühllos.

„Das hast du ja getan. Und jetzt lass mich in Ruhe."

„Mit dem größten Vergnügen." Sie wollte sich gerade zurückziehen, da bemerkte sie frisches Blut, das durch das T-Shirt sickerte. „Deine Schulter hat wieder zu bluten angefangen."

Gleichgültig betrachtete er die Stelle. „Macht nichts."

Kerry holte eine Rolle Verbandsmull aus dem Erste-Hilfe-Koffer. „Hier. Lass mich ..."

Lincoln hielt sie am Handgelenk fest, bevor sie seine Schulter berühren konnte. „Ich sagte, du sollst mich in Ruhe lassen. Schließlich hast du mich ja gerade eben daran erinnert, dass wir lediglich eine geschäftliche Abmachung hatten. Wundbehandlung war darin nicht eingeschlossen." Er senkte die Stimme. „Genauso wenig wie küssen. Wieso hast du es zugelassen, dass ich dich vorhin geküsst habe?" Er kam mit dem Gesicht dicht an sie heran. „Und du hast den Kuss recht leidenschaftlich erwidert, Engelchen. Denkst du, das habe ich nicht mitbekommen? Das hättest du dir auch sparen können. Auch ohne diesen Kuss hätte ich nicht weniger Einsatz gezeigt."

Vor Empörung lief Kerry rot an. „Das ist eine boshafte Unterstellung, die du da machst."

„Möglich. Genauso boshaft ist es, sexuelle Versprechen zu machen, die du nicht zu erfüllen gedenkst." Abfällig musterte er sie. „Wir sind quitt, Schwester Kerry. Sobald ich das Geld habe, bin ich verschwunden. Und Schluss. Ich mache noch ein paar Fotos vom Empfang der Kinder. Und glaub mir, ich kann es kaum erwarten, die ganze Sache hinter mir zu haben, um sie vergessen zu können."

Kerry zog die Hand zurück. Niemals zuvor hatte sie jemanden getroffen, der so unsensibel war. Sie war zutiefst enttäuscht. Doch das passierte ihr nicht zum ersten Mal in ihrem Leben. Sie wusste, dass es schmerzhaft war, aber mit der Zeit würde sie den Schmerz vergessen.

So weit wie möglich zog sie sich von Lincoln zurück, lehnte sich zurück und schlief den Rest des Fluges.

Cage rüttelte Kerry wach. „In einer Viertelstunde sind wir da, Kerry. Es ist besser, wenn du die Kinder weckst."

„Wie geht es Joe?" Der Junge stöhnte leise. Er hatte die Augen geschlossen, aber er wälzte den Kopf unruhig hin und her.

„Leider kommt er allmählich zu sich. Ich möchte ihm nicht noch eine Spritze geben. Das soll lieber ein Arzt machen."

„Cage." Kerry hielt ihn am Ärmel fest, als er ins Cockpit zurück wollte. „Ich möchte nicht von einer Horde von Reportern überfallen werden. Die Kinder werden ohnehin verängstigt genug sein. Wir sind alle schmutzig und erschöpft. Kannst du das regeln?"

Nachdenklich rieb er sich den Nacken. „Du bist eine Sensation, Kerry, weil ..."

„Ich weiß", unterbrach sie ihn rasch. Lincoln konnte jedes Wort mithören. „Aber du verstehst sicher, dass ich unbedingt etwas Ruhe brauche. Das ist für mich, die Kinder und die Eltern, die sie adoptieren wollen, das Beste."

„Ist mir klar, aber ob die Medien das auch so sehen? Seit Tagen warten Reporter am Flughafen auf deine Ankunft." Er sah Kerrys Verzweiflung und legte ihr beruhigend eine Hand auf die Schulter. „Wenn du allerdings kein Interview geben und die Kinder nicht dem ganzen Rummel aussetzen willst, dann soll es auch so sein. Ich werde dem Sheriff über Funk Bescheid geben, dass wir nicht belästigt werden wollen."

„Danke."

Die Kinder waren jetzt alle hellwach und redeten aufgeregt durcheinander, während sie aus den Fenstern sahen. Kerry musste lachen, als sie die Kommentare über das freie offene Land hörte. Für die Kinder, die nur den dichten Dschungel kannten, musste die Landschaft sehr merkwürdig aussehen.

Der erfahrene Pilot machte eine butterweiche Landung. Als das Flugzeug anhielt, musste zunächst Joe zum Krankenwagen geschafft werden, der ihn ins Krankenhaus bringen würde. Cage sprang aus dem Flugzeug und sprach kurz mit dem Arzt.

Lincoln stieg auch aus und sah sich nach einer schwangeren Frau mit einer Kamera um. Sie war nicht schwer zu finden. Kerry hatte Recht. Jenny war eine Dame vom Scheitel der schimmernden braunen Haare bis zu den Sohlen ihrer flachen Schuhe. „Mrs. Hendren?“

„Mr. O’Neal?“

Sie lächelten sich an, und Jenny reichte Lincoln die Kamera, die er bestellt hatte. „Wir mussten etwas herumtelefonieren, bis wir genau diese Kamera fanden.“

„Tut mir Leid, Ihnen Umstände gemacht zu haben.“

„Ich hoffe nur, dass es die richtige ist“, sagte sie besorgt. „Ich kenne mich mit Fotoapparaten überhaupt nicht aus.“

Lincoln genoss es, endlich wieder eine Kamera in den Händen zu halten. „Sie ist genau richtig. Das Geld kann ich Ihnen allerdings im Moment nicht wiedergeben." Sie lachten beide auf, als Lincoln an sich herunterblickte.

Mit geübten Bewegungen legte Lincoln einen Film ein, hob die Kamera und schoss ein Bild von den Krankenpflegern, die Joe auf einer Bahre aus dem Flugzeug hoben. Lincoln ging auf die Bahre zu. Joe entdeckte Lincoln als einziges bekanntes Gesicht unter vielen. „Halt durch, Kämpfer", sagte Lincoln, und zum ersten Mal, seit er ihn kannte, lächelte Joe Lincoln zu. Dieses schwache Lächeln hielt Lincoln auf einem Foto fest.

Der Arzt stieg hinter der Trage in den Krankenwagen. Als er sich umdrehte, um die Tür zu schließen, sah er Lincolns Wunde. „Sie sollten sich auch verarzten lassen."

„Später." Lincoln wandte sich mit der Kamera wieder der Tür des Flugzeugs zu.

Drinnen sprach Kerry mit ruhiger Stimme zu den Kindern. „Am Anfang wird alles fremd für euch sein. Aber habt keine Angst. Ihr bedeutet den Menschen hier sehr viel. Sie wollen euch kennen lernen."

„Wirst du uns allein lassen?" fragte der kleine Mike.

„Nein. Ich gehe nicht, bevor ich nicht sicher bin, dass ihr in euren neuen Familien glücklich seid. Alles klar?" Ernsthaft nickten die acht Kinder. „Gut. Dann los."

Sie half ihnen hinaus. Jenny und Cage begleiteten den jämmerlichen Zug zu einem Kleinbus. Kerry versuchte,

Lincoln nicht zu beachten, als er sie fotografierte. Ein bisschen neidisch beobachtete sie, wie Cage Jenny in die Arme nahm und küsste.

Jennys Erleichterung, dass Cage nichts passiert war, sprach so deutlich aus ihrem Blick wie Cages Sorge, als er ihren dicken Bauch betrachtete. Während sie sich gegenseitig versicherten, dass es ihnen gut ging, wirkten sie nach außen hin wie frisch Verliebte.

Nachdem alle Kinder im Bus saßen, nahm Jenny Kerry in die Arme. „Jetzt ist mein Traum in Erfüllung gegangen", sagte Kerry leise. „Vielen Dank für eure Hilfe. Ihr seid beide wundervoll."

„Sei still. Du willst dich sicher erst mal ausruhen. Wir werden uns später ausführlich unterhalten. Cage", sagte Jenny und wandte sich an ihren Mann. „Steig du doch mit Mr. O'Neal hinten zu den Kindern. Ich werde fahren."

„Ach, Entschuldigung, Mrs. Hendren", mischte Lincoln sich ein. „Ich brauche ein Taxi zum nächsten Hotel, und ..."

Gleichzeitig brachen Cage und Jenny in schallendes Gelächter aus. „Wir haben hier nur ein einziges Taxi", erklärte Cage. „Wenn Sie jetzt anrufen, haben Sie Glück, wenn es übermorgen kommt. Und ein richtiges Hotel gibt es hier nicht."

„Außerdem", warf Jenny ein, „würde ich nicht zulassen, dass Sie uns einfach so verlassen, ohne dass ich mich bei Ihnen richtig bedanken kann. Jetzt steigen Sie schon ein, bevor wir in der Hitze zusammenbrechen."

Lincoln fügte sich und stieg hinten zu Cage in den Kleinbus. Lisa streckte verängstigt die Arme nach ihm aus. Lincoln nahm sie während der Fahrt zum Haus der Hendrens auf den Schoß.

„Ich habe die Reporter abgewimmelt, indem ich ihnen eine Presseerklärung von dir versprochen habe, Kerry. Die kannst du in aller Ruhe vorbereiten."

„Danke, Jenny."

„Du wohnst natürlich bei uns", fügte Jenny hinzu.

„Was wird mit den Kindern?"

„Wir haben ein paar Wohncontainer gemietet. Die stehen jetzt auf unserer Farm", antwortete Cage. „Dort warten Krankenschwestern, die die Kinder im Auftrag der Einwanderungsbehörde untersuchen wollen. Der Papierkram wird ein paar Tage dauern, bis alles für die Adoptionen geregelt ist. Erst dann reisen die Eltern an, um die Kinder abzuholen." Cage sah sich unter den Kindern um. „Welche von ihnen sind die beiden Schwestern?"

Kerry wies auf Juans Schwestern. Cage lächelte die beiden Mädchen an und erklärte ihnen, dass ihre zukünftigen Eltern bereits auf der Farm seien. „Sie warten auf euch. Sobald wir ankommen, könnt ihr sie kennen lernen."

Die beiden Mädchen, die traurig schwiegen, seit Kerry ihnen die Nachricht von ihrem Bruder mitgeteilt hatte, hielten sich verschüchtert an den Händen und blickten Hilfe suchend zu Kerry und Lincoln. Er hielt einen Daumen hoch und zwinkerte ihnen übertrieben zu. Sofort kicherten die beiden.

Kerry war von dem Haus und dem Grundstück der Hendrens beeindruckt. Als sie von der Straße abbogen und durch ein Tor fuhren, ließ Kerry ihrer Bewunderung freien Lauf.

„Vielen Dank", sagte Jenny. „Vor unserer Hochzeit hatte Cage gerade angefangen, das Haus zu renovieren. Seitdem haben wir einiges daran getan. Ich hänge sehr an der Farm."

Cage Hendren hatte früher als Ölsucher angefangen, und heute noch gehörten ihm einige Ölquellen. Doch als der Ölpreis fiel, hatte er vorsichtshalber sein Vermögen in Grundstücke und Viehzucht gesteckt. Während der Wirtschaftskrise hatte er deshalb keine großen Verluste hinnehmen müssen. Die Hendrens lebten jetzt zwar bescheiden, hatten es jedoch nicht unbedingt nötig.

Neben dem Pferdestall standen drei Wohncontainer nebeneinander. Noch bevor der Wagen still stand, kamen ein Mann und eine Frau aus dem Haus gelaufen.

„Das sind Roxie und Gary Fleming", stellte Jenny vor.

Die Flemings nickten Lincoln und Kerry respektvoll zu, als sie ihnen die Hand gaben. Dann fragte Roxie nach Carmen und Cara.

Kerry zeigte auf die beiden Mädchen, und Roxie streckte ihnen strahlend die Hände entgegen. Einen Augenblick zögerten die beiden, bevor sie schüchtern auf die Frau zugingen und ihre Hände ergriffen.

So unauffällig wie möglich hielt Lincoln das Ganze auf Bildern fest. Das ergreifendste Foto zeigte Kerry, ohne die es diese Szene gar nicht gegeben hätte. Lincoln wusste sofort, dass dieses Bild ein Volltreffer war. Das Sonnenlicht spiegelte sich in den Tränen, die Kerry in den Augen standen.

Kerry wusste selbst nicht, weshalb sie so nervös war, als sie die Treppe herunterkam. Vielleicht, weil es ihr wie eine Ewigkeit vorkam, seit sie zum letzten Mal ein Kleid getragen hatte. Dabei zählte sie das Kleid nicht mit, das sie in der Bar angehabt hatte, als sie Lincoln begegnet war.

Vielleicht schlug ihr Herz so hastig, weil er sie jetzt zum ersten Mal mit gewaschenem Haar, sauberer Haut und gefeilten Fingernägeln sehen würde. Jedenfalls zitterten ihre Knie so stark, dass sie kaum vorwärts kam.

Ihre Flucht aus Montenegro wirkte mittlerweile so

unwirklich, obwohl es erst heute Morgen geschehen war. Den Nachmittag hatte sie damit verbracht, den Kindern zu helfen, sich an die vorübergehenden Unterkünfte zu gewöhnen. Sie hatten über die Ausstattung der Wohncontainer gestaunt. Die Krankenschwestern hatten sie untersucht und für gesund erklärt.

Mit Hilfe der Flemings und Cages Eltern, Bob und Sarah Hendren, hatte Kerry alle Kinder gebadet und ihnen Sachen angezogen, die ein Kaufmann aus La Bota gespendet hatte. Die Gemeinde von Bob Hendren hatte Lebensmittel gesammelt, so dass sie alle regelrecht schlemmen konnten.

Roxie lief ständig um ihre zukünftigen Töchter herum, und Gary musste seine Frau zurückhalten, damit die beiden Mädchen ein wenig zur Ruhe kamen. Kerry konnte nur hoffen, dass das Treffen der übrigen Kinder mit ihren Pflegeeltern auch so glücklich verlief.

Cage hatte Kerry zum Krankenhaus gefahren. Durch einen Hintereingang war sie unbemerkt von der Presse hineingekommen, um Joe zu besuchen. Die Kugel war bereits aus seinem Bein entfernt worden, und jetzt war er von der Narkose benommen. Er lächelte schwach, als er Kerry erkannte. Der Arzt hatte ihr versichert, dass keine Behinderung zurückbleiben würde.

Als Kerry zurückkehrte, überredete Jenny sie zu einem Schaumbad. Erleichtert hatte Kerry dann die Sachen ausgezogen, in denen sie seit vier Tagen durch den Dschungel gelaufen war.

Nur als sie das Taschentuch losband, das Lincoln ihr um den Hals gebunden hatte, zögerte sie einen Augenblick. Dann wusch sie es im Waschbecken aus und hängte es zum Trocknen auf. Wenn Lincoln es nicht zurückverlangte, würde sie es behalten. Als Erinnerung an diese wilde, kurze und glühende, wenn auch unerfüllte Affäre.

Jetzt drangen Stimmen aus dem Esszimmer zu ihr. Kerry riss sich zusammen, öffnete die Tür und trat in das Zimmer, das nur von Kerzen erleuchtet wurde. Jenny erblickte sie als Erste.

„Da bist du ja!"

Cage pfiff bewundernd. „Welche Wunder Wasser und Seife doch bewirken können!"

Lincoln sagte nichts. Er war gerade dabei, eine Dose Bier zum Mund zu führen. Mitten in der Bewegung hielt er inne und starrte Kerry einen Augenblick reglos an, bevor er trank.

Kerry setzte sich auf einen freien Stuhl direkt gegenüber von Lincoln. „Das ist so lieb von dir, Jenny", sagte sie. Bewundernd betrachtete sie die Blumen auf dem Tisch, die Kerzen, das Porzellan und das Silberbesteck.

„Ich dachte, dass ihr beide ein ruhiges Abendessen

verdient habt. Heute Mittag ging es ja etwas hektisch zu. Jetzt könnt ihr in aller Ruhe essen, die Kinder schlafen alle."

„Hoffentlich blamiere ich mich nicht", sagte Kerry und strich über eine Gabel, die vor ihr lag. „Ich kann mich kaum noch erinnern, wie man sich bei Tisch benimmt."

„Das wird dir sicher wieder einfallen", erwiderte Jenny schmunzelnd.

„Uns stört es sowieso nicht", fügte Cage hinzu und reichte ihr eine Schüssel. „Wir essen normalerweise immer mit unserem kleinen Trent, und seine Manieren sind grauenhaft."

„Ein niedliches Kind", warf Lincoln ein. „Durch ihn haben sich die anderen Kinder sofort zu Hause gefühlt."

„Ja", stimmte Cage zu. „Er hat ihnen gleich vorgeführt, wie man Eis aus der Waffel isst."

Kerry lachte. „Wo ist er jetzt?"

„Er schläft, zum Glück", sagte Jenny erschöpft. „Ihr könnt also in Ruhe essen."

Kerry war überrascht, wie herzlich Lincolns Lachen klang, wenn kein Spott darin mitklang. Tief und männlich, hatte es eine verheerende Wirkung auf Kerry. Offenbar hatte Cage, der die gleiche Statur wie Lincoln hatte, ihm eine Hose und ein Hemd geliehen. Lincoln hatte geduscht und sich die Haare gewaschen. Er hatte sie nach hinten gekämmt. Außerdem hatte er sich rasiert. Ohne Bartstoppeln wirkte sein Kinn noch kantiger und männlicher als vorher. Unter dem Hemd zeichnete sich der Verband um seine Schulter ab.

Während des Essens sprachen sie die meiste Zeit über die Waisenkinder.

„Ich habe Kopien von deiner Erklärung an die Leute von der Presse verteilt."

„Danke, Cage."

„Morgen ist Zeit genug, um dir von den Adoptiveltern zu berichten."

„Das ist nett. Ich bin so erschöpft, dass ich heute Abend kaum noch etwas aufnehmen kann", gab Kerry zu. „Ich bin sicher, dass ihr die Eltern sorgfältig ausgesucht habt. Sind alle von ihnen so wundervoll wie die Flemings?"

„Gary und Roxie sind Freunde von uns, aber die anderen werden sicher auch hervorragende Eltern abgeben."

Nach einer Pause wandte Jenny sich an Lincoln. „Ich hätte nie geglaubt, dass ich jemals die Ehre haben würde, eine Berühmtheit am Tisch sitzen zu haben."

„Wo?" Lincoln blickte sich nach allen Seiten um, als suche er die Berühmtheit.

Die Hendrens redeten so lange auf ihn ein, bis er von seiner abenteuerlichen Arbeit als Fotojournalist erzählte. Dabei spielte er die Gefahren herunter und berichtete von den lustigen Erlebnissen.

„Allerdings", sagte er schließlich nach zwei Stücken Apfelkuchen zum Dessert, „diese Flucht aus Montenegro war die bislang gefährlichste Situation, in die ich je geraten bin."

Den größten Teil des Nachmittags hatten Kerry und Lincoln damit verbracht, allen von ihren haarsträubenden Erlebnissen in Montenegro zu erzählen. Cage und Jenny, Cages Eltern und die Flemings hatten fassungslos zugehört.

„Ich habe es nicht eilig, wieder dorthin zu kommen", sagte Kerry jetzt.

„Das ging uns damals auch so", stimmte Cage ihr zu.

Überrascht sah Lincoln ihn an. „Sie waren auch dort? Wann?"

„Nach dem Tod meines Bruders."

„Das tut mir Leid."

Cage nickte kurz. „Jenny und ich mussten Hal identifizieren und seine Leiche hierher überführen." Er griff nach Jennys Hand und drückte sie fest. „Das war für uns beide schlimm." Eine Weile schwieg er. „Obwohl Montenegro ein sehr schönes Land wäre, wenn dort nicht der

Bürgerkrieg toben würde. Das tropische Klima ist irgendwie belebend."

Jenny und er blickten sich in die Augen und bekamen deshalb nicht mit, wie Kerry und Lincoln sich rasch einen Blick zuwarfen. Die beiden mussten unweigerlich an ihre Nacht im Versteck unter den Ranken denken. Diese Mischung aus prasselndem Regen, dem schweren Duft der Blumen des Dschungels und dem weichen Boden war so wirksam wie ein Liebestrank gewesen.

Jetzt erschien ihnen diese Nacht wie ein Traum, als wären sie zwei völlig andere Menschen gewesen. Waren sie sich tatsächlich so nahe gewesen? Kerry konnte sich kaum vorstellen, dass Lincoln sie in dieser Nacht gewärmt und beruhigt hatte. Nach dem, was er ihr heute an den Kopf geworfen hatte, kam ihr jene Nacht völlig unwirklich vor.

Kerry sah Lincoln über den Tisch hinweg an. Er war ein Fremder für sie. Obwohl sie Wasser und Brot geteilt, sich leidenschaftlich geküsst und voller Wut gestritten hatten, wusste sie kaum etwas von ihm.

„Ihr habt noch nicht erzählt, wie ihr euch getroffen habt", sagte Jenny auffordernd. „Wodurch haben Sie von Kerrys Arbeit erfahren, Lincoln?"

Kerry zuckte zusammen. Lincoln blickte ihr kurz in die Augen. Sein Blick wirkte verschlagen. Auch wenn er nach außen hin jetzt sauber und ordentlich war, Kerry kannte seinen Charakter. Hinterhältig und berechnend, ohne Rücksicht auf seinen Vorteil bedacht.

„Ich finde, das sollte Kerry erzählen", sagte er jetzt leise. Wenn sie sich traut, fügte er mit seinem verächtlichen Blick hinzu.

Kerry setzte sich aufrecht hin. Na gut, sie würde es erzählen. Auf keinen Fall wollte sie vor Lincoln als Feigling dastehen. „Ich habe ihn angeheuert." Lincoln lachte auf, und Kerry warf ihm einen verächtlichen Blick zu. „Also gut, ich ... ich ..."

„Sie hat mich entführt", erklärte Lincoln.

Kerry sprang wütend auf. Wie konnte er nur vor Cage und Jenny anfangen, mit ihr zu streiten! „Du kannst einfach nicht nett sein, oder?"

Auch Lincoln sprang auf. „Nett? Du hast mich entführt. Mit voller Absicht hast du meine Arbeit eines ganzen Monats zerstört. Du warst schuld daran, dass ich meinen Flug aus diesem entsetzlichen Land verpasst habe. Deinetwegen wurde ich bedroht, gejagt und angeschossen. Ich bin beinahe ertrunken, und du erwartest, dass ich nett bin?" Er atmete schwer und zeigte mit dem Finger anklagend auf Kerry, während er an die Hendrens gewandt fortfuhr: „Sie hat sich als Hure verkleidet und mich aus einer Bar abgeschleppt. Das ist es, was sie als

‚Anheuern' bezeichnet. Ich ging mit ihr, weil ich dachte, dass ... Entschuldigung, Jenny."

„Nicht schlimm", sagte Jenny leise.

„Er vergisst zu erzählen, dass er sturzbetrunken war", warf Kerry verbittert ein. „Das mit dem Abschleppen müsst ihr wörtlich verstehen, der gute Mann konnte sich nämlich kaum noch auf den Beinen halten."

„Willst du dein Verhalten damit entschuldigen?" schrie Lincoln.

„Ich dachte, er wäre ein Söldner", sprach Kerry ungerührt weiter. „Und genau das ist er auch. Er wird für seine Arbeit und die Gefahr, in die er sich begeben hat, von mir bezahlt werden." Voller Verachtung fuhr sie fort: „Bevor ihr ihn als den großen Helden feiert, solltet ihr wissen, dass er keinen Schritt getan hätte, wenn ich nicht auf seine Forderung von fünfzigtausend Dollar eingegangen wäre. Sonst hätte er mich und die Kinder im Stich gelassen."

„Das ist nicht der Grund, weswegen ich das Geld verlangt habe, das weißt du sehr genau." Lincoln beugte sich drohend über den Tisch. „Das Geld sollte mir die zerstörten Filme ersetzen. So hoch ist nämlich ungefähr mein Verlust dadurch. Für die entsetzlichen vier Tage mit dir würde die Summe kaum ausreichen." Voller Wut warf er seine Serviette auf den Tisch. „Cage, würde es Ihnen sehr viel ausmachen, mich in die Stadt zu fahren?"

Jenny Hendren stand auf. „Sie wollen uns doch nicht verlassen?“

„Doch. Es tut mir Leid, Jenny.“ Lincoln mochte die Frau sehr gern. Sie war direkt, freundlich, beherrscht und sanft. Genau das Gegenteil von Kerry Bishop. „Ich weiß Ihre Gastfreundschaft zu schätzen.“

„Aber Sie können nicht fahren“, widersprach Jenny bestimmend. „Nicht jetzt.“ Überrascht blickten alle zu ihr. Verlegen sprach sie weiter. „Sie wollen doch die Geschichte der Flucht verkaufen. Deshalb haben Sie heute doch die Fotos gemacht, oder?“

„Stimmt“, sagte Lincoln zögernd.

„Und da Kerry alle Interviews ablehnt, scheint sie Ihnen die Exklusivrechte an der Story überlassen zu haben. Richtig, Kerry?“

Kerry stutzte einen Moment. „Richtig“, sagte sie dann.

„Also, die Geschichte ist doch noch gar nicht zu Ende. Wollen Sie nicht Fotos machen, wenn die Kinder ihre neuen Eltern treffen? Und Sie können doch nicht fahren, solange Joe noch im Krankenhaus liegt.“

Lincoln dachte darüber nach. In einer Hinsicht hatte Jenny Recht. Die Story würde mehr einbringen, wenn er noch bis zum Ende blieb. Am Nachmittag hatte er bereits mit einigen Zeitschriften telefoniert und sich Angebote für seine Berichte machen lassen. Und er hatte die Exklusivrechte, auch wenn Kerry sicher nicht freiwillig zugestimmt hatte.

Andererseits konnte er unmöglich noch eine Stunde länger mit dieser Frau unter einem Dach bleiben, ohne entweder mit ihr zu schlafen oder sie zu erwürgen.

„Ich weiß nicht recht“, setzte er an. „Vielleicht kann ich mir irgendwo ein Zimmer nehmen.“

„Au!“ Jenny verzog schmerzhaft das Gesicht und presste beide Hände auf den vorgewölbten Bauch.

9. KAPITEL

„Jenny!" Cage fuhr von seinem Stuhl hoch. Kerry und Lincoln sahen erschreckt zu, wie er sich neben Jenny kniete und mit den Händen über ihren Leib strich. „Was ist los?"

Eine Zeit lang atmete sie nur keuchend, bevor sie etwas sagen konnte. „Nur einer von diesen Krämpfen."

„Ganz sicher? Nicht das Baby?"

„Nein, das glaube ich nicht. Dazu ist es noch zu früh."

„Setz dich wieder, Jenny", sagte Kerry und schob ihr den Stuhl unter.

„Es geht schon wieder. Wirklich", sagte sie und ließ sich langsam auf den Stuhl sinken. „Bei Trent hatte ich diese Krämpfe auch hin und wieder."

„Und jedes Mal bin ich fast zu Tode erschrocken", fügte Cage hinzu. „Soll ich den Arzt rufen?"

Jenny griff nach seiner Hand und küsste sie. „Nein. Mach doch nicht so einen Aufstand. Es tut mir Leid." Entschuldigend lächelte sie in die Runde.

„Du hast dich heute zu sehr angestrengt", gab Kerry zu bedenken. „Bleib sitzen. Wir werden den Tisch abräumen und abwaschen."

Jenny protestierte, doch die drei fingen an, alles in die

Küche zu tragen und wegzuräumen. Cage lief ständig besorgt um Jenny herum.

Eine halbe Stunde später half Kerry ihr ins Schlafzimmer hinauf. Niemand sprach mehr davon, dass Lincoln abreiste. Er dachte selbst erst wieder daran, als er auf die Terrasse hinausging. Als Cage kurz darauf zu ihm kam, sagte Lincoln: „Ich sollte wirklich gehen. Für Jenny stelle ich bloß eine zusätzliche Belastung dar."

„Das will ich nicht gehört haben. Sie können so lange bleiben, wie Sie wollen. Es sei denn, es stört Sie, mit Trent in einem Zimmer zu schlafen. Ich warne Sie, er schnarcht."

Lincoln schmunzelte. „Im Vergleich zu den vergangenen Tagen ist mir jedes Bett willkommen." Augenblicklich erstarb das Lächeln auf seinen Lippen. Er erinnerte sich daran, an Kerry geschmiegt auf der bloßen Erde geschlafen zu haben. Diese Erinnerung rief sehr gegensätzliche Gefühle in ihm wach. „Ist das Ihr Wagen dort drüben?" fragte er Cage. Er musste einfach das Thema wechseln. Seine Gedanken kreisten in letzter Zeit immer um dasselbe.

„Ja. Kommen Sie mit. Ich zeige ihn Ihnen." Die beiden Männer gingen zu der Garage hinüber, in der ein Oldtimer stand. Cage war stolz auf den Wagen. In seiner Freizeit konnte er stundenlang an dem Auto herumbasteln.

Die beiden Männer unterhielten sich lange. Es tat Lincoln gut, nach langer Zeit einmal wieder mit einem Mann zu reden, der noch dazu auf seiner Wellenlänge lag. Sie respektierten sich gegenseitig, ohne darüber viele Worte zu verlieren.

Aus diesem Grund nahm Lincoln es Cage nicht übel, als der ihn auf die fünfzigtausend Dollar ansprach.

„Ich will das verdammte Geld überhaupt nicht."

„Das dachte ich mir." Cage ging nicht weiter auf das Thema ein.

„Sie und Jenny sind anscheinend sehr glücklich miteinander." Es war etwas Neues für Lincoln, mit einem glücklich verheirateten Mann zu reden.

„Das sind wir", stimmte Cage ohne Zögern zu.

„So jemanden trifft man selten."

„Ich weiß. Wir betrachten unser Glück auch nicht als etwas Selbstverständliches. Manchmal glaube ich, Jenny musste ihren Verstand aufgeben, um mich heiraten zu können." Die beiden Männer lachten. „Ich habe dafür mit dem Herumtreiben aufgehört. Sie wissen ja, für eine Frau tut man manchmal Dinge, an die man sonst nicht einmal denken würde."

Darin konnte Lincoln ihm nur voll und ganz zustimmen.

„Da wir schon von Jenny sprechen", sagte Cage, „ich

gehe jetzt lieber zu ihr und schaue nach, wie es ihr geht. Bis morgen früh dann."

„Morgen kaufe ich mir etwas zum Anziehen. Vielen Dank für alles."

Sie schüttelten sich die Hand, und Cage ging zurück ins Haus.

Lincoln rauchte seine Zigarette zu Ende. Er mochte die Hendrens sehr und beneidete sie um ihr gemeinsames Glück. So nah, wie er es zwischen den beiden erlebte, hatte Lincoln noch nie zu einer Frau gestanden. Auch nicht zu seinen Eltern oder zu einem Freund.

Man merkte Cage und Jenny an, wie sehr sie einander liebten. Und ihren kleinen Sohn schienen sie genauso zu lieben. Nach Cages Worten zu urteilen hatten die beiden obendrein auch noch ein erfülltes Sexualleben.

Lincoln hatte oft mitbekommen, wie die beiden sich liebevoll ansahen. In gewisser Weise machte es ihn eifersüchtig, dass ihn noch nie jemand so rückhaltlos geliebt hatte. Obwohl er es sich nicht eingestehen wollte, hatte er unbewusst das Gefühl, bisher etwas verpasst zu haben.

Worüber grübelte er da eigentlich nach? Er sollte sich lieber freuen, dass er noch am Leben war. Sein Beruf war aufregend, er kam viel herum und verdiente viel Geld damit. Die Frauen liefen ihm förmlich hinterher. Sie waren von seinem Geld, seinem Ruhm und seinem Ruf als Liebhaber fasziniert. Im Gegenzug machte er ihnen teure Geschenke, machte sie mit einflussreichen Leuten bekannt und bereitete ihnen die gleiche körperliche Lust, die sie ihm schenkten. Wenn er schließlich weiterreiste, vergaß er sie sofort.

Die Frauen in seinem bisherigen Leben hatten ihm nie viel bedeutet. Sie waren austauschbar. Keine von ihnen war wie Jenny Hendren gewesen. Oder wie ...

Nein, er wollte nicht an Kerry denken. Doch wie sollte er vergessen, wie sie ausgesehen hatte, als sie zum Essen herunterkam? Er hätte nicht gedacht, dass sie so zart und weiblich aussehen konnte.

Der weiche Stoff des Kleides hatte an ihrem Körper gelegen. Der Rock hatte ihre langen schlanken Beine betont, und jedes Mal, wenn sie sich zur Seite beugte, hatte Lincoln den Blick nicht von ihren Brüsten wenden können. Im Kerzenlicht hatte ihr Haar wundervoll ausgesehen, und ihre Lippen hatten feucht geschimmert.

Lincoln hatte versucht, sich auf das Abendessen zu konzentrieren, und sein Magen hatte nach Nahrung geschrien, doch immer wieder war er in Gedanken nicht beim Essen, sondern bei Kerry gewesen.

Wie fast immer, wenn er an Kerry dachte, überkam ihn auch jetzt eine Erregung, die er nicht unterdrücken konnte. Irgendwie musste er sich abkühlen. In diesem Zustand würde er kein Auge zubekommen.

„Wie fühlt sich das an?"

„Wunderbar." Jenny seufzte auf.

Als Cage ins Schlafzimmer gekommen war, hatte Jenny bereits im Bett gelegen. Zuvor hatte Cage noch rasch in Trents Zimmer gesehen. Trent schlief fest, und das andere Bett war für Lincoln bezogen worden. Kerry schlief im Gästezimmer.

Rasch hatte Cage sich ausgezogen und zu Jenny ins Bett gelegt. Jetzt massierte er mit einem Öl vorsichtig ihren gewölbten Bauch. Das machten sie jeden Abend und genossen es beide gleichermaßen.

„Das Baby bewegt sich heute Abend nicht sehr viel", stellte Cage fest.

„Sie ruht sich von ihrer Vorstellung beim Essen aus." Seit der Arzt ihr gesagt hatte, dass sie wieder schwanger war, bestand Jenny darauf, dass es ein Mädchen werden würde. Sie wünschte sich eine blonde Tochter mit braunen Augen, um die Familie zu vervollständigen.

„Das war tatsächlich eine gute Show."

„Was soll das heißen?" fragte Jenny nach.

„Dass ich mir nicht sicher bin, ob du die Krämpfe nicht nur gespielt hast, um Lincoln im Haus zu behalten."

Jenny schob Cages Hand beiseite. „Ich mag solche Unterstellungen nicht, Cage."

Er lachte kurz auf. „Das habe ich mir gedacht. Ich merke doch, dass ich Recht habe. Sonst würdest du nicht die Beleidigte spielen." Cage beugte sich vor und erstickte ihre Proteste mit einem Kuss. Als er den Kopf wieder hob, sah er sie prüfend an. „Habe ich Grund zur Eifersucht?"

„Auf wen?" Mit einem Finger strich sie ihm durch das dichte Brusthaar. Seine Küsse hatten immer noch die gleiche Wirkung auf sie wie am ersten Tag.

„Na, wenn du schon zu solchen Mitteln greifst, um Lincoln hier im Haus zu behalten ..."

„Ich habe noch nichts gestanden. Aber findest du, dass ich ihn genötigt habe?"

„Und wie! Ich dachte, du bindest den armen Kerl noch am Esstisch fest, damit er das Haus nicht verlässt."

„Ich finde wirklich, dass er bleiben sollte, um Fotos zu machen, wenn die Kinder von ihren Eltern abgeholt werden. Und mein Krampf war nicht gespielt."

Cage sah ihr besorgt in die Augen. „War es ein schlimmer Krampf?"

„Nein. Es hat wirklich nichts zu bedeuten."

„Bestimmt nicht?"

„Ganz sicher."

Cage nahm noch etwas von dem Massageöl und begann Jennys Brüste mit langsamen kreisenden Bewegungen einzureiben.

Sie schloss die Augen und stöhnte lustvoll auf. Liebevoll blickte Cage auf sie herab. „Wie kannst du nur hochschwanger und trotzdem so schön sein, Jenny?"

„Findest du?" Sie hob die Hand und strich ihm eine blonde Strähne aus der Stirn.

„Wunderschön."

„Glaubst du, Lincoln findet Kerry schön?"

„Ich wusste, dass du etwas vorhast."

Unschuldig sah sie ihn an. „Wovon sprichst du?"

„Du willst die beiden verkuppeln."

„Also, jeder kann deutlich erkennen ..."

„Jenny, halt dich da raus."

„... dass sie sich zueinander hingezogen fühlen."

„Sie haben sich angegiftet und angeschrien. Ich kann da keine Zuneigung erkennen."

Jenny stützte sich auf einen Arm. „Ich kann mich noch gut an unsere Kämpfe erinnern. Und auch über den Esstisch hinweg."

Einen Moment stutzte Cage, dann lachte er laut, als er sich erinnerte. „Stimmt. Es wurde dann aber noch eine ganz gemütliche Party zu zweit, wenn ich mich nicht irre." Er nahm sie in die Arme, ließ sie wieder zurück in die Kissen sinken und folgte ihr dabei in einem langen innigen Kuss. Als er den Kopf wieder hob, glänzten Jennys Augen, aber sie wollte noch einmal auf das Thema zurückkommen.

„Ich glaube, die beiden streiten sich, gerade weil sie sich so sehr zueinander hingezogen fühlen."

„Was sagt Kerry dazu?"

„Nichts. Findest du das nicht auch merkwürdig? Wenn möglich, vermeidet sie es sogar, seinen Namen auszusprechen. Nach allem, was die beiden erlebt haben, könnte man eher das Gegenteil erwarten. Sie bemüht sich, ihn nicht anzusehen, aber ich habe sie heute immer wieder dabei ertappt, dass sie ihn unauffällig beobachtete. Hat Lincoln dir irgendetwas in dieser Richtung erzählt?"

„Tut mir Leid, Liebling", antwortete er und küsste ihren Hals. „Das war ein vertrauliches Gespräch unter Männern."

„Dann hat er also etwas über Kerry gesagt."

„Nein, hat er nicht. Aber er ist irgendwie unruhig. Als würde er unter Druck stehen. Er ist wütend."

„Woher willst du das wissen?"

„Weil ich die Anzeichen kenne. Ich weiß, wie es ist, wenn man sich nach einer Frau sehnt, die man nicht haben kann. Ständig läuft man erregt herum, ärgert sich über sich selbst, kann aber nichts dagegen tun." Mit der

Zunge fuhr er über Jennys Brustspitzen. „Ach, wo wir schon beim Thema sind …“

„Es geht nicht, Cage. Der Doktor sagt, ich bin schon zu weit.“

„Ich weiß, aber …“ Er stöhnte auf, als Jenny ihn berührte. Mit den Lippen umschloss er ihre Brustspitze und strich mit der Hand an der Innenseite ihrer Schenkel hinauf.

„Cage.“

„Ich weiß, was der Doktor sagt. Anscheinend fehlt ihm die Fantasie.“

Es war zu still.

Kerry stand am Fenster des Gästezimmers und sah hinaus. Sie konnte nicht schlafen, obwohl sie todmüde war. Schließlich war sie zu dem Schluss gekommen, dass ihr nach einem Jahr in Montenegro die nächtlichen Geräusche des Dschungels fehlten.

Sie konnte sich auch nur schwer daran gewöhnen, dass sie nicht mehr von dichtem Urwald umgeben war. Abgesehen von einem einzelnen Baum, der vor dem Haus stand, und ein paar Sträuchern streckten sich hier auf der Farm nur die Felder bis zum Horizont. Kerry fühlte sich schutzlos.

Dann jedoch hörte sie ein Geräusch. Sie sah nach unten und entdeckte einen Schatten, der sich durch eine Pforte zum Swimmingpool der Hendrens schlich.

Es war Lincoln.

Wie immer, wenn Lincoln in der Nähe war, fing ihr Herz an, wie wild zu schlagen. Im Moment allerdings lag das zum Teil an der Wut, die sie auf ihn hatte. Wie konnte er bloß den Hendrens von ihrem Auftritt in der Bar erzählen! Kerry hatte sich bei ihm allmählich auf Taktlosigkeiten eingestellt, aber heute Abend hatte er sich selbst übertroffen.

Cage und Jenny waren sicher überrascht gewesen, dass er ihr geholfen hatte. Sie hatten zwar damit gerechnet, dass Kerry sich Unterstützung holte, doch bestimmt hatten sie nicht gleich einen berühmten Fotojournalisten erwartet.

Die Waisenkinder hatten es für Kerry unmöglich gemacht, Lincolns Rolle bei der Flucht herunterzuspielen. Immer wenn sie unsicher waren, was sie tun sollten, blickten sie Lincoln Rat suchend an. Obwohl er kein Spanisch sprach, machte er ihnen mit Gesten klar, wie sie sich verhalten sollten.

Sie alle sahen in ihm eine Art Ersatzvater, besonders die Jüngeren unter ihnen. Auch wenn er sich um diese Rolle nicht gerissen hatte, am Ende hatte er sie widerwillig akzeptiert. Und mittlerweile schien es ihm Freude zu bereiten, Lisa auf dem Arm zu halten oder kleine Ringkämpfe mit den Jungen zu veranstalten.

Kerry hatte geahnt, dass Cage und Jenny innerlich vor Neugier brannten, um Näheres zu erfahren, wie sie Lincoln kennen gelernt hatte. Lediglich aus Höflichkeit hatten sie die ganze Zeit über nicht gefragt. Für Lincoln allerdings schien das ein Fremdwort zu sein. Aus purer Bosheit hatte er in allen Einzelheiten erzählt, wie und wo er Kerry getroffen hatte.

Den ganzen Tag über hatte sie gefürchtet, dass ihr Betrug ans Licht kommen würde. Und früher oder später würde Lincoln ganz sicher herausfinden, dass sie nicht die war, für die sie sich ausgegeben hatte. Kerry wollte dann möglichst weit von ihm weg sein. Er würde sicher vor Wut fast platzen.

Heute Morgen, als er sie geküsst hatte, war sie kurz davor gewesen, ihm die Wahrheit zu sagen. Doch dann war das Flugzeug gekommen, und nachdem sie sich wegen des Geldes gestritten hatten, hatte Kerry es ihm nicht mehr sagen wollen.

Als er nach dem Essen verkündet hatte, er wolle abreisen, war Kerry teils verzweifelt, teils erleichtert gewesen. Er sollte abreisen, bevor er herausfand, dass sie keine Nonne war. Andererseits tat ihr der Gedanke, dass er fort war, weh. Wahrscheinlich würde sie ihn niemals wieder sehen. Diese Vorstellung war entsetzlich. Zum Glück hatte Jennys ungeborenes Baby das Problem gelöst.

Jetzt beobachtete sie ihn aus ihrem Fenster im Obergeschoss, wie er am Rand des Swimmingpools entlangging und rauchte. Offenbar war sie nicht die Einzige, die keinen Schlaf fand.

Natürlich war es pure Lust, die ihn nicht zur Ruhe kommen ließ. Kerry hatte es in seinem Blick gelesen. Mochte er ihr auch feindselig gegenüberstehen, gleichgültig war sie ihm nicht. Das war ein schwacher Trost, denn sie waren unversöhnlich. Er wollte ständig mit ihr streiten, während sie ihn liebte.

Kerry sah, wie er seine Zigarette in einem Blumentopf ausdrückte. Er wirkte wie ein Besessener, als er die Hände über sein Gesicht legte und sich die Augen rieb. Sie glaubte einen leisen Fluch zu hören, aber vielleicht bildete sie es sich auch bloß ein. Immerhin fluchte er ständig.

Jetzt bückte er sich und zog die Stiefel, die Cage ihm geliehen hatte, aus. Die Stiefel, die er unterwegs angehabt hatte, waren so verdreckt gewesen, dass die Hendrens darauf bestanden hatten, sie mit den übrigen Kleidungsstücken wegzuwerfen.

Lincoln knöpfte sich das Hemd auf, zog es aus und ließ es auf die Steine fallen. An der Schulter sah Kerry den weißen Verband. Er öffnete seine Gürtelschnalle und machte den obersten Hosenknopf auf.

Kerry unterdrückte nur mühsam ein Seufzen, als sie erkannte, was er vorhatte. Die Nacht war dunkel und die Luft mild. Der leichte Wind, der in ihr Fenster wehte, war sanft und warm.

Es war die perfekte Gelegenheit, um schwimmen zu gehen.

Besonders, wenn einem heiß war vor Verlangen und man nicht schlafen konnte.

Kerry hielt die Luft an und rührte sich nicht. Fasziniert beobachtete sie seine Bewegungen, während er einen Knopf nach dem anderen öffnete. Dann steckte er die Daumen unter den Hosenbund und schob die Jeans bis zu den Knien herunter. Er ließ sie los und stieg aus den Hosenbeinen aus.

Eins wusste Kerry jetzt ganz sicher: Jenny kaufte Cages Unterwäsche. Solche Slips mit hohem Beinausschnitt sahen an einem Mann erotisch aus. Sie waren aus hellem Stoff und hoben sich deutlich von Lincolns schlankem Körper ab.

Der Pulsschlag pochte in ihren Schläfen, als Lincoln die Hände an die Hüften führte und die Daumen seitlich in den Slip steckte.

Dann stand er nackt am Rand des Swimmingpools.

Sein Körper war schön, und der Anblick ließ Kerry vor Zuneigung zu ihm schwach werden.

Sie sank auf die Knie und legte das Kinn auf das Fenstersims. Dabei ließ sie Lincoln keine Sekunde aus den Augen. Ohne Scham musterte sie ihn. Seine Körperbehaarung zeichnete sich dunkel von der Haut ab. Von der Brust lief sie nach unten hin schmal zusammen über den Nabel hinweg und verbreiterte sich dann um seine Männlichkeit.

Er wandte sich ab, um die Uhr abzunehmen, und Kerry sah seine muskulösen breiten Schultern, die schmalen Hüften um den festen runden Po. Mit ruhigen Schritten ging er um den Pool herum, und sein Gang erregte Kerry. Seine Schenkel waren schlank, die Waden fest.

Lange bevor sie sich satt gesehen hatte, tauchte er ins Wasser. Dabei machte er kaum ein Geräusch. Er tauchte längs durch das Becken hindurch, bevor er am anderen Rand wieder auftauchte und einen Augenblick unter dem Sprungbrett verharrte. Dann fing er an zu schwimmen. Seine Bewegungen waren geschmeidig, und wenn er die Arme aus dem Wasser hob, spiegelte sich das Mondlicht in den Tropfen auf seiner Haut.

Kerrys Körper schmerzte. Ihre Haut brannte wie Feuer, und bei jeder kleinsten Bewegung spürte sie jetzt den Stoff von Jennys Nachthemd an den Brüsten. Gleichzeitig fühlte sie tief in ihrem Körper ein ziehendes Verlangen, das sich immer mehr verstärkte.

Schließlich schwamm Lincoln an den Rand, legte die Hände flach auf die Steinplatten und stützte sich hoch, bis er mit den Füßen seitlich auf den Beckenrand kam. Als er aus dem Wasser heraus war, schüttelte er den Kopf und strich sich das Haar zurück. Einen Augenblick stand er reglos da, dann streifte er sich mit den flachen Händen das Wasser von Armen und Beinen.

Kerry stöhnte leise auf, als er sich über die Brust und den Bauch strich. Sie hatte jetzt doch ein schlechtes Gewissen, ihn zu beobachten, und schloss die Augen.

Als sie sie wieder öffnete, zog er gerade den Slip wieder an. Kerrys Mund war ausgetrocknet, während sie zusah, wie Lincoln den Slip zurechtzog.

Lincoln bückte sich und hob den Rest seiner Kleidung auf. Er ging zum Haus und verschwand aus Kerrys Blickfeld. Sie bewegte sich nicht, bis sie seine Schritte auf der Treppe hörte. Als er die Tür zu Trents Zimmer leise hinter sich geschlossen hatte, kroch Kerry ins Bett zurück.

Sie fühlte sich völlig entkräftet, doch sie kam nicht zur Ruhe. Jede Berührung der Decke auf ihrer Haut verursachte ein Prickeln in ihr. Kerry stieß die Laken mit den Füßen weg.

Lincoln hatte das Gefühl zu stören, als er morgens in die Küche kam und sah, dass Cage vor Jenny kniete und ihren Bauch betastete.

„Entschuldigung", sagte er hastig und ging wieder hinaus.

„Kommen Sie ruhig herein", rief Jenny. „Sie stören nicht. Cage fühlt nur gern, wie das Baby sich bewegt."

„Ich kann nicht herausfinden, ob es eine Ballerina oder ein Fußballspieler wird. Auf jeden Fall strampelt es kräftig."

Lincoln lächelte verlegen. „Ich habe keine Ahnung, was Babys betrifft."

Cage stand auf und goss Lincoln eine Tasse Kaffee ein. „Das Frühstück ist meine Sache. Was möchten Sie haben? Speck und Eier?"

„Klingt gut."

„Orangensaft, Lincoln?" fragte Jenny.

„Ja, gern." Er nahm das Glas, das sie ihm reichte.

„Haben Sie selbst keine Kinder?" erkundigte sie sich.

„Nein, bis vor einer Woche hatte ich noch nie mit welchen zu tun." Er wirkte zerstreut. „Ich war nie verheiratet."

„Ach so." Jenny lächelte zufrieden und trank einen Schluck Tee. Sie achtete nicht auf Cages vorwurfsvollen

Blick, als er an den Tisch kam und Lincoln einen Teller hinstellte.

„Schlagen Sie zu“, sagte er.

„Sieht toll aus. Essen Sie beide nichts?“

„Wir haben schon gefrühstückt“, antwortete Jenny.

„Tut mir Leid, dass ich so lange geschlafen habe. Sind alle anderen schon wach?“

„Ich habe Trent heute früh leise aus seinem Bett geholt, um Sie nicht zu wecken“, sagte Cage. „Die Flemings und meine Eltern sind mit den ganzen Kindern ins Krankenhaus zu Joe gefahren.“

„Trent hat solange gezetert, bis er auch mitgenommen wurde“, fügte Jenny hinzu. „Ich fürchte, meine Schwiegermutter und meine Freundin verwöhnen ihn viel zu sehr.“

Kerry wurde mit keinem Wort erwähnt. Lincoln zögerte, direkt nach ihr zu fragen, aber jetzt war eigentlich eine unauffällige Gelegenheit, das Gespräch auf sie zu bringen. Immerhin war sie nicht da.

„Wie ist Kerry zu Ihrer Organisation gekommen?“ fragte er.

Verblüfft sahen Cage und Jenny einander an. „Hat sie das nicht erzählt?“ fragte Cage. Lincoln schüttelte den Kopf und fing an zu essen.

„Sie kam eines Tages zu uns“, erzählte Jenny. „Nach

der Tortur wegen der Gerichtsverhandlung ihres Vaters wollte sie ..."

Lincoln ließ die Gabel sinken. „Was für eine Verhandlung?"

Wieder sahen Cage und Jenny sich fragend an. „Wooten Bishop", sagte Cage, als würde das alles erklären. Und das tat es auch.

„Wooten Bishop ist Kerrys Vater?"

Die beiden nickten gleichzeitig. Lincoln stieß hörbar die Luft aus. „Dieser Mistkerl!" Ungläubig schüttelte er den Kopf. „Die beiden habe ich nie in Verbindung gebracht. Jetzt erinnere ich mich, dass er eine Tochter hatte. Als die Sache damals herauskam, war ich gerade in Afrika."

„Er versuchte sie aus dem Skandal herauszuhalten. Trotzdem nahm sie das Ganze ziemlich mit."

„Natürlich." Lincoln blickte gedankenverloren in seine Tasse.

Es war erst ein paar Jahre her. Damals war der Name in aller Munde gewesen. Wooten Bishop hatte eine Bilderbuchkarriere als Diplomat gemacht. Er war aus Montenegro zurückbeordert worden, als herauskam, dass er die Informationen, die ihm durch seine Tätigkeit zugänglich waren, weiterverkauft und so seinen persönlichen Nutzen aus der politisch angespannten Lage in diesem Land gezogen hatte.

Über seine schmutzigen Geschäfte war ausführlich im Fernsehen berichtet worden, gefolgt von einer genauen Untersuchung, einer Anhörung im Senat und einem Gerichtsverfahren. Nur einen Monat nach seiner Verurteilung war er im Gefängnis an Herzversagen gestorben.

„Ich habe Kerry nach ihrer Kindheit gefragt“, sagte Lincoln mit rauer Stimme. „Sie sagte etwas von ‚behütet‘.“

„Das stimmt“, antwortete Jenny traurig, „jedenfalls vor dieser Tragödie. Kerry hat einmal gesagt, dass ihr Vater den Tod ihrer Mutter nie verkraftet hat. Seitdem sei er wesensverändert gewesen.“

„Wusste Kerry von seinen Geschäften?“

Cage schüttelte den Kopf. „Nein. Sie hatte einen Verdacht, wollte es aber nicht glauben. Später musste sie dann erfahren, dass ihr Vater ein Volk ausgebeutet hat, das ohnehin nur sehr wenig besaß. Eine Zeit lang hat sie ihn gehasst. Dann empfand sie nur noch Mitleid für ihn. So ist es kein Wunder, dass sie zurück nach Montenegro gegangen ist, um etwas von dem Schaden, den ihr Vater angerichtet hat, wieder gutzumachen.“

„Was hatte sie denn dort unten zu suchen? Sie hätte getötet werden können!“ Lincoln schlug mit der Faust auf den Tisch.

„Sie haben Recht, Lincoln.“ Beruhigend legte Jenny

ihm eine Hand auf den Arm. „Kerry kam zu uns, weil sie nach Montenegro wollte, um zu unterrichten. Wir haben ihr gesagt, dass es auch hier viel zu tun gibt, womit sie dort helfen kann, ohne sich in Gefahr zu begeben. Aber darauf wollte sie sich auf keinen Fall einlassen."

Nach einer Pause fuhr Jenny fort: „Ich glaube, keiner von uns kann nachvollziehen, auf was sie alles verzichtete. Bis zu dem Skandal sind ihre Eltern mit ihr durch die ganze Welt gereist. Sie waren hoch angesehen und wurden von Staatsoberhäuptern empfangen."

„Sie hat sicher eine hervorragende Ausbildung", sagte Lincoln.

„Kerry war an der Sorbonne."

Lincoln schloss fassungslos die Augen.

Cage rührte in seiner Kaffeetasse herum. „Angeblich soll sie eine Affäre mit einem jungen Mann aus der englischen Königsfamilie gehabt haben. Aber als ich sie einmal damit aufzog, meinte sie, es sei nur ein Gerücht."

„Vielleicht wollte sie einfach nur ernst genommen werden", warf Jenny ein. „Sie wollte der Öffentlichkeit beweisen, dass mehr in ihr steckt als ein hübsches Gesicht."

„Ich verstehe es immer noch nicht", sagte Lincoln stirnrunzelnd.

„Was denn, Lincoln?"

„Warum gibt eine schöne, reizende, intelligente junge Frau wie Kerry alle Möglichkeiten, die sich ihr bieten, auf, um Nonne zu werden? Klar, dass sie nach dem Skandal mit ihrem Vater zeigen will, dass sie ein eigenständiger Mensch mit einem Gewissen ist, aber ist das nicht übertrieben? Ich meine ... Was ist denn los?“

Jenny und Cage blickten ihn fassungslos an. „Eine Nonne?“

10. KAPITEL

Cage überwand seine Verblüffung als Erster. „Wie kommen Sie denn auf die Idee?" wollte er von Lincoln wissen.

„Ist sie keine Nonne?" stieß Lincoln hervor.

Jenny schüttelte den Kopf. „Nein."

„Hat sie nie davon geredet?" Lincoln wollte es genau wissen. „Irgendwelche Schritte in diese Richtung unternommen?"

„Nicht, dass ich wüsste."

Lincoln sprang von seinem Stuhl auf. Reglos sahen die Hendrens zu, wie er aus der Küche zur Treppe lief. Er nahm zwei Stufen auf einmal, stieß die Tür zum Gästezimmer auf und marschierte in den Raum.

Das Bett war gemacht und das Zimmer leer. Nur die Gardinen vor dem offenen Fenster wehten leicht im Wind.

Lincoln fuhr herum und lief wieder in die Küche hinunter. An so etwas wie Höflichkeit konnte er nicht mehr denken. „Niemand hat mir gesagt, dass sie schon aufgestanden ist", beschwerte er sich.

Jenny sah ihn lediglich aufmerksam an und drehte an einem Knopf ihrer Bluse. Cage trank seinen Kaffee. „Sie haben nicht danach gefragt", sagte er schließlich.

„Wo ist sie?“

„Ausgeritten“, antwortete Cage ruhig. „Sie war schon sehr früh wach.“

Mit größter Anstrengung hielt Lincoln sein irisches Temperament unter Kontrolle. Nur seine zu Fäusten geballten Hände verrieten die Anspannung, unter der er stand.

„Wir haben einen Kaffee getrunken, und dann fragte sie, ob sie sich eines der Pferde ausleihen könne. Ich habe ihr beim Aufsatteln geholfen. Danach ist sie in diese Richtung losgeritten.“ Cage wies mit dem Kopf auf die offene Prärie.

Lincoln sah in die angezeigte Richtung. „Wie lange ist sie schon weg?“

Insgeheim genoss Cage Lincolns Zustand und ließ sich mit der Antwort mehr Zeit als nötig. „Ich würde sagen, ungefähr anderthalb Stunden.“

„Kann ich Ihren Transporter haben, Cage?“ Am vergangenen Abend hatte Lincoln den Wagen in der Garage gesehen. Im Gegensatz zu den anderen Autos der Hendrens hatte der Transporter so ausgesehen, als werde er auch regelmäßig benutzt.

„Sicher.“ Cage stand gemächlich auf und zog die Schlüssel aus seiner Hosentasche. Er warf sie Lincoln zu.

„Danke.“ Unvermittelt drehte Lincoln sich um und

lief durch die Hintertür hinaus. Seinem Gang merkte man an, dass er unterwegs war, um fürchterliche Rache zu nehmen.

Jenny stand auf und ging zum Fenster. Sie sah, wie Lincoln in den Wagen stieg und den Motor anließ. Er riss das Lenkrad herum und fuhr in einer Staubwolke davon.

„Cage, ich finde, du hättest ihm die Schlüssel nicht geben sollen. Er wirkte außer sich vor Wut."

„Wenn Kerry ihm erzählt hat, sie sei eine Nonne, dann ist er das sicher auch. Und ich kann ihn verstehen."

„Aber ..."

„Jenny", unterbrach er sie sanft, trat hinter sie und zog sie in die Arme. „Erinnerst du dich an den Abend, an dem ich hinter dem Bus hergefahren bin, in dem du gesessen hast? Damals war ich genauso aufgebracht wie Lincoln jetzt. Und mich hätte damals nichts und niemand aufhalten können. Hoffentlich hat Lincoln genauso viel Erfolg wie ich damals."

Lincoln trat das Gaspedal durch. Er wusste nicht genau, was er vorhatte, aber romantisch waren seine Gefühle nicht. Innerlich belegte er Kerry mit allen Schimpfwörtern, die er nur kannte. Als er nicht mehr weiterwusste, regte er sich über seine eigene Dummheit auf.

Kerry musste sich die ganze Zeit über insgeheim totgelacht haben! Sie hatte ihn tatsächlich zweimal hereingelegt. Erst spielte sie die Hure, und danach eine Nonne. Zwei völlige Gegensätze, und er war einfältig genug, ihr beides abzukaufen.

Was war bloß mit ihm los? Hatte ihm die tropische Hitze den Verstand weggebrannt? Wie hatte er, Lincoln O'Neal, bloß so leichtgläubig sein können!

Er war viel herumgekommen und kein liebestoller Jüngling mehr, der sich mit weiblichen Schlichen nicht auskannte. Warum hatte er Kerry nicht durchschaut? Sie war nicht die sich aufopfernde Gläubige, sondern eine gerissene Schauspielerin, die offensichtlich keine Hemmungen hatte, einen Mann so zu beeinflussen, dass sie das bekam, was sie von ihm wollte.

Selbst nachdem sie ihr Ziel erreicht hatte, hatte sie ihm nicht die Wahrheit gesagt. „Natürlich, um sich vor mir zu schützen", stieß Lincoln aus. „Um ihren hübschen Hals zu retten."

Ihr Körper und ihr Gesicht hatten Lincoln den Verstand und seine Menschenkenntnis gekostet. Er war nicht mehr der kühle, berechnende, misstrauische Mann, als den er sich kannte, seit er diese Bar mit ihr verlassen hatte. Mit Kerry, der hinterlistigen Tochter von Wooten Bishop.

Der Transporter polterte über den unebenen Weg.

Lincoln hatte keine Ahnung, wo genau er hinfuhr, aber er hatte es eilig, anzukommen. Sicher kannte Kerry sich hier auch nicht gut aus. Dann war sie dicht bei der Straße geblieben, damit sie wieder zurückfand.

Er hatte sich nicht getäuscht. Nach zwanzig Minuten Fahrt kam er an einen künstlichen See, der als Wasservorrat diente. Das Ufer war mit kleinen Bäumen und dichtem Gras bewachsen. An einem Baum war eines von Cages Pferden angebunden.

Beim Geräusch des herankommenden Wagens stützte Kerry, die unter einem Baum auf einem Handtuch lag, sich auf einen Arm und schirmte mit der freien Hand die Augen gegen die Sonne ab. Zuerst dachte sie, es sei Cage, der in dem Wagen saß, doch als sie Lincoln erkannte, setzte sie sich auf.

Er stürmte aus dem Auto und lief auf Kerry zu, bis er direkt vor ihr stand. Sie blickte an ihm hoch und brauchte nicht lange zu rätseln, um herauszufinden, in welcher Stimmung er sich gerade befand. Lincoln war außer sich. Innerlich zitterte sie, obwohl sie nach außen hin seinem einschüchternden Blick standhielt.

„Du verlogenes Miststück!"

Kerry regte sich gar nicht erst auf. Sie wusste, dass er es herausgefunden hatte. Der einzige Ausweg war jetzt, dreist zu leugnen.

„Hör zu, Lincoln", setzte sie an und befeuchtete hastig die Lippen. Sie hob die Hände vor sich, als wolle sie ihn von sich fern halten. „Bevor du voreilige Schlüsse ziehst ..."

Er unterbrach sie, indem er sich vor sie kniete und sie bei den Schultern fasste. „Du meinst, bevor ich dir die Knochen breche."

Kerry wurde blass. „Das würdest du nicht tun."

„Und ob ich das würde. Aber vorher will ich wissen, warum in aller Welt du mir diese lächerliche Lüge aufgetischt hast."

„Habe ich nicht!" Sie versuchte sich aus seinem Griff zu winden, aber ohne Erfolg. Er hielt sie nur noch fester. „Ich habe nie gesagt, ich sei eine Nonne."

„Das habe ich mir doch nicht eingebildet."

„Du hast gehört, wie die Kinder mich Schwester nannten, und daraus deine Schlüsse gezogen."

Er presste die Zähne zusammen und zog Kerry dicht an sich heran. Sein Gesicht war eine wütende Maske. „Aber du hast mich in dem Glauben gelassen. Warum?" schrie er sie an.

„Um mich vor dir zu schützen."

„Bilde dir bloß nichts ein!"

Kerry wurde wütend bei dieser versteckten Beleidigung. „Ich wusste, was du vorhattest. Streite das nicht ab.

Du wolltest aus dem Ganzen ein lustiges Abenteuer machen und nebenbei deinen Spaß mit mir haben."

„Ich Tarzan, du Jane."

„Es war kein Scherz. Du hast mich gezwungen, dich zu küssen und mich vor deinen Augen umzuziehen!"

„Ich habe nichts dabei gesehen, wofür du nicht schon vorher in dem billigen Kleid geworben hast!" schrie er zurück. „Und ob du es zugibst oder nicht, du hast die Küsse genossen."

„Nein!"

„Und wie!"

Kerry musste tief durchatmen, bevor sie weitersprechen konnte. „Ich dachte darüber nach, wie ich mich deinen Annäherungsversuchen entziehen kann, als die Kinder mir zufällig die Lösung zeigten."

„Warum haben sie dich Schwester Kerry genannt?"

„Am Anfang haben sie mich Mutter genannt, aber das wollte ich nicht. Schon damals hatte ich vor, sie hierher zu bringen, damit sie adoptiert werden. Ich fand es besser, wenn sie mich als ältere Schwester ansehen. Gib mir nicht die Schuld an deinem Missverständnis."

„Ich gebe dir die Schuld daran, dass ich mich lächerlich gemacht habe."

„Das habe ich nicht boshaft gemeint", rief sie aus.

„Komm schon. Du bist die Tochter eines der größten

Schwindler aller Zeiten. Hat es dir nicht Spaß gemacht, mit mir wie mit einer Marionette zu spielen? Liegen dir diese Fähigkeiten nicht im Blut?“

Kerry zuckte zusammen, als er auf ihren Vater und seine Betrügereien anspielte. Offenbar wusste Lincoln auch von ihrer Vergangenheit. Sie konnte verstehen, dass er sie verachtete, dennoch tat ihr die Vorstellung weh, dass er ihr so eine Boshaftigkeit zutraute. „Ich habe dich in dem Glauben gelassen, ich sei eine Nonne, damit wir uns nur auf die Sicherheit der Kinder konzentrieren.“

„Das glaubst du selbst nicht. Du wolltest dich nur vor meinen Händen retten.“

„Ja, schön. Es stimmt.“

„Und vor meinen lüsternen Blicken.“

„Ja!“

„Nicht zu vergessen, die Küsse.“

„Richtig! Aber ich wollte es dir sagen“, verteidigte sie sich. „Als du mich geküsst hast, bevor das Flugzeug kam.“

„Ich kann mich nicht erinnern.“

„Mir blieb keine Zeit. Es ging alles so schnell.“

„Und was ist mit dem langen Flug? Und was ist mit gestern? Jenny und Cage hätten dich vor einem wilden Tier wie mir doch beschützt. Du hattest zahllose Gelegenheiten.“

„Ich wusste, dass du genauso reagieren würdest, wie du es jetzt tust. Dass du wütend und ausfallend werden würdest."

Seine Stimme wurde zu einem bösen Flüstern. „Wut wird dem, was ich empfinde, nicht annähernd gerecht."

Ohne dass sie es verhindern konnte, fing Kerrys Unterlippe an zu zittern. „Ich wollte es nicht so weit kommen lassen. Es tut mir wirklich Leid, Lincoln. Wirklich."

„Für Entschuldigungen ist es zu spät, Kerry."

„Ich weiß, dass ich mich als etwas ausgegeben habe, das ich nicht bin. Aber ich hatte keine andere Wahl, ich war verzweifelt. In erster Linie musste ich an die Kinder denken."

„Glaubst du, ich falle wieder auf deine ehrenwerten Absichten herein?" fragte er und lachte spöttisch. „Keine Chance. Ich will, dass du ganz klein wirst. Du sollst dir genauso schlecht vorkommen, wie es mir in der letzten Zeit ging. Nur das wird mich besänftigen."

„Was ... was hast du vor?"

„Das, was ich dir am ersten Morgen bereits versprochen habe", sagte er leise. „Du wirst mich anflehen, es zu tun."

„Nein!"

Kerry verstummte, als Lincoln sie auf das Handtuch zurückdrückte und sich auf sie legte. Ihre Hände klemmte er zwischen ihren Körpern ein. Mit einer Hand hielt er ihren Kopf fest und beugte sich über ihren Mund.

Sie versuchte freizukommen, gab jedoch kurz darauf erschöpft auf. Selbst mit größter Anstrengung konnte sie Lincoln nicht von sich schieben. Zum Treten konnte sie nicht ausholen, weil er ihre Beine zwischen seinen festhielt.

Kerry wollte ihre Lippen fest zusammengepresst lassen, aber es gelang ihr nicht. Lincoln benutzte seine Zunge, um ihren Widerstand zu brechen. Er leckte sanft über ihre Lippen, liebkoste ihre Mundwinkel und fuhr die Umrisse ihres Mundes entlang, bis Kerrys verängstigtes Atmen zu einem erregten Keuchen wurde. Schließlich entspannte sie sich und öffnete den Mund, ohne dass er sie mit Gewalt dazu zwang.

„Genau so. Genieß es."

Sein Kuss war sinnlich und aufwühlend. Lincoln presste die Lippen auf ihre und drang lustvoll in ihren Mund ein. Kerry wollte ihn dafür hassen, doch sie genoss es. Die Sinnlichkeit seiner Liebkosungen erregte sie. Diese Zunge wollte Kerry überall spüren, und sie fragte sich sehnsüchtig, ob der Rest seines Körpers sich genauso aufregend anfühlte.

Gleichzeitig wehrte sie sich dagegen, etwas anderes als Verachtung für ihn zu empfinden. Sie achtete nicht auf die Hitzewelle, die ihren Körper durchströmte, und die lustvollen Schauer, die sie innerlich erbeben ließen. Diese Empfindungen konnte Kerry nicht unterdrücken, doch sie schaffte es, völlig reglos unter ihm zu liegen, während sie sich danach sehnte, sich an ihn zu pressen.

„Du könntest genauso gut mitmachen“, stieß er aus, als er fühlte, wie sie sich verspannte. Mit den Lippen fuhr er ihr über die Wange und küsste die zarte Haut, die jetzt leicht gerötet war. Lincoln ließ sich nicht die Zeit, diese unglaublich weiche Haut zu bewundern. Wenn er seinen Stolz bewahren wollte, durfte er keine zärtlichen Gefühle für Kerry in sich aufkommen lassen. „Ich werde sowieso nicht damit aufhören, bis du vor Lust verrückt nach mir bist. Je länger du dich sträubst, Kerry, desto länger wird es dauern.“

„Hau ab, du Mistkerl!“

Tadelnd schüttelte er den Kopf. „Ist das die Sprache einer Nonne?“

„Hör auf!“ Als Lincoln mit der Zungenspitze spielerisch ihr Ohrläppchen umkreiste, wollte Kerry ihn gereizt anfahren, doch ihr Protest klang mehr wie ein erregtes Aufstöhnen.

Lincoln erkannte den Klang ihrer Stimme sofort. Es war ihm nie schwer gefallen, Frauen auf sexuellem Gebiet zu verstehen, egal, welche Sprache sie sprachen. Er achtete mehr auf den Klang der Stimme als auf die Worte. Kerrys Tonfall sprach für sich.

„Es gefällt dir?“ fragte er leise und zog mit den Zähnen sachte an ihrem Ohr.

„Nein.“

Lincoln lachte leise auf. „Wir wissen beide, dass du lügst. Es gefällt dir sogar sehr.“

Er küsste die weiche Haut unter ihrem Ohr, rieb mit der Nase über diese Stelle und fuhr mit der Zunge darüber. Es war schwer zu beurteilen, ob Kerry sich jetzt unter ihm wand, weil sie freikommen oder ihm noch näher sein wollte.

Sein warmer Atem strich über ihr Gesicht. Es war ein prickelndes Gefühl, und als er mit offenem Mund über ihre Lippen strich, sträubte sie sich nicht. Er drang erneut mit der Zunge ein, und Kerry spürte es wie einen Stich, der sie bis ins Innerste traf.

Lincoln hob langsam den Kopf und blickte ihr eindringlich in die Augen. Kerry fragte sich, ob sie vielleicht unabsichtlich gestöhnt hatte. „Spürst du es?“ fragte er sie heiser.

Zuerst dachte sie, er meine das Brennen, das ihren Körper erfüllte. Doch dann erkannte sie, dass er über das Zeichen seiner eigenen Erregung sprach, dessen Druck sie deutlich fühlen konnte. Kerry biss sich auf die Unterlippe und schloss verkrampft die Augen. Lincoln lachte spöttisch.

„Also spürst du es. In diesem Zustand habe ich mich die ganze Zeit über befunden, während du deine Spielchen mit mir getrieben hast. Dort im Dschungel ging es mir nicht nur wegen des Hungers und der Müdigkeit schlecht, sondern vor allem wegen des Verlangens nach dir, gegen das ich nichts tun konnte. Kannst du dir vorstellen, wie ich mich geschämt habe, weil ich dachte, dass du eine Nonne seist?" Seine Stimme klang ruhig, doch seine Worte taten Kerry weh, als hätte er sie beleidigend angeschrien.

Er schob eine Hand zwischen ihre beiden Körper. Als Kerry erkannte, was er vorhatte, erstarrte sie. „Nein!" Es war nur ein tonloses Flüstern.

„Warum denn nicht, Kerry? Möchtest du nicht erfahren, was du bewirken kannst?"

Als Lincoln seine Hose aufgeknöpft hatte, nahm er Kerrys rechte Hand und zog sie herunter. „Nein!" wiederholte Kerry, konnte jedoch nicht weiter protestieren, weil Lincoln ihren Widerspruch mit einem leidenschaftlichen glutvollen Kuss erstickte.

Bei der ersten intimen Berührung schossen Kerry zahllose Empfindungen durch den Kopf. Eine gewann schließlich die Oberhand: Sie wollte ihn anfassen und erkunden. Kerry wollte seine Härte, seine Empfindsamkeit und seine Wärme kennen lernen.

So lange wie möglich versuchte sie dieser Versuchung zu widerstehen, doch am Ende verlor sie die Beherrschung. Kerry gab dem Druck nach und umfasste ihn. Langsam tastete sie sich vor.

Lincoln stöhnte laut auf und hob den Kopf. Unbeherrscht schob er ihre Hand beiseite. „Nicht auf diese Weise, Kerry", fuhr er sie an. „So kommst du mir nicht davon. Du hörst niemals mit deinen Tricks auf, oder? Das liegt wahrscheinlich in der Familie. Immer noch einen Trick auf Lager. Aber diesmal nicht."

Er bemerkte ihren fassungslosen Blick nicht, sondern konzentrierte sich auf die Knöpfe an ihrem Baumwollshirt. Äußerlich gelassen öffnete er den obersten. „Ich kann mich kaum daran erinnern, wie du dich anfühlst. Du bist nicht sehr üppig, aber hübsch." Mit dieser Bemerkung löste er eine Welle des Zorns in Kerry aus. In ihrem Blick erkannte er ihre Wut und schmunzelte überheblich. „Und deine Brustspitzen reagieren prompt."

Sie lief rot an vor Wut, als er alle Knöpfe geöffnet hatte und das Hemd zur Seite schob. Kerry hatte sich einen BH von Jenny geliehen. Er passte genau, und so blieb Lincolns Fantasie jetzt nur wenig überlassen.

Einen Augenblick meinte Kerry, so etwas wie Reue in

seinem Blick zu erkennen, bevor sein Gesichtsausdruck wieder hart und unnachgiebig wurde. „Mach ihn auf."

„Das werde ich nicht tun."

„Dann kannst du Jenny später den kaputten Verschluss erklären", erwiderte er und griff nach der Schnalle.

„Du bist widerlich."

„Mach ihn auf."

Mit versteinertem Gesicht öffnete Kerry den Verschluss. Nach einem höhnischen „Dankeschön" schob Lincoln die beiden Hälften des BHs auseinander und betrachtete Kerrys Brüste. Sein Blick brannte auf ihrer Haut wie das grelle Sonnenlicht.

Kerry verlor den Mut. Vor Scham schloss sie die Augen und sah deshalb nicht, wie Lincoln schluckte. Auch sein bedauernder Gesichtsausdruck entging ihr. Sie spürte nur, wie er mit den Händen über ihre Brüste strich, und seine kränkenden Worte dröhnten ihr in den Ohren.

„So habe ich es mir ausgemalt. Es ist nicht viel da, aber das bisschen ist hübsch."

Sie schlug nach seiner Hand, doch sofort hielt er ihre Gelenke mit einer Hand fest. Kerry zuckte zusammen, als er mit der freien Hand die Unterseite ihrer Brust umfasste und die Brust leicht nach oben drückte. Mit dem Daumen strich er über die empfindsame Knospe. Als sie sich unter der Berührung aufrichtete, lachte er auf. Immer wieder fuhr er über die rosige Spitze, mal aufreizend langsam, mal mit schnellen erregenden Bewegungen, bis die Knospe sich ihm hart entgegenreckte.

„Sehr schön“, stellte er heiser fest. „Jedenfalls fühlt sie sich gut an. Mal sehen, wie du schmeckst.“

Bei der ersten Berührung seiner Zunge bäumte Kerry sich von dem Handtuch hoch. „Nein, nein“, stöhnte sie und warf den Kopf von einer Seite zur anderen.

„Du überzeugst mich nicht, Kerry.“ Während er sprach, spürte sie seinen Atem direkt auf ihrer Brust.

Sie protestierte leise und biss sich auf die Unterlippe, um einen Aufschrei zu unterdrücken. Nicht aus Angst oder Abscheu, sondern vor Lust. Das Gefühl seiner warmen Zunge an ihrer Brust war unbeschreiblich. Er leckte sie, bis sie nass glänzte, dann wandte er sich der anderen Brust zu, und Kerry spürte den kühlen Wind auf der feuchten Haut.

„Bitte hör auf“, bat sie ihn.

„Ich bin noch lange nicht fertig.“

Sie schrie auf, als er eine Brustspitze zwischen die Lippen nahm und daran sog. Kerry seufzte leise bei jeder seiner aufreizenden Mundbewegungen. „Aufhören. Bitte“, sagte sie atemlos.

Lincoln hob den Kopf. „Was willst du?“ Mit der Zunge fuhr er flüchtig über ihre erregte Brustspitze.

„Dass du aufhörst."

„Wieso?"

„Weil ich es nicht will. Ich hasse dich."

„Mag sein, dass du mich hasst. Das ist sogar wahrscheinlich. Aber das gefällt dir." Wieder berührte er sie mit der Zungenspitze. „Oder nicht?"

„Nein."

„Wirklich nicht?" Er wiederholte die Frage zwischen aufreizenden Liebkosungen ihrer Brüste.

„Nein." Kerry schluchzte auf. „Oh, doch. Ja. Ja!"

„Das wusste ich."

Er beugte den Kopf tiefer und küsste sie oberhalb des Nabels, während er den Reißverschluss ihrer Hose öffnete. Atemlos rang Kerry nach Luft. Sie bekam kaum mit, was er mit den Händen machte, und konnte sich nur auf die Berührung seiner Lippen konzentrieren, die sie überall gleichzeitig zu spüren meinte.

Unbewusst hob sie die Hüften an und half ihm, ihr die Hose abzustreifen. Lincoln küsste die leicht vorstehenden Beckenknochen und strich ihr mit den Lippen über den Nabel. Mit der Zungenspitze drang er spielerisch in die kleine Vertiefung ein und küsste schließlich durch ihren Slip hindurch ihren Venushügel.

Kerry unterdrückte einen Aufschrei und versuchte die Hände freizubekommen. Als ihr das gelang, kämpfte sie jedoch nicht gegen Lincoln, sondern vergrub die Finger in seinem Haar. Er fuhr fort, sie zu küssen. Überall, wo er sie mit den Lippen berührte, brannte ihre Haut heiß.

„Davon habe ich in der Nacht, als du in meinen Armen lagst, geträumt." Lincoln konnte kaum sprechen. Es war nur ein heiseres Flüstern. „Deine Brüste unter meinen Lippen, deine Schenkel, die sich für mich öffnen."

Kerry konnte sich nicht daran erinnern, dass er ihr den Slip ausgezogen hatte, doch jetzt bemerkte sie, dass Lincoln sie verlangend betrachtete. Sein hungriger Blick hätte sie eigentlich ängstigen müssen, doch das tat er merkwürdigerweise nicht. Sie wünschte sich nur, dass sie ihm gefiel.

Mit den Fingern strich er durch das dunkle Haar zwischen ihren Schenkeln, und unwillkürlich stellte Kerry die Knie auf. Lincoln drückte ihre Beine auseinander, senkte den Kopf dazwischen und berührte Kerry dort, wo sie sich seinen Mund am meisten wünschte.

Sie rief seinen Namen, als Lincoln sie dort küsste. Als er sie mit der Zunge liebkoste, konnte sie nur noch kraftlos stöhnen. Mit den Händen umfasste er ihre Hüften und stachelte ihre Erregung mit der gleichen Entschlossenheit an, mit der er auch alles andere tat.

Er ließ sie nicht zum Höhepunkt kommen, obwohl sie immer wieder kurz davor stand. Ihr Gesicht war feucht, als er sich schließlich wieder über sie beugte. „Sag mir, dass du mich willst.“

Ihm kam es selbst wie ein Wunder vor, dass er noch sprechen konnte. Sein ganzer Körper pochte vor Lust. Er wollte in Kerry eindringen und sie an der Leidenschaft teilhaben lassen, die ihn verbrennen würde, wenn er sie nicht mit ihr teilte. Er wurde fast verrückt vor Begierde.

Und plötzlich kam ihm seine Rache wie ein schaler, bedrückender Sieg vor. Er wollte nicht über Kerry triumphieren. Er wollte sie besitzen, aber er wollte auch sehen, dass sie sich genauso nach ihm sehnte, wie er sich nach ihr. Er wollte das Glück in ihren Augen sehen, und nicht Unterwerfung.

Doch es war ihm unmöglich, sein jahrelanges Verhalten zu ändern. Niemand legte Lincoln O'Neal herein, ohne seine Rache zu spüren. Jedes bisschen Respekt und Zuneigung in seinem Leben hatte er sich erkämpfen müssen. Er konnte nicht bitten, er konnte nur verlangen.

„Sag, dass du mich willst“, stieß er wieder hervor und presste die Zähne aufeinander, um seinen Körper zu beherrschen. Mit seiner Männlichkeit berührte er Kerry an der empfindsamsten Stelle.

„Ich will dich“, seufzte Kerry.

„In dir“, verlangte er.

„In mir.“

Lincoln verlor die Beherrschung. Er drang kraftvoll in sie ein und nahm sie rücksichtslos. Voller Qual und Reue schrie er auf. Er wollte sich zurückziehen, doch er hatte keine Kontrolle mehr über seinen Körper.

Nach wenigen rhythmischen Bewegungen erreichte er den Höhepunkt. In völliger Hingabe barg er das Gesicht an Kerrys Hals und ließ die Schauer der Erregung in sich abebben.

Für einige Zeit blieb er vollkommen reglos auf ihr liegen. Als er schließlich die Kraft fand, sich aufzurichten, vermied er es, Kerry anzusehen. Mit anrührender Verlegenheit deckte er ihren Unterleib mit einer Ecke des Handtuchs zu. Dann legte er sich neben sie auf den Rücken und sah in das Geäst der Bäume über ihm. Dabei suchte er nach einer Bezeichnung, die sein abscheuliches Verhalten treffend beschrieb.

Bis noch vor wenigen Augenblicken war Kerry tatsächlich so unberührt gewesen, wie sie vorgegeben hatte. Sie war noch Jungfrau gewesen.

„Warum hast du es mir nicht gesagt?" wollte Lincoln wissen.

„Hättest du mir geglaubt?" fragte Kerry zurück.

„Nein", gab er zu. Er hätte ihr nichts geglaubt, was immer sie auch erzählt hätte.

Lincoln setzte sich auf und ließ den Kopf hängen.

Eine Weile fluchte er und beschimpfte sich selbst. Dann verstummte er. Schließlich traute er sich, Kerry anzusehen. Ihr Gesicht war tränenüberströmt, aber sie blickte ihn aus klaren Augen an.

„Hast du ... Schmerzen?"

Sie schüttelte stumm den Kopf, doch Lincoln glaubte ihr nicht.

„Hast du Wasser dabei?" erkundigte er sich.

„Am Sattel hängt eine Trinkflasche."

Er stand auf, zog die Jeans hoch und knöpfte sie zu. Dann ging er zu dem Pferd, das ruhig graste. Er machte die Flasche los, öffnete sie und befeuchtete sein Taschentuch. Anschließend ging er zu Kerry zurück und reichte ihr beides. Rücksichtsvoll wandte er sich ab.

„Danke."

Lincoln drehte sich wieder um. Kerry stand angezogen vor ihm und blickte ihn abwartend an. Er hatte sie nicht nur körperlich verletzt, sondern offensichtlich auch ihren Willen gebrochen. Ihre Augen glänzten nicht mehr. Sie sah ihn nur noch wie betäubt an.

„Du fährst mit mir zurück", sagte er. „Ich werde das Pferd am Wagen festbinden."

Nachdem er das erledigt hatte, kam er zu ihr zurück, griff ihren Ellbogen und führte sie zum Wagen. Besorgt achtete er darauf, dass sie nicht stolperte, und als sie sich vorsichtig hinsetzte, zuckte Lincoln unwillkürlich zusammen.

Für den Rückweg brauchten sie viel länger, als Lincoln auf der Hinfahrt gebraucht hatte. Aus Rücksicht auf Kerrys Verfassung und auch wegen des Pferdes, das neben dem Wagen hertrottete, fuhr er sehr vorsichtig und langsam.

Als sie schließlich an der Farm angelangten, fuhr er das Auto direkt in die Garage. Schweigend saßen sie einen Augenblick nebeneinander. Dann blickte er Kerry an. „Alles in Ordnung?"

„Ja."

„Kann ich irgendetwas für dich tun?"

Kerry blickte auf ihre Hände, die sie fest verschränkt hielt. Ja, er könnte sagen, dass er sie liebte. Mit Mühe hielt sie die Tränen zurück. „Nein."

Lincoln stieg aus. Bevor er ihr helfen konnte, war auch Kerry ausgestiegen und brachte das Pferd in den Stall, wo sich einer der Angestellten darum kümmerte. Immer noch schweigend, gingen Lincoln und sie zum Haus.

Alle waren auf der Terrasse versammelt. Cage und Jenny, Cages Eltern und die Flemings. Die Kinder spielten am Swimmingpool. Abgesehen von den lachenden Kindern herrschte eine gedrückte Stimmung.

Cage blickte auf, als Kerry und Lincoln zu ihnen kamen.

„Wir haben Probleme“, sagte er zu ihr.

11. KAPITEL

Kerry versuchte sich ihre Verzweiflung nicht anmerken zu lassen. „Was für Probleme?“ Sie setzte sich auf einen Stuhl, den Lincoln ihr hinstellte. „Ist etwas mit Joe? Er wird doch wieder gesund?“

„Ja, keine Sorge. Aber er ist sehr niedergeschlagen. Wir werden ihn auf die Farm holen, damit er nicht so allein ist“, erklärte Jenny. „Wir stellen ein zusätzliches Bett in Trents Zimmer. Es wird gut für Joe sein, wenn Lincoln in seiner Nähe ist. Keine Widerrede“, fügte sie an Lincoln gewandt hinzu.

„In wenigen Tagen werden ihn seine Adoptiveltern ja ohnehin abholen kommen“, bemerkte Kerry.

Schweigend und betreten sahen alle zu ihr herüber. Schließlich sprach Cage, nachdem er sich gründlich geräuspert hatte. „Es ist leider so, dass wir keine Eltern für Joe gefunden haben.“

Einen Moment sah Kerry ihn bloß fassungslos an. „Was?“ schrie sie dann. „Das war meine Bedingung dafür, dass ich die Kinder dort raus bringe! Es war ausgemacht, dass sie alle erwartet werden.“

„Das wissen wir doch“, versuchte Jenny sie zu beruhigen. „Cage und ich fanden, dass die Kinder auf jeden Fall aus dem Land heraus sollten. Du solltest keines zurücklassen, bloß weil keine Adoptiveltern warten."

„Die meisten Paare finden, dass Joe schon zu alt ist", sagte Cage leise.

„Ich verstehe." Kerry senkte den Kopf. Es war noch nicht einmal Mittag, und doch hatte sie das Gefühl, schon seit Ewigkeiten auf zu sein. Heute früh hatte sie erkannt, dass sie sich in den falschen Mann verliebt hatte, und dann hatte sich das, was eine wundervolle Erfahrung sein sollte, als Albtraum entpuppt. Und jetzt noch das hier! Der arme Joe. Er wusste von allen Kindern am besten, was diese Flucht für seine Zukunft bedeutete.

„Er darf nicht zurückgeschickt werden", sagte sie entschlossen.

„Dafür werde ich sorgen, glaub mir", antwortete Cage rasch. „Und wenn ich bis vor den Obersten Gerichtshof gehen muss."

„Ich werde mich auch für ihn einsetzen", warf Lincoln ein. „Ich kenne einige einflussreiche Leute."

„Hoffentlich wird das nicht nötig sein", sagte Kerry. „Ich ziehe mich schnell um, und dann werde ich telefonieren müssen."

„Ich fürchte, da ist noch etwas." Cage hielt sie fest, als sie aufstehen wollte. „Das Paar, das Lisa adoptieren wollte, hat angerufen. Die Frau ist schwanger geworden."

Tränen traten Kerry in die Augen. Ausgerechnet Lisa. Kerry hatte sich bemüht, nicht zu enge Beziehungen zu den Kindern aufzubauen, damit ihr die Trennung nicht so schwer fallen würde. Aber Lisa war mehr als die anderen von ihr abhängig gewesen und bedeutete ihr sehr viel.

„Die Entscheidung ist ihnen wirklich nicht leicht gefallen. Aber die Frau hatte bereits einige Fehlgeburten und braucht deshalb absolute Ruhe“, erklärte Jenny.

Kerry sah zu Lisa, die im flachen Wasser des Pools herumplanschte. „Sie ist so niedlich. Es sollte nicht schwierig sein, Eltern für sie zu finden. Aber wenn morgen die anderen abgeholt werden, wird es ihr wehtun, zurückzubleiben.“

„Wir werden bald ein Paar gefunden haben, das sie liebevoll aufnimmt“, sagte Jenny. „Kerry, hast du Lust, mit mir in die Stadt zu fahren und Einkäufe zu erledigen?“

„Was ist mit Joe? Ich möchte hier sein, wenn er kommt“, wandte Kerry ein.

„Bis dahin sind wir wieder zurück“, beruhigte Jenny sie.

Kerry ging sich duschen und umziehen. Bevor sie mit Jenny losfuhr, ging sie noch einmal zum Swimmingpool. Cage und Lincoln hatten sich Badehosen angezogen und spielten mit den Kindern im Wasser. Cage warf Trent in die Luft und fing ihn jedes Mal dicht über dem Wasser wieder auf. Lincoln spielte mit Lisa.

Gerührt sah Kerry zu. Er lachte das Kind strahlend an. Jetzt blickte er zu Kerry hoch, die am Beckenrand stand. Musternd betrachtete er sie. Kerry war es peinlich. Dachte er gerade daran, wie sich ihr Körper angefühlt hatte? Sie hatte keine Geheimnisse mehr vor Lincoln. In ihrem Unterleib spürte sie ein Ziehen, doch es war nicht schmerzhaft.

Lisa streckte vom Wasser aus die Arme nach ihr aus, und Kerry ging in die Hocke. Lincoln nahm das Mädchen auf den Arm und trug sie zum Rand des Pools hinüber. Kerry küsste Lisa auf die nasse Wange. „Bis später, mein Liebling."

„Bis später", antwortete Lincoln. Überrascht sahen sie sich in die Augen. Dann stand Kerry hastig auf und ging zu Jenny, die bereits beim Auto auf sie wartete. Während sie auf den Wagen zuging, versuchte sie ihren rasenden Herzschlag zu beruhigen.

„Ich wusste gar nicht, dass Einkaufen so viel Spaß machen kann", sagte Kerry schließlich, nachdem sie mit Jenny durch mehrere Geschäfte gezogen war. „Hautcremes, Pflegespülung, Nagellack, an all das bin ich gar nicht mehr gewöhnt."

Sie saß neben Jenny im Wagen und begutachtete während der Rückfahrt ihre Einkäufe.

„Du solltest dich mal eine Woche so richtig ausspannen. Einfach gar nichts tun und das Leben genießen", empfahl Jenny.

Kerry schüttelte den Kopf. „Das geht nicht. Ich habe noch so viel zu tun."

„Du willst doch nicht etwa wieder nach Montenegro?"

„Nein. Dort ist es zu gefährlich geworden. Lebensmüde bin ich schließlich nicht." Sorgfältig packte sie ihre Einkäufe wieder zusammen. „Aber ich muss Geld sammeln für Nahrungsmittel und Medikamente." Nachdenklich sah sie aus dem Wagenfenster.

Nach einer Weile riss Jenny sie aus ihren Gedanken. „Du kannst nicht dein Leben lang versuchen, die Betrügereien deines Vaters wieder gutzumachen. Irgendwann musst du dein eigenes Leben führen."

Kerry seufzte auf. „Ich weiß."

„Cage und ich haben heute früh für eine große Überraschung gesorgt, stimmt's?"

Gerade wollte Kerry alles erzählen, doch sie hielt sich zurück. „Früher oder später hätte Lincoln es ohnehin erfahren."

„Tut mir Leid. Wir haben gedacht, er wüsste, wer du

bist. Und dann haben wir entdeckt, dass er dich tatsächlich für eine ..."

„Bitte!" Kerry unterbrach sie hastig. „Ich schäme mich dafür schon genug. Erinnere mich nicht daran, dass ich ihn derart angelogen habe."

„Auch wenn es taktlos ist, ich muss es einfach wissen. Warum hast du ihm erzählt, du seist eine Nonne?"

„Du bist nicht taktlos, Jenny. Natürlich interessiert dich das." Sorgfältig überlegte sie, wie sie sich ausdrücken sollte. „Du weißt, wie ich ihn dazu gebracht habe, mir aus der Bar zu folgen?"

„Du hast dich als Prostituierte ausgegeben."

„Genau. Also, ich habe mich so benommen, wie ... wie eine Prostituierte eben." Kerry blickte weg. „Lincoln ist ein gesunder Mann, und ..."

„Allmählich verstehe ich. Er wollte dich nicht in Ruhe lassen, als du ihm deine Lage erklärt hast."

Kerry nickte. „Was hättest du denn an meiner Stelle getan?"

„So etwas Geniales wäre mir niemals eingefallen." Jenny schmunzelte. „Er war ziemlich aufgebracht heute früh, als er die Wahrheit erfuhr."

„Das ist maßlos untertrieben."

„Hatte er sich beruhigt, als er dich gefunden hat?"

„Nein."

Jenny wollte Kerry nicht weiter bedrängen. Was auch immer geschehen war, es hatte sie beide ziemlich mitgenommen. Jetzt gingen sie sich noch mehr aus dem Weg als zuvor.

„Lincoln hat mich beschuldigt, ihn nur benutzt zu haben. Ich sei wie mein Vater", sagte Kerry leise. „Und wahrscheinlich hat er Recht. Ich habe ihn benutzt." Tränen liefen ihr über die Wangen. Als Jenny das sah, griff sie mitfühlend nach Kerrys Hand. Kerry lächelte unter Tränen. „Du und Cage, ihr seid zu beneiden, weil ihr miteinander so glücklich seid."

„Ich weiß. Aber das ist nicht von allein gekommen, Kerry." Jenny sah kurz zu ihr hinüber. „Es gab eine Zeit, da habe ich ihn gehasst. Wir haben uns gestritten, sobald wir uns gesehen haben. Und ich hatte Angst vor Cage. Er wirkte hart und jähzornig. Irgendwann habe ich erkannt, dass mich die Eigenschaften an ihm, vor denen ich Angst hatte, gleichzeitig auch zu ihm hinzogen. Im Grunde hatte ich immer nur Angst vor meiner eigenen Reaktion auf seine Nähe."

Jenny schwieg einen Moment. Nach einem prüfenden Blick zu Kerry sprach sie weiter. „Lincoln erinnert mich an Cage. Die beiden sind einander ziemlich ähnlich." Wieder schwieg sie einen Augenblick. „Kerry, liebst du Lincoln?"

Kerry konnte die Tränen nicht aufhalten. „Ja", sagte sie schließlich leise. „Ja, aber es ist hoffnungslos."

„Das dachte ich damals auch. Aber glaub mir, Kerry. Es gibt immer einen Weg."

Die Hendrens waren der Meinung, dass es für die Kinder wichtig war, sich so schnell wie möglich an die amerikanischen Bräuche zu gewöhnen. Kerry war derselben Ansicht. Am Abend gab es deshalb Hotdogs und Eiscreme. Die Kinder waren beim Essen und auch später so ausgelassen und froh, dass Kerry sich für alle Strapazen entschädigt fühlte.

Joe, der kurz zuvor auf die Farm geholt worden war, humpelte auf Krücken zu Kerry hinüber. „Möchtest du kein Eis?"

„Später", antwortete Kerry. „Wie geht's deinem Bein?"

„Tut nur noch ein bisschen weh."

„Joe, ich wollte dir noch einmal sagen, wie mutig du gewesen bist." Der Junge wirkte verlegen. „Ich bin sehr stolz auf dich. Ohne deine Hilfe hätten Lincoln und ich es nicht geschafft."

Joe blickte zu Boden. „Er ist meinetwegen noch mal zurückgelaufen."

Kerry musste an die Ablehnung denken, mit der Joe

zunächst auf Lincoln reagiert hatte. „Vielleicht solltest du dich bei ihm bedanken“, schlug sie vor.

„Das hat er schon getan.“

Kerry drehte sich um und hielt unwillkürlich den Atem an. Lincoln stand hinter ihr. Er war auch in die Stadt gefahren und hatte sich etwas zum Anziehen gekauft. Jetzt trug er eine neue Jeans und ein weißes Baumwollhemd. Offensichtlich war er beim Frisör gewesen und hatte sich Rasierwasser gekauft. Der herbe Duft passte zu ihm.

Lincoln legte Joe eine Hand auf die Schulter. „Aber er braucht sich nicht zu bedanken. Er hat uns Rückendeckung gegeben und mir genauso das Leben gerettet wie ich ihm.“

Joe strahlte vor Stolz. Bisher hatte niemand den Mut gefunden, ihm zu sagen, dass für ihn noch keine neue Familie gefunden worden war. Doch es wäre auch nicht gut, diesen schönen Moment zu zerstören. Dann wurde Joe ernst und blickte zu Lincoln. „Als du zu uns kamst, dachte ich, du willst Schwester Kerry etwas antun. Jetzt weiß ich, dass du ihr niemals wehtun würdest. Es tut mir Leid, wie ich mich benommen habe.“

Lincoln kam nicht dazu, etwas zu erwidern, weil Trent in diesem Moment auf Joe zulief. Seit Joe auf der Farm war, wich Trent nicht von seiner Seite. Jetzt zerrte er ihn am Hosenbein mit sich, und Joe lächelte schüchtern, bevor er hinter Trent herhumpelte.

„Erst hier merke ich, wie viel Kind noch in ihm steckt“, sagte Kerry, während sie ihm nachsah.

„Und er hat Recht, was mein Verhalten dir gegenüber angeht“, fügte Lincoln hinzu.

Rasch blickte Kerry von ihm weg. „Lass uns nicht darüber reden, bitte.“

„Ich muss mit dir darüber sprechen.“ Er flüsterte fast, obwohl niemand in ihrer Nähe war. „Hast du Schmerzen?“

„Nein. Das habe ich dir bereits gesagt.“

„Warum hast du mich bloß nicht gewarnt?“

„Das hatten wir doch alles schon. Du hättest mir nicht geglaubt.“ Kerry atmete tief aus. „Außerdem, was macht das schon für einen Unterschied? Früher oder später wäre es ohnehin geschehen.“

„Aber nicht auf diese Weise.“ Einen Moment blickten sie sich an. „Habe ich dir wehgetan, Kerry?“

„Nein.“ Körperlich war es tatsächlich nur ein sehr kleiner Schmerz gewesen. Ihre Gefühle allerdings hatten mehr gelitten. Er hatte nicht aus Liebe oder aus Lust mit ihr geschlafen, sondern aus Rache. Ihr Stolz war völlig zerbrochen, und ihre Gefühle waren zutiefst verletzt, doch das würde sie ihm niemals sagen.

Sie neigte den Kopf zur Seite und blickte Lincoln an. „Das wolltest du hören, stimmt's? Wenn du mir wehgetan hättest, dann könntest du deinen Triumph nicht richtig auskosten. Du hast mir damals gesagt, ich würde dich darum bitten, und das habe ich jetzt getan. Du hast also bekommen, was du wolltest. Oder?"

„Nein!"

Verärgert kam er näher, und Kerry wurde bewusst, dass sie sich nicht einmal erinnerte, wie sich sein Körper anfühlte. Sie hatten miteinander geschlafen, und trotzdem kannte sie das Gefühl nicht, seine nackte Haut auf ihrer zu spüren. Trotz allem sehnte sie sich danach.

„Ich wollte dich demütigen, das stimmt. Aber ich wollte es nicht so weit kommen lassen. Und dann noch das erste Mal! Als ich es gemerkt habe, wollte ich aufhören, aber ich konnte einfach nicht." Lincoln wollte sie in die Arme nehmen, doch er wusste, dass das nicht ging. Stattdessen ließ er den Ärger an ihr aus. „Du musst zugeben, dass du ein bisschen alt für das erste Mal bist."

„Es gab keine Gelegenheit. Meine Mutter starb, als ich sechzehn war. Danach habe ich meinen Vater ständig begleitet. Ein Freund passte einfach nicht in den Terminkalender. Und in den letzten Jahren ..."

„Hast du versucht, ihm das Gefängnis zu ersparen."

„Nein", fuhr sie ihn an. „Ich habe versucht, ihn davon

abzuhalten, sich das Leben zu nehmen. Mir blieb keine Zeit, um Beziehungen zu Männern aufzubauen."

Lincoln bereute, was er gesagt hatte. „Das wusste ich alles nicht."

„Du weißt überhaupt nichts über mich."

„Und wessen Schuld ist das?" Nur in seinem Ärger fand Lincoln ein Ventil, um die Anspannung, unter der er in Kerrys Nähe stand, loszuwerden. „Und damit du es genau weißt, als Hure warst du überzeugender denn als Nonne."

Kerry kochte vor Wut. „Wie kannst du es wagen ..."

„Dein Haar, die feuchten Lippen, der verführerische Blick, die Hand auf meinem Schenkel, dieses Kleid ..."

„Vergiss doch bitte das Kleid!"

„Kannst du mir wenigstens verraten, weswegen du überhaupt selbst dorthin fahren musstest, um diese Kinder zu retten? Wenn du mir fünfzigtausend Dollar zahlen konntest, wieso nicht einem Söldner, der diese Aufgabe für dich übernommen hätte? Du hättest bei dem Unternehmen leicht umkommen können."

„Das bin ich aber nicht!"

„Du wirst aber nicht zufrieden sein, bis es soweit ist. Erst dann wirst du überzeugt sein, genug für die Verbrechen deines Vaters gebüßt zu haben."

Kerry setzte sich aufrecht hin. „Was weißt du schon

von Gewissen und Verpflichtungen? Du hast doch dein Leben lang nur an dich gedacht."

„Wenigstens habe ich mir mein Geld ehrlich verdient."

„Kann ich mal unterbrechen?" mischte Cage sich ein, der hinter ihnen stand. „Ich störe euch nur ungern bei eurem Streit, aber ich habe euch etwas mitzuteilen."

Kerry war dankbar für die Unterbrechung. „Was ist es, Cage?"

„Kommt mit zu den anderen."

Als sie sich zu den anderen setzten, stand Cages Vater auf.

„Meine Sarah und ich, wir haben uns den ganzen Tag lang darüber unterhalten, und wir haben einen Entschluss gefasst, von dem wir sicher sind, dass wir ihn nie bereuen werden." Er wandte den Kopf zur Seite. „Joe, was hältst du davon, bei uns zu leben?"

Eine Stunde später stand Kerry am Fenster ihres Zimmers und sah hinaus. Was Bob und Sarah entschieden hatten, war wundervoll. Kerry bekam jetzt noch vor Rührung einen Kloß im Hals, wenn sie daran dachte.

Joe hatte zunächst nicht verstanden, was genau geschah. Als er es begriff, hatte er gestrahlt vor Freude. „Sí, sí", hatte er gerufen und mit dem Kopf genickt.

Später, nachdem die Kinder im Bett waren, hatte Kerry mit dem älteren Ehepaar gesprochen.

„Ich kann Ihnen gar nicht sagen, wie froh ich bin. Hoffentlich haben Sie sich nicht durch das, was ich heute Vormittag gesagt habe, bedrängt gefühlt“, hatte sie ernsthaft gesagt.

Die beiden hatten sie in den Arm genommen. „Es wäre genau in Hals Sinn“, sagte Bob. „In ein paar Jahren wird Joe ohnehin aufs College gehen. Bis dahin werden wir ihm alles beibringen, was er wissen muss, um sich zurechtzufinden.“

„Sieh mal, Kerry“, hatte Cages Mutter hinzugefügt. „Wir leben allein, seit Cage, Hal und Jenny aus dem Haus sind. Es ist so viel Platz da, und Joe wird frischen Wind mit sich bringen.“

Diese Sorge war ihr wenigstens abgenommen. Kerry trat von ihrem Fenster zurück und legte sich ins Bett. Vielleicht fand sich morgen eine Lösung, was mit Lisa geschehen sollte. Ihre Gedanken wanderten zu Lisa und von Lisa zu Lincoln. Wieso hatten sie sich vorhin wieder angeschrien?

In diesem Moment hörte Kerry Schritte die Treppe hinaufkommen. Jenny und Cage waren längst im Bett. Es konnte nur Lincoln sein. Bevor sie ihre Meinung ändern konnte, sprang Kerry auf und lief zur Tür. Sie öffnete sie genau in dem Augenblick, als Lincoln vorbeiging. Überrascht sah er Kerry an.

„Ist irgendetwas nicht in Ordnung?“

Kerry schüttelte den Kopf und bereute bereits ihre unüberlegte Handlung. Sein Hemd war aufgeknöpft, und der Anblick seines dichten lockigen Brusthaars verwirrte Kerry. Unweigerlich folgte sie der Spur seiner Körperbehaarung mit den Blicken. Sein oberster Hosenknopf war offen, und Lincoln war barfuß. Das Haar war zerzaust, als habe er sich nachdenklich am Kopf gekratzt. Er sah wundervoll aus.

Als sie nur reglos dastand und nichts sagte, erklärte Lincoln: „Ich war unten, um noch eine Zigarette zu rauchen. Tut mir Leid, wenn ich dich geweckt habe.“

„Nein, du hast mich nicht geweckt“, sagte sie hastig. „Ich wollte mich nur entschuldigen für das, was ich vorhin gesagt habe. Dass du nur an dich selbst denken würdest“, fügte sie erklärend hinzu. „Das war wirklich dumm. Und es stimmt nicht. Du hast uns allen das Leben gerettet. Also, es tut mir Leid.“

Ein Blick in sein Gesicht verriet ihr, dass Lincoln an ihr hinuntersah. Sie trug ein Nachthemd, das sie sich heute gekauft hatte. Gegen das warme Licht der Nachttischlampe zeichneten sich ihre Konturen deutlich unter dem Hemd ab.

„Ich bin froh, dass du mich aufgehalten hast“, sagte Lincoln mit heiserer Stimme. „Ich schulde dir nämlich auch noch etwas.“

Sein Blick betörte sie. „Für heute Morgen hast du dich bereits entschuldigt.“

„Das meine ich auch nicht.“

„Was schuldest du mir denn?“

Lincoln drängte sie vor sich ins Zimmer zurück. „Eine Menge Vergnügen.“

12. KAPITEL

Lincoln schloss die Tür hinter sich.

„Vergnügen?“ fragte Kerry.

„Richtig, als Ausgleich für das, was dir heute Morgen entgangen ist. Ich habe viel genommen und nur sehr wenig gegeben. Das möchte ich jetzt wieder gutmachen.“ Lincoln kam auf sie zu, griff nach ihren Schultern und zog Kerry an sich.

„Aber das geht nicht.“ Ihr Protest klang schwach, und Kerry spürte selbst, wie sich die letzten Reste ihres Widerstands in Nichts auflösten.

„Wieso nicht?“

„Weil wir uns nicht einmal mögen.“

Lincoln hob die Schultern. „Du bist ganz in Ordnung.“

„Jedes Mal, wenn wir zusammen sind, streiten wir uns.“

„Das macht das Leben doch erst interessant.“

„Du wirst mir immer vorwerfen, dass ich dich getäuscht habe.“

„Aber ich bewundere deine Raffinesse.“

„Für mich wirst du immer ein Söldner sein, auch wenn du eine Kamera statt eines Gewehrs in den Händen hältst. Und ...“

„Und trotz allem fühlen wir uns körperlich zueinander hingezogen. Richtig?“

Kerry blickte ihm ins Gesicht. Sie versuchte sich alle Gründe ins Gedächtnis zu rufen, weshalb sie es nicht zulassen durfte, dass sie sich jetzt liebten. Doch ihr Körper wusste genauso viele Gründe, die dafür sprachen.

Sie legte Lincoln eine Hand auf die Brust. „Richtig.“

„Dann sollten wir für heute Nacht unsere Auseinandersetzungen vergessen.“

„Das sollten wir.“ Unter den Fingerspitzen spürte sie die lockigen Haare auf seiner Brust. Seine Haut war warm, und Kerry wollte das Gesicht daran schmiegen.

Sanft umfasste Lincoln ihr Kinn, hob es an und beugte ihren Kopf nach hinten. Dann presste er die Lippen auf ihren Mund und küsste sie leidenschaftlich. In Kerrys Kopf drehte sich alles. Sie nahm nur noch Lincolns Körper, seine Lippen und seine Zunge wahr.

Als er schließlich den Kopf hob, schmiegte Kerry sich kraftlos an ihn und legte die Wange an seine Brust. Sie hörte sein Herz schlagen und wusste, dass der Kuss ihn genauso erregt hatte wie sie.

„Du bist fantastisch“, flüsterte er.

„Wirklich?“

„Glaub es mir. Ich habe da Erfahrung.“

Als Kerry den Kopf hob, küsste er sie wieder. Dabei

presste er sie dicht an sich. Kerry hätte aufgestöhnt, wenn er nicht ihre Lippen durch den Kuss verschlossen hätte. Lincoln küsste sie mit einer Leidenschaft, die etwas Verzweifeltes an sich hatte.

Kerry schlang Lincoln die Arme fest um den Nacken. Als ihre Brüste gegen seinen Oberkörper gepresst wurden, stöhnten Lincoln und sie gleichzeitig auf. Kerry fuhr ihm mit den Händen durchs Haar und stellte sich auf die Zehen, um seinem verlangendem Mund entgegenzukommen.

Schließlich löste Lincoln sich von ihren Lippen. Mit beiden Händen umfasste er ihre schlanke Taille. Kerry stellte sich wieder auf die Füße und strich über seine Ohren, die Wangen und den Hals bis hinunter zu seinen Schultern.

Als sie ihm in die Augen sah, lächelte Lincoln sie an. Kerry konnte sich nicht erinnern, dass Lincoln sie jemals so herzlich und offen angelächelt hatte. „Du hast ein schönes Lächeln", sagte sie leise.

Er lachte. „Wirklich?"

„Ja. Du lächelst nicht sehr häufig. Mich jedenfalls hast du meistens grimmig angesehen."

„Weil ich mich so sehr nach dir gesehnt habe."

Kerry erbebte innerlich.

„Ist dir kalt?" fragte er besorgt.

„Nein.“ Dann wurde ihr klar, wie absurd die Frage war, und sie lachte.

„Heiß?“

Kerry nickte. „Am ganzen Körper.“

Lincoln legte die flache Hand auf ihren Magen und fuhr langsam über ihren Bauch hinab, bis seine Hand schließlich auf Kerrys Venushügel lag. „Hier auch?“

„Da besonders.“

„Tut es noch weh?“

„Ein bisschen.“

„Es tut mir Leid.“

„Mir nicht, Lincoln. Wirklich nicht“, fügte sie hinzu, als er den Kopf ungläubig hob.

Er küsste sie leicht auf den Hals und auf das Ohrläppchen. „Ich möchte dich überall küssen“, sagte er mit rauer Stimme.

Behutsam löste er Kerrys Arme von seinem Nacken. Als sie zu ihm aufsah, sagte er: „Nur mein glühendes Verlangen nach dir hat mich auf den Beinen gehalten, als wir stundenlang durch den Dschungel gelaufen sind. Normalerweise bin ich ein Feigling.“

„Das glaube ich nicht“, widersprach sie.

Er schmunzelte. „Na ja, du hast mich während meiner tapferen Woche erwischt. Auf jeden Fall habe ich fast ständig an deinen Körper gedacht und wie er sich anfühlen mochte.“ Mit den Fingerkuppen strich er ihren Hals hinab und über ihre Brüste. „Deine Brüste haben mich fasziniert. Wenn du dich bewegt hast, oder nachdem wir durch den Fluss hindurch waren, am liebsten hätte ich sie ständig angestarrt.“

„Du hast gesagt, sie seien klein.“

„Das stimmt auch. Aber genau das mag ich.“ Er küsste sie wieder voller Lust, bis Kerry sich kaum noch auf den Beinen halten konnte.

„Ich möchte dich ansehen.“ Kerry war selbst überrascht, dass sie das sagte.

Lincoln zog das Hemd aus und ließ es neben sich auf den Boden fallen. Er stand reglos da. An seiner Schulter war noch eine rote Schramme zu sehen. Kerry musste daran denken, wie leicht er hätte umkommen können. Doch dann schob sie diesen Gedanken beiseite. Heute Nacht wollten sie alles andere vergessen.

Forschend berührte Kerry seine Brust und strich mit den Fingern durch das dichte Haar. Seitlich fuhr sie an seinem Brustkorb entlang bis zu seiner Taille, dann wieder zurück, wobei sie jeden Muskel ertastete. Dicht unterhalb seiner Brustwarzen hielt sie still.

„Berühr mich, wie ich dich berühre“, sagte er angespannt.

Das Gefühl seiner aufgerichteten Brustwarzen unter

den Fingerspitzen war aufreizend. Das Zittern, das ihn bei dieser Berührung durchlief, ermutigte Kerry. Sie beugte den Kopf und sog an einer der Brustwarzen. Mit der Zunge leckte sie daran, und unwillkürlich presste Lincoln seinen Unterleib an sie.

Als er kaum noch aufrecht stehen konnte, schob er Kerry sanft von sich und beugte sich wieder zu ihrem Mund herab. Er küsste sie hungrig. Dann zog er sie mit sich zum Fenster und setzte sich auf einen Stuhl. Kerry blieb vor ihm stehen.

„Zieh das Nachthemd aus."

Nach kurzem Zögern lächelte Kerry verführerisch und wandte Lincoln den Rücken zu. Mit langsamen Bewegungen streifte sie die schmalen Träger von den Schultern bis zu den Ellbogen herab. Dann zog sie die Arme heraus. Mit einem leisen Rascheln fiel das Nachthemd zu Boden. Sie spürte Lincolns Blick fast wie eine Berührung auf dem Rücken. Sie stieg aus dem Nachthemd und drehte sich langsam wieder zu Lincoln um. Als sie ihm in die Augen sah, brachte sein Blick ihren Pulsschlag zum Rasen. Aufreizend langsam hob sie die Arme, zog den Zopf über ihre Schulter und löste das Band. Dann kämmte sie die Haare mit den Fingern durch, bis sie ihr glatt über die Schulter bis auf die Brust fielen.

Lincolns Atem ging keuchend. Er war kurz davor, die

Beherrschung zu verlieren, hielt die Spannung nicht länger aus. Aufstöhnend streckte er beide Hände nach Kerry aus und umfasste ihre Hüften. Er zog Kerry an sich und küsste den Ansatz ihrer Brüste. Wild umschlang er sie mit den Armen. Kerry fuhr ihm mit den Fingern durchs Haar, während er den Kopf von einer Seite zur anderen bewegte, um sie überall zu küssen.

Kerrys Knie gaben nach, und sie seufzte leise auf. Sofort sprang Lincoln auf und schloss sie in die Arme. Er murmelte Kerry etwas ins Ohr, doch sie konnte kein Wort verstehen. Sie hörte nur seine tiefe Stimme, spürte seinen Atem an ihrem Hals und schmiegte sich an ihn.

Mit einer Hand strich er ihren Bauch hinab, und Kerry spreizte die Schenkel. Als er mit einem Finger in sie eindrang, rief sie seinen Namen.

„Tut es weh?" Als Antwort schüttelte sie nur den Kopf. „Ich werde dir nie wieder wehtun, Kerry. Das schwöre ich."

Ohne den Kuss zu unterbrechen, zog er sich die Hose aus. Kerry spürte den Beweis seiner Erregung, und drängend vor Verlangen presste Lincoln sich an sie. Er legte die Hände um ihren Po und hob Kerry hoch.

Als sie sein Verlangen zwischen ihren Schenkeln spürte, gab sie sich ihren Empfindungen völlig hin. Sie warf den Kopf in den Nacken und bog sich Lincoln entgegen.

„Noch nicht", flüsterte er.

Er liebkoste sie wieder mit den Fingern. Erst zärtlich und vorsichtig, dann immer stürmischer streichelte er sie und stachelte ihre Erregung immer weiter an, bis Kerry aufschrie und sich an seinen Schultern festkrallte. Heiße Schauer durchliefen sie, als sie den Höhepunkt erreichte.

Sie sank kraftlos gegen ihn und versuchte ihren Atem unter Kontrolle zu bekommen. Lincoln hob sie auf die Arme und trug sie zum Bett, wo er sie vorsichtig niederließ. Kerry meinte, die Augen nicht länger offen halten zu können, doch der Anblick von Lincoln, der sich erregt über sie beugte, machte sie schlagartig wieder hellwach.

„Du bist schön." Ihre Stimme war kaum lauter als ein Flüstern. Als sie sein skeptisches Gesicht sah, nickte sie bekräftigend. „Und was du gerade gemacht hast, war auch sehr schön."

Lincoln berührte sie. „Und es war schön, dich zu beobachten. Dich zu spüren."

„Lincoln, ich ... ich möchte ..." Sie biss sich auf die Unterlippe.

„Zeig mir einfach, was du möchtest", sagte er leise.

Kerry strich über seine Hüften und seine Lenden. Lincoln stöhnte auf, und als sie sein Verlangen mit den Fingern umschloss und zum Zentrum ihrer Lust führte, hielt er sich nicht mehr zurück. Er drang in sie ein, und

Kerry erzitterte. Als Lincoln sich zu bewegen begann, erwiderte sie lustvoll seinen Rhythmus.

„Nicht so schnell. Wir haben alle Zeit der Welt", flüsterte er, doch bald schon konnte auch er sich nicht länger zurückhalten.

Kerry ließ sich in ihren Empfindungen treiben, und als sie den zweiten Höhepunkt erreichte, erlebte sie ihn gleichzeitig mit Lincoln.

„Schläfst du?"

Kerry seufzte nur auf.

Lincoln blies sacht über eine ihrer Brüste. Er schmunzelte, als sich die Spitze augenblicklich aufrichtete.

Träge öffnete sie die Augen und sah ihn an. Sie lag auf dem Rücken, und Lincoln lag neben ihr auf dem Bauch.

„Erinnerst du dich an unsere Nacht in dem Versteck?" fragte er.

Kerry nickte lächelnd.

„Wenn ein Mann vor Erregung sterben könnte, wäre ich dort gestorben."

Sie lachte auf.

„Das ist nicht komisch."

„Ich weiß. Mir ging es ja genauso."

Einen Augenblick schwieg er. „Du bist wunderschön."

„Das hast du mir noch nie gesagt."

„Ich bin nicht sehr gut im Komplimente verteilen."

Kerry strich ihm übers Haar. „Du lässt nicht gern jemanden an dich heran, nicht wahr?"

„Nein." Er legte ihr eine Hand an die Wange. „Aber ich bin dir heute Nacht sehr nahe. Lass uns jetzt nicht darüber reden."

Es gab so vieles, was sie ihm sagen wollte. Ihr Herz quoll über vor Liebe zu ihm. Doch Kerry sagte nichts. Damit würde sie ihn nur weiter von sich entfernen. Stattdessen beugte sie sich vor und küsste ihn auf die Stirn. Lincoln seufzte genussvoll, und Kerry begann, Küsse über seine Schultern und seine Brust zu verteilen.

Die Küsse und ihr langes, seidiges Haar, das über seine Haut streifte, ließen Lincoln aufstöhnen. Dadurch ermutigt, setzte Kerry sich auf und begann seinen Rücken zu küssen. Sie arbeitete sich langsam weiter nach unten vor, bis sie an seinem Po angekommen war. Sanft strich sie mit den Händen darüber, dann drückte sie spielerisch seine festen Pobacken. Über die Schulter hinweg blickte Lincoln sie an.

„Dieser Versuchung konnte ich einfach nicht widerstehen", sagte sie schmunzelnd. Dann fuhr sie fort, seine Schenkel zu küssen.

„Kerry?"

„Ja?“ Sie setzte sich auf. Als Lincoln sich auf den Rücken drehte, hielt sie den Atem an.

„Du musst nicht, wenn du nicht willst.“

Kerry lächelte liebevoll und senkte den Kopf.

Lincoln stöhnte auf, als sie ihn mit den Lippen umschloss. Sie liebkoste ihn mit der Zunge, bis Lincoln leise ihren Namen rief. Kerry küsste ihn auf den Nabel.

Er zog sie über sich. Kerry senkte sich über ihn und bewegte sich unbewusst. Als sie fragend zu Lincoln sah, nickte er bloß und schloss aufstöhnend die Augen. Mit beiden Händen umfasste er ihre Hüften.

Sie beschrieb mit dem Becken kreisende Bewegungen, und schließlich beugte sie sich vor, so dass Lincoln ihre Brustspitzen mit den Lippen liebkosen konnte.

Kerry gab sich ihren Empfindungen hin. Sie wollte Lincoln tief in sich spüren, wollte, dass er ein Teil von ihr wurde. Mit jeder saugenden Bewegung seiner Lippen steigerte sich ihre Erregung, bis sie schließlich erneut mit Lincoln den Gipfel der Lust erreichte.

Kurz darauf lagen sie schwer atmend nebeneinander. Lincoln drehte sich auf die Seite und umarmte Kerry.

„Kerry, Kerry“, sagte er leise. Mit einem Mal überkam ihn eine Mischung aus Glück, Zuneigung und tiefer Traurigkeit.

13. KAPITEL

Lincoln sehnte sich nach einer Zigarette. Er traute sich nicht, hier zu rauchen, um Kerry nicht durch den Qualm zu wecken, und allein lassen wollte er sie auch nicht.

Wenn er sich doch niemals auf sie eingelassen hätte! Wenn er nicht mit in ihr Zimmer gekommen wäre, sondern einfach ihre Entschuldigung entgegengenommen hätte, dann würde er sie nicht verletzen müssen. Er hätte dann leichter aus ihrem Leben verschwinden können. Doch er konnte sich nicht so einfach von Kerry trennen. Seit er ihr damals aus der Bar gefolgt war, dachte er an sie.

Selbst wenn er sich jetzt von ihr verabschieden würde, er könnte sie so leicht nicht vergessen. Und der Abschied selbst würde für sie beide schon schwer genug sein.

Ihr Lächeln, ihre Stimme, ihre Augen, wie sollte er sie je vergessen können? In dieser Nacht hatten sie sich wieder und wieder geliebt. Sie hatten nicht genug voneinander bekommen können, und Lincoln konnte sich nicht erinnern, jemals mit einer Frau zusammen gewesen zu sein, die seine Leidenschaft so erwidert hatte wie Kerry. Sie hatte völlig neue Empfindungen in ihm geweckt.

Und genau diese Empfindungen waren es, die ihm

jetzt zu schaffen machten. Lincoln blickte zu Kerry, die fest schlief. Er musste lächeln.

Dann versuchte er sich auszumalen, wie er sich von ihr verabschieden sollte. Der Gedanke, dass ein anderer Mann sie irgendwann so sehen würde, wie er sie heute Nacht erlebt hatte, machte ihn eifersüchtig. Gab es irgendeine Stelle an ihrem Körper, die er nicht geküsst und gestreichelt hatte? Lincoln glaubte es nicht.

Heute Nacht hatte sie so unglaublich sinnlich und erotisch ausgesehen. Jetzt wirkte sie unschuldig wie ein Kind.

Rasch wandte Lincoln sich wieder ab und blickte aus dem Fenster. Am Horizont zeigte sich der erste helle Schimmer des Morgens.

Es war ein wunderschöner Sonnenaufgang, doch Lincoln nahm ihn kaum wahr. Heute würde er abfliegen. Jeder weitere Tag hier würde es nur noch schwerer machen.

Die Geschichte war nun zu Ende. Neue Foto-Aufträge warteten sicher schon auf ihn. Kerry hatte die Kinder alle sicher aus Montenegro herausgebracht. Abgesehen von Lisa würden alle heute von ihren zukünftigen Eltern abgeholt werden, und für sie würde sich ganz bestimmt leicht jemand finden.

Lincoln hatte das Angebot einer großen internationalen Zeitschrift für seine Fotoberichte ihrer Flucht angenommen. Finanziell hatte er dadurch für die nächste Zeit erst einmal ausgesorgt.

Wieso packte ihn jetzt nicht, wie sonst nach Abschluss einer Geschichte, diese Unruhe und der Drang, weiterzuziehen?

Die Antwort darauf lag hinter ihm im Bett, das wusste er. Er wollte sie nicht verlassen. Aber was konnte er ihr bieten? Ein kleines Apartment in Manhattan, dessen Küche aus einem Kühlschrank und einer Kaffeemaschine bestand und dessen Bad gleichzeitig als Dunkelkammer diente. Dort kam er höchstens einmal im Monat hin.

Selbst mit einer voll eingerichteten Wohnung in der Park Avenue – er passte einfach nicht zu einer Frau wie Kerry. Er kam von der Straße, war fünfunddreißig und ein Herumtreiber. Er hatte nicht einmal eine richtige Ausbildung.

Sie hatte im Luxus gelebt und sprach sicher mehr Sprachen, als er auf Anhieb hätte nennen können. Kerry hatte eine hervorragende Bildung, Manieren und kannte sich in der oberen Gesellschaftsschicht bestens aus. Auch wenn sie es nicht glaubte, niemand würde ihr die Verbrechen ihres Vaters nachtragen. Vielmehr würde sie jetzt wahrscheinlich als Heldin gefeiert werden.

Und sie war das Beste, was Lincoln O'Neal jemals begegnet war.

Aufseufzend ging Lincoln zu ihr und beugte sich vorsichtig über sie. Ohne sie würde das Leben für ihn zur Hölle werden. Er stützte sich mit einer Hand auf das Kopfende des Bettes. Fast hätte er sie geküsst, doch dadurch würde sie sicher aufwachen. Stattdessen berührte er mit dem Daumen ihre Lippen. Wie schön sie war! Und wie aufregend. Beim Gedanken daran, dass er sie heute zum letzten Mal sah, wurde Lincoln beinahe übel. Aber seine Entscheidung stand fest.

Er hatte diese Worte noch zu niemandem gesagt. Vielleicht zu seiner Mutter, doch bei ihrem Tod war er noch so jung gewesen, dass er sich jetzt nicht mehr erinnern konnte. Ganz bestimmt hatte er sie nie zu seinem gefühllosen abweisenden Vater gesagt. Aber jetzt sagte er sie zu Kerry.

„Ich liebe dich."

Sekunden später zuckten ihre Augenlider. Lincoln fürchtete schon, er habe sie aufgeweckt, doch dafür wurde sie zu langsam wach. Sie streckte die Arme und Beine so lang aus, wie sie nur konnte. Bei dieser Bewegung rutschte das Laken über ihre Brüste hinunter.

Mit Mühe widerstand Lincoln der lustvollen Versuchung, eine ihrer Brustspitzen in den Mund zu nehmen und zärtlich daran zu saugen, bis Kerry hellwach war.

Als sie die Augen öffnete, blickte sie direkt auf Lincolns Achselhöhle. Schmunzelnd streckte sie die Hand aus und kitzelte ihn. Lincoln senkte den Arm und wandte sich ab.

„Es ist noch sehr früh“, sagte er. „Du kannst noch liegen bleiben.“

„Wenn du auf bist, will ich auch aufstehen. Oder kommst du noch mal zu mir ins Bett?“

Lincoln sah sie an, als sie ihn am Hemd zog. Der Blick ihrer dunkelblauen Augen war einladend. Sie saß aufrecht im Bett. Ihre Brüste waren unbedeckt und ihre Brustspitzen aufgerichtet. Das Haar hing ihr über die Schultern.

Er sehnte sich nach ihr. Sein Verlangen war beinahe übermächtig. „Nein, ich möchte eine Zigarette rauchen.“

„Das kannst du doch hier tun.“

Lincoln schüttelte den Kopf und blickte von ihr weg. „Ich möchte auch einen Kaffee trinken. Meinst du, Cage und Jenny haben etwas dagegen, wenn ich mir einen koche?“

„Bestimmt nicht.“

Im Spiegel über der Kommode konnte Lincoln sehen, dass sie jede seiner Bewegungen verfolgte. Sie wirkte besorgt. Zweifellos hatte sie heute Morgen mit Zärtlichkeit und Zuneigung gerechnet. Lincoln wollte nicht einmal einen Kuss riskieren. Er wusste, wenn er sie noch einmal in den Armen hielt, würde er sie nie wieder gehen lassen.

„Ich sehe dich unten.“ Mit gesenktem Kopf ging er zur Tür.

„Lincoln?“ Sie hatte das Laken bis unter die Achseln hochgezogen. Mit einem Mal schämte sie sich in ihrer Nacktheit. Verunsichert lächelte sie ihn an. Es brach ihm fast das Herz, sie so zu sehen. „Wieso diese Eile?“

„Ich habe heute viel zu erledigen. Sobald ich die Fotos vom Empfang der Waisen durch ihre Eltern habe, verschwinde ich.“ Er konnte ihren fassungslosen Gesichtsausdruck nicht ertragen und wandte sich ab. „Bis nachher.“

Nachdem er die Tür hinter sich zugemacht hatte, blieb er einen Moment reglos im Gang stehen. Dann lief er die Treppen hinunter, wobei er das Leben und die Probleme, die es den Menschen bereitete, verfluchte.

Kerry ließ das Wasser der Dusche auf sich herabprasseln.

Es war kein Traum gewesen, sie spürte es an ihrem Körper, dass das alles wirklich geschehen war. Lincoln hatte mit ihr geschlafen, er hatte sie geliebt.

Er war sehr zärtlich gewesen, sinnlich, rücksichtsvoll und leidenschaftlich. Ihr war es vorgekommen, als habe er ihre geheimsten Wünsche und Sehnsüchte erkannt.

Heute früh war er ein Fremder gewesen, kühl und abweisend. Fast gleichgültig. Das traf Kerry tiefer als jeder Wutanfall von ihm.

Als sie nach dem Ankleiden die Treppe hinunterging, hoffte sie, dass Lincoln nur so schlecht gelaunt gewesen war, weil er seinen Kaffee und seine Zigarette haben wollte. Vielleicht war er ja ein Morgenmuffel.

An die andere Möglichkeit wollte Kerry lieber nicht denken: dass sie für ihn lediglich ein sexuelles Abenteuer war und er seine Neugier jetzt befriedigt hatte.

In dem Moment, als sie die Küche betrat, wusste sie, dass die zweite Möglichkeit zutraf. Gleichgültig sah er zu ihr hoch. In seinem Blick entdeckte sie nicht die Spur eines Gefühls für sie. Er nickte nur kurz und trank weiter von seinem Kaffee.

„Guten Morgen, Kerry", sagte Jenny, die Trent gerade fütterte. „Cage, würdest du Kerry bitte Saft eingießen?"

„Nur einen Kaffee, bitte."

„Was möchtest du essen?" erkundigte Jenny sich.

„Nichts, danke." Kerry nahm Cage die Tasse Kaffee ab. Sie hielt den Blick gesenkt. Was hatte sie denn erwartet? Liebesschwüre über den Küchentisch hinweg? Lincoln hatte ihr Vergnügen versprochen, und dieses Versprechen hatte er gehalten.

„Du siehst toll aus heute", stellte Jenny fest.

„Das stimmt." Cage nickte anerkennend. „Ein neues Kleid?"

„Ja. Danke schön." Sie trug ein gelbes Leinenkleid.

„Nach dem, was ich im Dschungel anhatte, muss einfach alles toll aussehen.“ Kerry versuchte unbeschwert zu klingen, aber mit wenig Erfolg. „Habt ihr heute schon etwas von den Kindern gehört? Sind sie bereit?“

„Vor ein paar Minuten war ich bei ihnen“, sagte Cage. „Dort geht es drunter und drüber, aber sie packten ihre Sachen.“

„Irgendwas Neues über Lisa?“

„Leider nicht“, sagte Jenny.

Lincoln stand vom Tisch auf. Seit Kerry in der Küche war, hatte er kein einziges Wort gesprochen. Er hatte nicht einmal etwas gegessen. „Ich habe Joe versprochen, ihn herunterzutragen. Ich gehe mal nachsehen, ob ich ihm beim Anziehen helfen kann.“ Er ging hinaus.

„Geh dir die Hände waschen, Trent“, sagte Jenny und hob ihn aus dem Kinderstuhl. „Kerry, es ist noch reichlich Kaffee da. Cage, hilfst du mir bitte in der Waschküche?“

Dort diskutierten die beiden darüber, was mit Kerry und Lincoln los sein mochte und wie man ihnen helfen konnte. Cage war nach wie vor davon überzeugt, sie sollten sich aus allem heraushalten, es gehe sie nichts an.

„Aber sie lieben einander“, widersprach Jenny. „Das weiß ich. Ich kann es fühlen!“

Es wurde bereits dunkel, als die Hendrens, Kerry und

Lincoln auf der Terrasse saßen. Sie hatten alle einen anstrengenden Tag hinter sich und waren erschöpft.

Um die Stimmung von Anfang an aufzulockern, hatten sie mittags hinter dem Haus gegrillt. So hatten die Kinder schnell ihre Scheu vor den Adoptiveltern verloren.

Nettere Eltern hätte Kerry sich für die Kinder nicht wünschen können. Unter Tränen hatte sie ihnen hinterhergewinkt. Sie war sicher, dass sie sich alle in liebevollen Händen befanden.

Sie hatte keine Lobesreden über das, was sie getan hatte, zugelassen und war den Reportern und Fotografen, nach Möglichkeit aus dem Weg gegangen. An diesem letzten Tag waren die Journalisten zur Farm vorgelassen worden und hatten Kerry natürlich mit Fragen bedrängt. Sie hatte wenig geantwortet und dabei stets darauf verwiesen, wie sehr die Kinder im vergangenen Jahr ihr Leben bereichert hätten.

Roxie und Gary Fleming waren mit ihren Töchtern abgereist, und vorhin waren Bob und Sarah Hendren mit Joe nach Hause gefahren. Sein Abschied von Lincoln war schmerzhaft gewesen. Der Junge hatte sich bemüht, nicht zu weinen, und auch Lincoln war sichtlich gerührt gewesen, während die beiden sich die Hände schüttelten und versprachen, in Kontakt miteinander zu bleiben.

Jetzt spielten nur noch Trent und Lisa auf dem Rasen. Offensichtlich fühlte Lisa sich nicht zurückgesetzt.

„In der Küche sind noch Reste vom Mittagessen", sagte Jenny.

„Nein, danke", sagte Cage und sprach damit für alle. „Aber ein Bier könnte ich vertragen. Lincoln?"

„Ich muss wirklich los zum Flughafen."

Er hatte alles gepackt. Zwei Taschen mit der neuen Fotoausrüstung und seiner neuen Kleidung standen auf der Terrasse. Lincoln würde zunächst nach Dallas und von dort nach New York weiterfliegen.

Kerry hatte durch Jenny von seinen Reiseplänen erfahren. Den ganzen Tag über versuchte sie schon, sich ihre Niedergeschlagenheit nicht anmerken zu lassen. Obwohl sie auf unzähligen seiner Fotos war, hätte sie eine völlig Fremde für Lincoln sein können. In ein paar Wochen würde er sich vielleicht nicht einmal mehr an sie erinnern.

Heute Nacht würde sie Zeit genug zum Weinen haben. Bis dahin würde sie sich so gleichmütig wie möglich verhalten. Und im Schauspielern hatte sie mittlerweile einige Erfahrung.

„Für ein Bier wird die Zeit doch noch reichen", wandte Cage ein.

„In Ordnung", willigte Lincoln ein. „Ein Bier."

„Ich hole es.“ Jenny erhob sich mühsam vom Stuhl. „Ich muss sowieso ins Bad.“

Sie ging nur ein paar Schritte, bevor sie aufstöhnte und ihren Bauch umfasste.

Cage sprang auf. „Was ist los? Wieder einer von diesen Krämpfen?“

„Nein.“ Jenny lächelte strahlend. „Dieses Mal ist es das Baby.“

„Woher willst du das wissen? Hast du Schmerzen?“ Cage stutzte kurz und blickte Jenny prüfend an. „Bist du ganz sicher?“

Jenny lachte schallend. Cage dachte anscheinend, dass sie wieder spielte, um Lincoln zum Bleiben zu bewegen. „Ganz sicher.“

„Aber du bist drei Wochen zu früh.“

„Das Baby ist da anderer Ansicht. Wenn du nicht möchtest, dass ich deine Tochter hier auf der Terrasse bekomme, dann solltest du lieber raufgehen und meinen Koffer holen.“

„Ja, sofort. Jenny, setz dich hin!“ Nach zwei Schritten blieb er wieder stehen. „Soll ich das Krankenhaus anrufen? Oder den Arzt? Wie oft bekommst du die Wehen? Was soll ich tun?“

„Zuerst beruhige dich mal. Dann holst du den Koffer. Kerry wird sicher den Arzt anrufen. Die Nummer hängt an der Wand daneben", sagte sie ruhig zu Kerry. „Lincoln, können Sie auf Trent aufpassen?"

Jenny ging zu ihrem Stuhl zurück und sah belustigt zu, wie alle durcheinander liefen. Kerry blieb von allen noch am ruhigsten.

Als sie schließlich im Krankenhaus ankamen, griff Jenny nach Kerrys Hand, bevor sie in den Kreißsaal gebracht wurde.

„Es wird alles gut werden, das weiß ich." Sie lächelte Kerry viel sagend zu, bevor sie hinter einer Schwingtür verschwand.

Da Cage bei Jenny bleiben und bei der Geburt dabei sein wollte, mussten Kerry und Lincoln auf Trent und Lisa aufpassen und Cages Eltern und die Flemings anrufen.

Cage kam immer wieder in das Wartezimmer, um ihnen zu berichten, was sich darauf beschränkte, zu sagen, das Baby sei noch nicht da.

„Wie geht es Jenny?" wollte Kerry wissen.

„Sie ist so schön", rief er begeistert. „Wunderschön."

Als er ging, mussten Kerry und Lincoln über seine überschwängliche Liebe zu Jenny schmunzeln. Sobald sie jedoch einander ansahen, wurden sie wieder ernst. Kerry wandte sich den Kindern zu. Sie meinte, er würde die Liebe, die sie für ihn empfand, sonst deutlich sehen können.

Schließlich waren Trent und Lisa eingeschlafen. Kerry und Lincoln hatten Cage beide angeboten, die Kinder nach Hause zu fahren, doch das wollte er nicht.

„Jenny will, dass Trent hier ist, wenn das Baby kommt“, sagte er. „Auf diese Art wird er sich nicht ausgeschlossen fühlen.“

„Merkwürdig, dass die Kinder bei der Unruhe hier schlafen können“, sagte Kerry und fuhr Trent durchs Haar.

„Ja“, stimmte Lincoln zu. „Irgendwas Neues über Lisas Adoption?“

Kerry schüttelte den Kopf. „Die Organisation arbeitet daran. Hoffentlich macht die Einwanderungsbehörde keine Probleme.“ Kerry rieb sich die Arme, als sei ihr mit einem Mal kalt. „Aber sicher werden sie ein kleines Kind nicht dorthin zurückschicken.“ Sie blickte auf das schlafende Mädchen neben sich. Dann sah sie zu Lincoln auf. „Bevor du abfliegst, möchte ich dir nochmals für alles danken.“

Er hob verwirrt die Schultern.

„Nein, bitte. Nimm meinen Dank an. Ohne dich hätten wir es nicht geschafft. Und ehe ich es vergesse ...“ Sie griff nach ihrer Handtasche und holte einen Scheck heraus, den sie vorhin ausgefüllt hatte. Sie hielt ihn Lincoln hin.

Er blickte von ihrem Gesicht zu dem Scheck. Mit einer unvermittelten Bewegung riss er ihr den Scheck aus der Hand. Er betrachtete ihn und stellte fest, dass sie ihr persönliches Konto damit belastete und dass sie eine schöne Unterschrift hatte. Dann riss er den Scheck in Fetzen.

„Warum tust du das?“ Kerry hatte gehofft, dass sie so etwas wie einen Abschluss empfand, wenn sie ihm ihre Schulden bezahlte. Solange sie sich Lincoln noch verpflichtet fühlte, war er ein Teil ihres Lebens. „Es ist sauberes Geld. Das Vermögen meines Vaters habe ich nie angerührt. Von meiner Mutter habe ich etwas geerbt.“

„Mir ist egal, woher das Geld kommt. Wir sind quitt, okay?“

Kerry öffnete unbewusst den Mund, als ihr die beleidigende Bedeutung seiner Worte klar wurde. „Ach so, ich verstehe. Du bist für deine Dienste bereits entlohnt worden.“ Sie sog die Luft ein. „Sag mal, Lincoln, war die letzte Nacht wirklich fünfzigtausend Dollar wert?“

Wütend sprang er auf.

„Es ist ein Mädchen!“ Cages urplötzliches Erscheinen verunsicherte Kerry und Lincoln. Sie fuhren zu ihm herum. Cage grinste von einem Ohr zum anderen. „Etwas mehr als drei Kilo. Sie ist wunderschön, einfach perfekt. Jenny geht es gut. Es gab keine Komplikationen. Sobald sie gewogen und untersucht ist, könnt ihr die Kleine sehen." Nachdem er die Glückwünsche entgegengenommen hatte, bückte er sich zu seinem kleinen Sohn. „He, Trent, du hast jetzt ein kleines Schwesterchen."

Obwohl Kerry protestierte, bestand Cage darauf, dass sie als Erste zu Jenny und dem Kind hineinging.

Jenny war die einzige Mutter in dem Raum. Im Arm hielt sie das kleine Bündel, in dem ihre Tochter steckte.

„Ich hatte fast vergessen, wie schön es ist, sie zum ersten Mal zu halten", sagte sie nachdenklich, als sie in das kleine runzlige Gesicht blickte, das sie als schön empfand. Jenny wollte sie Aimee nennen.

Schließlich ging Kerry wieder aus dem Raum in der Gewissheit, dass sich in der Hendren-Familie alle innig liebten. Einerseits freute sie sich mit ihnen, andererseits wurde ihr dadurch die Leere in ihrem eigenen Leben bewusst.

Kerry hatte ihre Mutter früh verloren, und um die Taten ihres Vaters wieder gutzumachen, hatte sie das Leben von neun Kindern aufs Spiel gesetzt. Wenn sie sich selbst gegenüber ehrlich war, musste sie zugeben, dass sie der Welt dadurch hatte zeigen wollen, dass sie den Namen ihres Vaters trug, aber anders war als er.

Und hatte sie es sich nicht auch selbst beweisen wollen? Kerry ging ins Wartezimmer zurück. Cage hielt seinen schläfrigen Sohn auf dem Arm und beschrieb gleichzeitig Lisa auf Spanisch, wie hübsch seine Tochter war. Lisa saß bei Lincoln auf dem Schoß und hatte ihm eine Hand vertrauensvoll auf den Schenkel gelegt.

In diesem Augenblick wurde Kerry klar, was sie tun würde.

14. KAPITEL

„Ich war darauf nicht vorbereitet. Sie etwa?“ Cages Frage war eigentlich überflüssig. Lincoln, der neben ihm im Auto saß, antwortete nicht, sondern sah unverwandt aus dem Fenster. „Mir fiel überhaupt nichts mehr ein, als Kerry sagte, sie wolle Lisa adoptieren.“

Cage blickte kurz zu Lincoln hinüber. Seit sie zum Flughafen unterwegs waren, hatte er kaum ein Wort gesprochen. Wie üblich fuhr Cage zu schnell, und die Landschaft sauste nur so vorbei. An dem Ausblick konnte es also nicht liegen, dass Lincoln so still war. Allerdings konnte Cage sich gut den wahren Grund dafür denken.

Unbekümmert redete er weiter: „Was, glauben Sie, hat Kerry auf die Idee gebracht, das Kind allein großzuziehen?“

„Woher soll ich das wissen?“ stieß Lincoln hervor. „Bei ihr weiß man nie, weshalb sie etwas tut. Sie ist eine Verrückte.“

Cage lachte leise. „Ja, der Gedanke ist mir auch schon gekommen.“ Von der Seite sah er Lincoln prüfend an. „Das macht sie interessant, stimmt’s? Diese Unberechenbarkeit.“

Lincoln stieß verächtlich die Luft aus, verschränkte

die Arme vor der Brust und ließ sich tiefer in seinen Sitz sinken. „Das ist nur ein anderes Wort für Wahnsinn. Mal eine Hure, mal eine Nonne. Welcher normale Mensch macht solche Spielchen? Diese Frau handelt erst und denkt später." Warnend hob er den Zeigefinger. „Irgendwann bringt sie sich damit in große Schwierigkeiten."

Cage unterdrückte ein Grinsen und überlegte, dass Kerry bereits bis zum Hals in Schwierigkeiten steckte. Und diese Schwierigkeiten hießen Lincoln.

Es war eine anstrengende Nacht gewesen, das sah man den Gesichtern der beiden Männer an. Sie waren unrasiert und hatten Ringe unter den Augen.

Doch heute Morgen war nicht mehr die Zeit geblieben, um zur Farm zurückzufahren. Lincoln hatte darauf bestanden, dieses Flugzeug zu nehmen und seinen Abflug nicht weiter hinauszuschieben. Cage konnte im Krankenhaus während der zahllosen Untersuchungen von Jenny und dem Baby ohnehin nichts ausrichten und hatte erst Kerry mit Trent und Lisa zur Farm gefahren und sich anschließend mit Lincoln auf den Weg zum Flugplatz gemacht.

Kurz und höflich hatten Kerry und Lincoln sich voneinander verabschiedet, wobei sie sich kaum angesehen hatten. Cage hatte es nicht übers Herz gebracht, Jenny zu sagen, dass Lincoln abflog. Sie wäre zu traurig gewesen, dass Kerry und Lincoln nicht zueinander fanden. Cage war der Meinung, die beiden verdienten einen ordentlichen Tritt in den Hintern. Aber er wollte sich ja nicht einmischen. Doch einfach wollte er es Lincoln auch nicht machen.

„Den Ärger wird Kerry bald bekommen", sagte er.

Lincoln horchte auf. „Wieso?"

„Wegen der Adoption. Die Einwanderungsbehörde hat verlangt, dass die Kinder in Familien untergebracht werden. Als allein stehende Frau fällt Kerry wohl kaum unter diese Kategorie."

„Es ist nicht mehr ungewöhnlich, dass Alleinstehende Kinder adoptieren können."

„Nein, aber es dauert länger. Und die Behörde hat eine Frist gesetzt, bis wann die Kinder adoptiert sein müssen."

„Sie werden kein vierjähriges Mädchen nach Montenegro zurückschicken", wandte Lincoln ein.

„Wahrscheinlich nicht." Cage lächelte mit übertriebener Zuversicht. „Und wenn doch, dann wird Kerry bei ihrem Dickkopf sicher mit Lisa zusammen wieder zurückgehen."

„Nach Montenegro? Da müsste sie ja verrückt sein!"

„Wenn Kerry sich etwas erst mal in den Kopf gesetzt hat ..."

Mit zitternden Händen zündete Lincoln sich eine Zigarette an.

Ungerührt sprach Cage weiter. „Meine Jenny ist da ganz ähnlich. Wenn sie damals nicht schwanger geworden wäre, wer weiß, ob sie mich geheiratet hätte. Als ich damals mit ihr schlief, war es das erste Mal, dass ich nicht ans Verhüten gedacht habe." Er lachte betont unbekümmert. „Wer weiß, vielleicht habe ich es unbewusst so gewollt."

Abrupt setzte Lincoln sich auf und sah starr geradeaus. „Kehren Sie um", sagte er unvermittelt.

„Aber Ihr Flugzeug ..."

„Das ist jetzt egal!" rief Lincoln. „Fahren Sie zur Farm zurück."

Cage wendete augenblicklich und trat aufs Gas. Für den Rückweg brauchten sie nur halb so viel Zeit wie für die Hinfahrt. Lincoln kam es trotzdem wie eine Ewigkeit vor.

Dass er daran nicht gedacht hatte! Der Gedanke an Verhütungsmittel war ihm kein einziges Mal gekommen. Und das, obwohl Kerry und er die letzte Nacht kaum geschlafen hatten!

Cage hielt direkt vor dem Haus. „Wenn Sie nichts dagegen haben, fahre ich jetzt zurück ins Krankenhaus."

„Natürlich." Lincoln schnappte seine Taschen vom Rücksitz und sprang aus dem Wagen. Schwungvoll warf er die Tür hinter sich zu.

„Ich werde dort bestimmt für den Rest des Tages bleiben. Fühlen Sie sich wie zu Hause. Wenn Sie Trent los sein wollen, rufen Sie meine Eltern an, damit sie ihn abholen."

Lincoln war schon auf halbem Weg zur Tür und nickte nur, ohne hinzuhören. Cage lachte leise und fuhr davon.

In der Eingangshalle ließ Lincoln die Taschen fallen. Einen Augenblick musste er sich an das Dämmerlicht gewöhnen, dann ging er von einem Zimmer ins andere. Sie waren alle leer.

Hastig lief er die Treppe hinauf. Er stieß die Tür zum Gästezimmer auf, aber dort war auch niemand. Als er vor Trents Zimmer angelangte, machte er sich allmählich Sorgen. Wo war sie bloß?

Er gab der Tür einen Stoß, und sie schwang auf und schlug gegen die Wand. Kerry hatte sich umgezogen. Sie trug jetzt Jeans und ein T-Shirt. Sie war barfuß, und das Haar hing ihr offen über den Rücken hinab. Sie saß auf dem Rand des Bettes, in dem Lisa schlief. Trent schnarchte leise in dem anderen Bett vor sich hin.

Einen Moment sahen sie sich nur schweigend an.

Dann fuhr Kerry ihn an. „Ich bin fast zu Tode erschrocken!" Sie sprach mit gedämpfter Stimme, damit die Kinder nicht aufwachten, war jedoch wütend, weil Lincoln sie beim Weinen ertappt hatte. „Wieso musst du hier so hereingepoltert kommen? Ich dachte schon, es seien Einbrecher."

Mit drei Schritten stand Lincoln neben dem Bett und ergriff Kerrys Arm. Er zog sie hoch und hinter sich her aus dem Zimmer. Nachdem er die Tür hinter sich geschlossen hatte, blickte er Kerry streitsüchtig an. „Kein Problem für dich! Wenn ein Einbrecher kommt, dann spielst du einfach eine Karatemeisterin."

„Unglaublich komisch. Jetzt lass meinen Arm los." Sie riss sich los. „Gerade habe ich die Kinder schlafen gelegt. Sie waren erschöpft, aber zu aufgeregt, um zur Ruhe zu kommen. Und jetzt platzt du hier herein ... Moment mal, wolltest du nicht schon auf dem Weg nach Dallas sein? Was machst du hier?"

„Dir einen Heiratsantrag."

„Warum?"

„Weil ich mich nicht vor meinen Verpflichtungen drücken will. Auf der Fahrt hat Cage mich an etwas erinnert."

„Woran?"

„Wir haben kein Verhütungsmittel benutzt." Er machte eine Pause, um diese Mitteilung bei Kerry wirken zu lassen. „Daran hast du nicht gedacht, stimmt's?"

Ihr Zögern war so kurz, dass er es nicht bemerkte. In

diesem kurzen Augenblick hatte sie daran gedacht, ihn in dem Glauben zu lassen, sie seien unvorsichtig gewesen. Doch sie hatte sich vorgenommen, nie wieder jemanden zu täuschen. Das galt auch für Lincoln. Andererseits war sie außer sich vor Zorn, dass er ihr nur deshalb einen Antrag machte, weil er sich dazu verpflichtet fühlte.

„Doch, das habe ich." Es bereitete Kerry Genugtuung, sein verblüfftes Gesicht zu sehen. „Vor ungefähr einem Jahr habe ich daran gedacht", sagte sie ruhig. „Bevor ich nach Montenegro ging. Es bestand schließlich durchaus die Möglichkeit, dass jemand über mich herfällt. Deshalb nehme ich die Pille. Sie brauchen sich also keine Sorgen zu machen, Mr. O'Neal. Ich befreie Sie hiermit von Ihrer Verpflichtung. Wenn du mich jetzt bitte entschuldigst, ich bin sehr müde."

Sie drehte sich um, kam aber nur wenige Schritte weit, bevor Lincoln sie einholte und festhielt.

„Was gibt es jetzt noch?" verlangte sie zu wissen.

„Du vergisst etwas", antwortete er.

„Und das wäre?"

„Lisa. Denkst du wirklich, sie werden dich Lisa adoptieren lassen?"

„Ja."

Trotz ihrer selbstbewussten Antwort entdeckte Lincoln den Zweifel in ihrem Blick und bohrte weiter. „Ich bin da nicht so sicher. Genauso wenig wie Cage und Jenny. Das hat Cage mir gesagt."

„Ich werde alle Möglichkeiten ausschöpfen."

„Du könntest trotzdem verlieren."

„Dann gehe ich mit ihr aus den Vereinigten Staaten fort. Nach Mexiko oder sonstwohin."

„Genau das, was du dir für das Kind gewünscht hast. Keine richtige Heimat, eine einsame Mutter, kein geborgenes Heim ..."

„Ich werde sie nicht aufgeben", stieß Kerry gepresst hervor. „Ich liebe sie."

„Ich auch!"

„Stimmt das?" fragte Kerry leise.

Lincoln nickte knapp. „Es hat mich fast wahnsinnig gemacht, als ich mich heute früh von ihr verabschiedet habe. Hast du gesehen, wie sie sich an meinen Hals geklammert hat und mich nicht loslassen wollte?"

„Sie hat geweint, als du weggefahren bist, obwohl sie dir versprochen hat, es nicht zu tun."

Lincoln war sichtlich gerührt. „Siehst du, sie liebt mich auch."

Kerry wirbelten die Gedanken im Kopf herum, doch sie wollte sich nicht zu große Hoffnungen machen. Sie war oft genug enttäuscht worden. „Dann adoptiere du doch Lisa."

„Denkst du, als allein stehender Mann hätte ich bessere Chancen? Wenn wir allerdings als Ehepaar die Adoption beantragen, haben wir gute Chancen. Und für Lisa wäre es das Beste. Sie braucht einen Vater und eine Mutter. Das weiß ich."

Kerry wurde überrollt von ihrer Zuneigung zu ihm. Der Grund von Lincolns misstrauischem Charakter lag darin, dass er nie die Liebe seiner Eltern richtig erfahren hatte. Sie wollte sich an ihn schmiegen und sein stoppeliges Kinn mit Küssen bedecken, doch sie hielt sich zurück.

„Das ist immer noch kein guter Grund, um zu heiraten", sagte sie. „Wir würden Lisa überfordern, wenn es von ihr abhängt, ob wir beide miteinander glücklich werden."

„Wir wären bei unserem Glück nicht auf sie angewiesen."

„Wirklich nicht?"

Lincoln wandte sich ab und ging ein paar Schritte fort. Dann drehte er sich wieder um und kam auf sie zu. „Lisa ist nicht der einzige Grund, weshalb ich dich heiraten will."

„Nein?"

„Nein. Der Gedanke, dich zurückzulassen, hat mir nicht gefallen. Du kannst einen zwar auf die Palme bringen, aber ich will dich."

„Im Bett.“

„Ja.“

„Ich verstehe.“ Kerrys Herz wurde schwer wie Blei.

„Und …“

„Und?“ Sie hob den Kopf und sah Lincoln fragend an.

Er fuhr sich mit der Hand durchs Haar und stieß die Luft aus. Jetzt wirkte er vollkommen verunsichert. „Cage sagte schon, dass du ganz schön dickköpfig sein kannst. Du willst also hören, dass ich es sage, ja?“ Kerry blickte ihn unschuldig an. Innerlich fluchte Lincoln. Dann streckte er die Arme seitlich aus. „Ich liebe dich, okay?“

„Okay.“ Kerry warf sich ihm in die Arme. Lincoln drückte sie fest an sich. Sie küssten sich leidenschaftlich, dann holten sie keuchend Luft. „Ich dachte schon, du würdest das niemals sagen.“

„Das dachte ich auch. Jedenfalls nicht, wenn du wach bist.“

„Wenn ich wach bin?“

„Spielt keine Rolle“, sagte er und lachte. „Ich liebe dich, Kerry. Und wie.“

„Ich liebe dich, ich liebe dich, ich liebe dich.“

„Wahrscheinlich gebe ich einen schrecklichen Ehemann ab. Verdorben, taktlos.“

„Wundervoll, talentiert, mutig.“

Lincoln küsste sie wieder und hob sie dabei hoch.

Kerry schlang die Beine um seine Taille und verschränkte die Füße hinter seinem Rücken. Sanft sog er an ihrem Kinn und der zarten Haut ihres Halses, während er ihr zärtliche Worte ins Ohr flüsterte.

Als sie den Kopf hob, blickte er sie durchdringend an. „Ich kann dir nicht viel bieten, Kerry. Jedenfalls nicht an materiellen Dingen. Kein Auto, kein großes Haus ...“

Kerry legte ihm einen Finger über die Lippen. „Du hättest die fünfzigtausend Dollar behalten sollen. Dann wärst du jetzt reicher.“

„Wirklich niedlich.“ Er küsste ihre Fingerspitzen. „Ich meine es ernst, Kerry. Ich habe Geld. Seit Jahren habe ich es angehäuft, aber ich habe nicht einmal ein passendes Haus für uns.“

„Aber ich habe eins. In Charlotte in North Carolina.“

„Das hast du mir nie gesagt.“

„Du hast nie danach gefragt. Es ist schön. Ich weiß, dass es Lisa und dir gefallen wird.“

„Außerdem hast du einen College-Abschluss.“

„Dafür hast du zwei Pulitzer-Preise, und ich habe keinen einzigen.“

„Du weißt, wie ich mein Geld verdiene. Ich werde oft von dir weg sein.“

„Auf keinen Fall, Lincoln“, sagte sie kopfschüttelnd. „Wenn du glaubst, ich lasse dich weiterhin allein durch diese Welt voll schöner Frauen reisen, wenn wir erst verheiratet sind, dann irrst du dich."

„Du willst mir doch nicht vorschlagen, dass du mit mir mitreisen wirst."

„Natürlich werde ich das."

„Du und Lisa?" fragte er ungläubig.

„Denk doch nur, was für Vorteile du dadurch hast."

„Nenn mir einen einzigen."

„Wie viele Sprachen sprichst du?"

„Ich kann ganz gut Englisch."

„Also, ich spreche vier Sprachen und kann mich in drei weiteren einigermaßen unterhalten. Wenn wir ihr Englisch beibringen, wird Lisa bald zweisprachig sein. Das ist doch eine Hilfe für dich."

„Ja, aber in ein paar Jahren wird Lisa zur Schule gehen, und dann ..."

„Ich bin Lehrerin, schon vergessen? Ich werde sie ausbilden."

„Aber das ist nicht dasselbe. Sie braucht ..."

„Lincoln, willst du jetzt schon einen Rückzieher machen?"

„Nein. Ich will nur, dass du weißt, worauf du dich einlässt."

„Das weiß ich." Als er sie immer noch zweifelnd ansah, sagte sie: „Schau mal, wir haben diese entsetzlichen

Tage im Dschungel überstanden. Da kann es doch von jetzt an nur noch besser werden."

Er lächelte und lachte dann auf. „Das ist ein Argument."

„Es wird sich für alles eine Lösung finden. Wir werden es schaffen. Alles zu seiner Zeit, okay?"

„Liebling, wenn ich dich so nah an mir spüre, bin ich mit allem einverstanden. Wenn wir nicht so viel anhätten, dann ..."

„Daran habe ich auch schon gedacht." Kerry rieb sich an ihm, und Lincoln stöhnte vor Lust auf. Er trug sie ins Gästezimmer, und sobald er sie wieder auf dem Fußboden abgesetzt hatte, fingen sie beide an, sich gegenseitig die Kleider vom Leib zu reißen.

Sie gingen ins angrenzende Bad. Lincoln drehte das Wasser auf und schob Kerry vor sich in die Duschkabine. Unter dem Wasserstrahl pressten sie sich aneinander und liebten sich leidenschaftlich.

Eine ganze Zeit später ließen sie sich aufs Bett fallen. „Wir werden uns streiten", warnte Lincoln sie.

„Pausenlos", stimmte sie zu.

„Das macht dir nichts aus?"

Kerry schmiegte sich verliebt an ihn. „Da müssen wir hindurch. Und wenn ich mir etwas in den Kopf gesetzt habe, dann ..."

„Dann führst du es auch zu Ende“, ergänzte Lincoln lachend.

– ENDE –

Band-Nr. 25095
7,95 € (D)
ISBN 3-89941-128-5

Nora Roberts

Drei Männer fürs Leben

Die Geschichte geht weiter: drei unterhaltsame Romane aus Nora Roberts faszinierender Familiensaga um die MacGregors.

D.C.
Layna arbeitet an ihrer Karriere, D.C. ist mit Leib und Seele Künstler, der sein Junggesellenleben genießt. Bis sie sich begegnen und nur noch ihre Liebe zählt ...

Duncan
Für Cat Farrell ist es eine großartige Gelegenheit: Sie wird von Duncan Blade als Sängerin auf einem Mississippi-Dampfer engagiert. Eine Chance für den Erfolg – und die Liebe ...

Ian
Ein Blick – und Ian MacGregor ist verloren. Denn die attraktive Buchhändlerin Naomi Brightstone bezaubert den erfolgreichen Rechtsanwalt aus Boston wie keine Frau je zuvor ...

MIRA®

Band-Nr. 25096
6,95 € (D)
ISBN 3-89941-129-3

Nora Roberts

Sommerträume 2

Heiße, spannende Sommernächte garantiert dieser Doppelband von Nora Roberts!

Nicholas Geheimnis
Nach einem leidenschaftlichen Kuss im Mondschein am Strand von Lesbos möchte Melanie zu gern wissen, wer der geheimnisvolle Fremde ist – ein Schmuggler?

Rebeccas Traum
Einmal reich sein: Für wenige Wochen mietet Rebecca sich in einem Luxushotel auf der Trauminsel Korfu ein – und begegnet dort der Liebe ...

MIRA®

Band-Nr. 25098
6,95 € (D)
ISBN 3-89941-131-5

Jennifer Crusie

Mit Lust und Liebe

Zwei prickelnde Romane von Jennifer Crusie voller Leidenschaft und Sommerlust!

Ein Mann für alle Lagen
Fast zu spät erkennt Kate, dass ihr bester Freund Jake genau der Traummann fürs Leben ist, nach dem sie überall gesucht hat ...

Endlich Single: Schon verliebt
Nina genießt ihre heiße Affäre mit Alex. Nur dass er nie über seine Gefühle spricht, stört sie. Liegt es daran, dass er soviel jünger ist als sie?

Nora Roberts
Die MacGregors (Band 1)
Band-Nr. 25080
6,95 € (D)
ISBN 3-89941-103-X

Nora Roberts
Die MacGregors (Band 2)
Band-Nr. 25086
6,95 € (D)
ISBN 3-89941-113-7

Nora Roberts
Ein Meer von Leidenschaft
Band-Nr. 25087
6,95 € (D)
ISBN 3-89941-114-5

Nora Roberts
Sommerträume
Band-Nr. 25059
6,95 € (D)
ISBN 3-89941-074-2